ausgeschieden

THEA DORN
Mädchenmörder
Ein Liebesroman

THEA DORN

Mädchenmörder

Ein Liebesroman

MANHATTAN

Verlagsgruppe Random House FSC-DEU-0100
Das für dieses Buch verwendete FSC-zertifizierte Papier
Munken Premium Cream liefert Arctic Paper Munkedals, Schweden.

Manhattan Bücher erscheinen im
Wilhelm Goldmann Verlag, München,
einem Unternehmen
der Verlagsgruppe Random House GmbH

1. Auflage Februar 2008
Copyright © 2008 by Wilhelm Goldmann Verlag, München,
in der Verlagsgruppe Random House GmbH
Die Nutzung des Labels Manhattan erfolgt mit freundlicher Genehmigung
des Hans-im-Glück-Verlags, München
Satz: Uhl + Massopust, Aalen
Druck: GGP Media GmbH, Pößneck
Printed in Germany
ISBN 978-3-442-54583-4

www.goldmann-verlag.de

*Perhaps man has a greater need of romance
than he himself will admit.*

>   Anonymes Zitat, Radsportmuseum Oudenaarde

Schwarzer_Sommer.doc

Vorbemerkung

Ich weiß, Sie alle wollen meine Geschichte hören. Ich werde sie Ihnen erzählen. Und nichts auslassen. Nur das, was so schlimm ist, dass kein Mensch es erzählen kann, wenn er weiterleben will. Aber ich muss Sie warnen. Ich werde alles nur so schildern, wie es wirklich gewesen ist. Das wird nicht immer das sein, was Sie zu wissen glauben. Zu viele Lügen sind verbreitet worden über mich und den Mann, der mich zwei Wochen gefangen gehalten und quer durch Europa geschleppt hat. Das ist der Grund, warum ich keine Interviews mehr gebe. Immer wenn ich etwas gesagt habe, haben die Medien das Gegenteil daraus gemacht. Mittlerweile glaube ich, dass die Medien noch schlimmer sind als der Mann, der mir das alles angetan hat. Sie hätten mir zuhören und meine Geschichte richtig erzählen können. Aber sie haben immer nur das erzählt, was *sie* erzählen *wollten*. So, als ob es gar nicht meine Geschichte wäre, sondern eine Geschichte, die sie sich ausgedacht hätten, und ich bloß eine Schauspielerin, die sie dafür bezahlen, dass sie die Hauptrolle spielt in ihrem Film. Aber ich bin die Einzige, die weiß, was in jenen zwei Wochen im September wirklich geschehen ist. Deshalb bin ich die Einzige, die meine Geschichte erzählen darf.

Und noch etwas muss ich sagen, damit es nicht wieder

Missverständnisse gibt: Ich erzähle meine Geschichte *nicht*, um Geld oder Aufmerksamkeit zu bekommen. Ich erzähle sie im Angedenken an all die Mädchen, die nicht wie ich das Glück hatten zu überleben.

Berlin, im November 2006 *Julia Lenz*

Gefangen

Ich habe meiner Mutter verziehen, dass sie mir an jenem Abend das Auto nicht geben wollte. Es stimmt: Ich hatte meinen Führerschein erst seit einem halben Jahr. (Allerdings stimmt nicht, dass ich schon einmal betrunken nach Hause gefahren wäre. Ich trinke keinen Alkohol. Ganz einfach, weil mir Alkohol nicht schmeckt.)

Keiner kann sagen, ob ich nicht auch in die Hände jenes Menschen geraten wäre, wenn ich an diesem Abend das Auto gehabt hätte. Vielleicht hätte ich vor Carinas Wohnung keinen Parkplatz gefunden und wäre ihm auf dem Weg zum Auto begegnet. Oder ich hätte eine Panne gehabt, und ausgerechnet er wäre derjenige gewesen, der angehalten hätte, um mir zu »helfen«. Ich glaube, es war mein Schicksal, ihm an jenem Abend zu begegnen. Und seinem Schicksal kann keiner aus dem Weg gehen. Deshalb habe ich aufgehört, mir diese *Was-wäre-geschehen-wenn*-Fragen zu stellen.

Fest steht, dass ich meinem Entführer an der Haltestelle für den Nachtbus begegnet bin. Die Party bei Carina war langweilig gewesen, ursprünglich hatte ich gar nicht hingehen wollen. Kurz vor Mitternacht war Martin, Carinas älterer Bruder, gekommen, und er hatte mich überredet, noch ein bisschen zu bleiben. Später hatte er mir angeboten, mich nach Hause zu fahren.

Von heute aus betrachtet, ist es natürlich Hohn: Ich hatte es abgelehnt, mich von Martin nach Hause bringen zu lassen, weil ich das Gefühl hatte, er würde die Gelegenheit ausnützen, etwas von mir zu wollen. Nicht, dass mir Martin unsympathisch gewesen wäre. Aber ich hatte Angst vor einer Situation, in der er mich bedrängt. Um dieser Situation aus dem Weg zu gehen, rannte ich just jenem Mann in die Arme, der keinerlei Skrupel kannte, mit mir Dinge zu tun, die Carinas Bruder nicht einmal in seinen Alpträumen eingefallen wären.

Vielleicht erscheint es Ihnen unpassend, dass ich solche privaten Dinge über Menschen erzähle, die mit der eigentlichen Geschichte gar nichts zu tun haben. Aber ich will klarmachen, in welcher Gemütslage ich mich befand, als ich in jener Nacht an der Bushaltestelle in Köln-Marienburg saß. An einer Werbefläche hing noch das Plakat vom *Express:* »Danke für die geile Zick!« (Für Nicht-Kölner: »Zick« heißt »Zeit«.) Ich weiß, dass ich mich gefragt habe, wie lange sie das Plakat noch hängen lassen wollten. Die Weltmeisterschaft war seit fast zwei Monaten vorbei. Und dann fing ich an, Anagramm zu spielen. Also Buchstabenschütteln. Ich hatte gerade aus »Danke« »*naked*« gemacht und suchte nach einem deutschen Wort, das sich aus den Buchstaben D-A-N-K-E bilden lässt, als ich den zitronengelben Porsche langsam die Bonner Straße heraufkommen sah.

Habe ich etwas geahnt? Ich weiß es nicht. Ich wunderte mich höchstens, dass er mit geschlossenem Verdeck fuhr, denn es war eine warme Nacht, und normalerweise fährt in solchen Nächten jeder, der ein Cabrio hat, offen. Aber natürlich kann ich nicht beweisen, dass ich das in jener Nacht wirklich gedacht habe. Vielleicht sind das viel spätere Gedanken, von denen ich nur glaube, ich hätte sie mir bereits in jenem Augenblick gemacht. In Wahrheit ging alles so schnell, dass ich keine Zeit hatte, irgendetwas zu denken, außer: *Das ist nicht wahr. Das ist alles nur ein Scherz. So etwas kann überhaupt nicht passieren.*

Hätte ich eine Chance gehabt, wenn ich sofort begriffen hätte, was geschehen würde, als ich die Wagentür auffliegen sah? Wahrscheinlicher ist, dass ich zu keinem Zeitpunkt eine Chance hatte. Auch wenn mein Gedächtnis die unmittelbare Erinnerung an den Anfang meiner Entführung gelöscht hat – ich bin sicher, dass der Mann nur eine Sekunde brauchte, um aus dem Wagen zu springen. Ich hatte kaum Gelegenheit, sein Gesicht zu sehen, mein einziger Gedanke war: *Den musst du kennen, warum springt er sonst auf dich zu? Aber du kennst ihn gar nicht!* Und dann drückte er mir auch schon etwas ins Gesicht, das wie alter Putzlumpen stank, bloß stechender. Ich bin sicher: Zu *diesem* Zeitpunkt habe ich versucht zu schreien. Wenn die Anwohner der Bonner Straße die Wahrheit sagen – nämlich dass sie in jener Nacht nichts gehört haben –, bedeutet das, dass ich dazu keine Gelegenheit mehr hatte.

Fast schäme ich mich, es zu erzählen. Aber ich habe versprochen, ehrlich zu sein. Ich verspürte eine Art Erleichterung, als mir schwarz vor Augen wurde und ich gerade noch mitbekam, dass der Mann mich nicht auf den Bürgersteig fallen ließ, sondern auffing.

Mein Unbewusstes hatte bereits begonnen, die erste Lektion von Geiselopfern zu lernen: *Sei dankbar für alles Gute, was dein Entführer dir tut.* In der Schule hatten die Lehrer stets meine »Störrischkeit« beklagt. In den kommenden zwei Wochen sollte aus mir eine brave Schülerin werden.

Ach ja: Und dann fiel mir noch »Dekan« ein. Mit diesem Wort verabschiedete ich mich aus meinem bisherigen Leben.

Ich erwachte in einem schwarzen, vollkommen lichtlosen Raum. Es stank. Nach Schweiß. Ein bisschen so, wie es in den Jungsumkleiden beim Sport gerochen hatte. Und ich roch noch etwas anderes, das ich erst nicht benennen konnte. Während meiner Bewusstlosigkeit musste ich mich übergeben haben, das merkte ich an dem sauren Geschmack in meinem Mund. Und meine Jeans waren nass. Die neuen, engen Jeans, in denen ich mich früher am Abend noch so lange vor dem Spiegel gedreht hatte, weil ich mir nicht sicher gewesen war, ob sie nicht doch eine Falte am Po machten. Aber auch das war es nicht, was ich roch.

Heute weiß ich: Es war Angst. Und zwar nicht einmal meine. Die war zu frisch, um so zu riechen. Es war kalte, abgestandene Angst. Die Angst der Mädchen, die vor mir in diesem Loch gefangen gehalten worden waren. Als ich den Keller später mit den Polizisten noch einmal betreten musste, konnte ich sie sofort wieder riechen. Die Polizei hat bis heute nicht herausgefunden, wie lange die anderen Mädchen dort tatsächlich gelitten haben. Eine Nacht? Eine Woche? Einen Monat? In jedem Fall muss es lange genug gewesen sein, damit ihre Angst in jede Ritze der nackten Betonwände dringen konnte. Mir gegenüber hat mein Peiniger behauptet, er hätte sie wochenlang in diesem Keller eingesperrt. Aber ich bezweifle, ob das stimmt.

Vermutlich hat er das nur gesagt, um mir noch mehr Angst einzujagen.

Mein erster Gedanke war, als ich zu mir kam: *Das ist ein Missverständnis! Es muss eine Verwechslung sein!* Ich versuchte, in meinen Körper hineinzulauschen, ob sich irgendetwas komisch anfühlte. Aber mein Körper war wie taub, oder genauer: Es war das Gefühl, wie wenn man im Winter kalte Hände hat und diese in heißes Wasser taucht. Das Ameisengefühl. Dennoch war ich nach einer Weile sicher, dass der Mann mir bislang nichts getan hatte. Meine nassen Jeans klebten an meinen Oberschenkeln, das konnte ich fühlen, auch mein langärmliges T-Shirt schien nicht zerrissen zu sein – soweit ich das in der absoluten Dunkelheit ertasten konnte. Was wollte er von mir?

Es musste um Geld gehen. Und plötzlich begriff ich, was geschehen war: Der Mann hatte mich mit Carina verwechselt! Carinas Eltern sind ziemlich reich, der renovierte Bauernhof in der Eifel, auf den sie mich einmal eingeladen haben, hat sogar einen Pool mit einem Dach, das man im Sommer auffahren kann. Meine Mutter dagegen ist nicht reich. Bis zu meiner Entführung hat sie in einem Reisebüro gearbeitet. Und mein Vater ist zwar Professor, aber Millionen hat er auch keine auf dem Konto. *Es musste also eine Verwechslung sein. Alles andere ergab überhaupt keinen Sinn.* Mein dummes Herz fing an zu hoffen.

Erst da merkte ich, dass ich nicht gefesselt war. Auch das ließ mich Hoffnung schöpfen. Vorsichtig auf allen vieren begann ich, mein Gefängnis zu erkunden. Der Boden musste Beton sein, so rau, wie er sich anfühlte. Ich war vielleicht einen oder höchstens zwei Meter gekrabbelt – Entfernungen sind in der absoluten Dunkelheit schwer zu schätzen, ebenso wie einem das Gespür für Zeit abhanden kommt, (vielleicht sind Sie schon einmal ohne Licht durch einen unterirdischen Gang oder langen Tunnel gelaufen – da konnten Sie nach wenigen Sekunden doch auch nicht mehr sagen, wie weit Sie sich schon bewegt hatten) – ich glaubte also, höchstens zwei Meter gekrabbelt zu sein, als ich gegen ein Hindernis stieß. Ich tastete mit den Händen daran herum und hätte beinahe gelacht. Es war ein Fahrrad!

Der Mann war gar kein Profi-Entführer, sondern hatte mich einfach in seinen Fahrradkeller geworfen! Ich erforschte das Fahrrad, wie wir es mit unbekannten Gegenständen und zugebundenen Augen bei einer Improvisationsübung in der Theater-AG gemacht hatten: Die Reifen erschienen mir sehr dünn – aha, vermutlich ein Rennrad. Ich tastete die Speichen ab, fand oben kein Schutzblech – also wohl tatsächlich ein Rennrad. Ich suchte die Pedale, die nur so ein merkwürdiger Knopf war (heute weiß ich, dass man das »Klickpedale« nennt), und erschrak ein wenig, als ich in die ölige Kette griff – aber nicht sehr, weil ich ja damit gerechnet hatte. Es beruhigte mich, in dieser Dunkelheit einen Gegenstand gefunden zu haben, von dem ich mir ein Bild machen konnte. Dass mein Bild nicht ganz richtig war und dass dieses Fahrrad nicht zufällig herumstand, sondern zu den perversen Spielchen gehörte, die mein Peiniger sich ausgedacht hatte, konnte ich zu diesem Zeitpunkt noch nicht ahnen.

Mutiger geworden erkundete ich weiter den Raum. Ich stieß gegen etwas, das bullernd umfiel. Plastikeimer, versuchte mein Hirn mein erschrockenes Herz zu beruhigen: *Es ist nur ein Plastikeimer.* Schließlich ertastete meine

Hand etwas Weiches, das mich nicht so erschreckte wie der Eimer. Dennoch zuckte ich zurück. Und dann setzte mein Herz einige Schläge aus. Das, was meine Finger berührt hatten, fühlte sich nach Stoff an. Ein wenig feucht, klamm, schwer. Was, wenn...

Ich vermute, dass ich zu wimmern begann. Was immer sich unter dem Stoff verbarg – es gab keinen Laut von sich. Nach einer Weile zwang ich mich, meine Hand noch einmal auszustrecken. Und diesmal gelang es meinem Hirn, die Tasteindrücke zusammenzusetzen. Es war eine Matratze. Eine dünne, ganz sicher speckige, alte Matratze. Einerseits war ich erleichtert, dass sich das unbekannte Weiche nicht als das herausgestellt hatte, wofür ich es gehalten hatte. Andererseits ekelte ich mich. Als ich noch ein Kind gewesen war, hatten die Nachbarjungs bei meinen Großeltern mich in den Wald zum Spielen mitgenommen. Sie hatten mir dort die Laubhütte gezeigt, die sie gebaut hatten. Und in dieser Laubhütte hatte ein altes Sesselpolster gelegen. Ich hatte mich tapfer neben die Jungs auf das Polster gesetzt, auf dem Käfer und andere Insekten herumkrabbelten. Ich hatte mich nicht getraut zu sagen, wie sehr ich mich vor diesem Polster ekelte, aus Angst, die Jungs würden mich auslachen.

Über die Matratze freute ich mich also deutlich weniger, als ich mich über das Fahrrad gefreut hatte. Und dies hatte nicht nur mit meinem Ekel vor speckigen Polstern zu tun, sondern damit, dass sich in meinem Hinterkopf die Frage bildete: Was macht eine Matratze in einem Fahrradkeller? Denn ich war doch sicher, aufgrund einer blöden Verwechslung in einem an und für sich harmlosen Fahrradkeller gelandet zu sein.

Ich beschloss, mich ein wenig auszuruhen. Vielleicht war es auch die Angst vor neuen Entdeckungen, die mich davon abhielt, mein Gefängnis weiter zu erkunden. Meine Knie und vor allem meine Hände waren aufgeschürft – eine weiche Unterlage wäre also durchaus willkommen gewesen. Dennoch rollte ich mich in sicherem Abstand zu der Matratze auf dem nackten Betonboden ein. Ich gab mir Mühe, nur an das Fahrrad zu denken. Bei meinem ersten Fahrversuch vor vielen, vielen Jahren, nachdem mein Großvater die Stützräder abgeschraubt hatte, war ich direkt in die Brombeerbüsche gesaust. Die Erinnerung vermochte mich ein bisschen aufzuheitern und beruhigte meine Angst so weit, dass ich in eine Art nervösen Schlaf fiel.

Ich versuche, mich an meine Gedanken zu erinnern, als ich das Gesicht meines Entführers zum ersten Mal richtig sah. Die Fotos, die die Medien von ihm veröffentlicht haben, vermitteln ein völlig falsches Bild. Entweder sind es diese passbildartigen Dinger, auf denen er aussieht, als würde seine Mutter ihm die Hemden bügeln. (Was sie nie getan hat.) Oder es gibt dieses andere Bild – das *alle* Zeitungen gedruckt haben, Sie kennen es bestimmt –, wo er völlig erledigt irgendwo in Frankreich auf dem Rad sitzt und wirklich wie ein Wahnsinniger ausschaut. Auch das zeigt wieder, wie die Medien arbeiten: *Sie* haben eine bestimmte Vorstellung davon, wie ein Mann aussehen muss, der Lust daran hat, Mädchen zu foltern und zu töten. Oder besser gesagt: Sie haben eine bestimmte Vorstellung davon, wie ein solcher Mann *nicht* aussehen kann. Aber die Wahrheit ist, dass er *genau so* aussah. Wie gern würde ich

Ihnen berichten, dass es ein Monster war, das mich entführt hat. Wie gern würde ich schreiben, dass er schmierig aussah, widerlich, gestört. Oder wenigstens: schmierig, widerlich, gestört *normal*. Aber das alles ist nicht der Fall. Mein Entführer sah außergewöhnlich gut aus. Sportlich. Blond.

Die Medien haben nur ein Bild veröffentlicht, auf dem er ungefähr so ausschaut, wie ich ihn in Erinnerung habe: Es zeigt ihn in jenem Moment, in dem er das einzige Rennen seiner Karriere gewinnt und mit emporgerissenen Armen über die Ziellinie fährt.

Wenn ich versuche, meinen allerersten Eindruck so authentisch wie möglich wiederzugeben, kann ich es nicht leugnen: Ich war erleichtert, dass mich wenigstens kein entstelltes Monster entführt hatte.

Ich muss sehr aufpassen, was ich jetzt schreibe, es gibt schon zu viele Missverständnisse über die »Beziehung«, die zwischen mir und meinem Entführer bestanden haben soll. »Stockholm-Syndrom« ist dann das Wort, das die Medien aus der Schublade ziehen, wenn sie nicht mehr weiter wissen. Aber was habe *ich* mit den Geiseln zu tun, die damals in dieser Bank in Stockholm plötzlich anfingen, sich mit ihren Geiselnehmern zu solidarisieren? Nichts! *Es gibt auch kein Foto, auf dem zu sehen wäre, wie ich mit meinem Peiniger herumknutsche! Aus dem schlichten Grund, dass ich mit ihm zu keinem Zeitpunkt herumgeknutscht habe!*

Vielleicht kann ich Ihnen das, was ich empfand, am besten mit einem Beispiel aus der Tierwelt verdeutlichen. Wie fühlt sich eine Gazelle, wenn ihr klar wird, dass sie dem Löwen nicht mehr entkommt? Spürt sie panische Angst? Versucht sie, doch noch einmal zu fliehen? Oder schaut sie nicht den Löwen im letzten Moment an und denkt: *Was für ein schönes, starkes Tier! Sterben muss ich ja sowieso. Ist es da nicht besser, von solch einem Tier gefressen zu werden als einfach zu verrecken?*

Ich habe mich tausendmal gefragt, wieso ausgerechnet ich als Einzige von all den Mädchen überlebt habe. Vielleicht nur deshalb, weil ich die Einsicht der Gazelle in mir fand.

Ich habe Ihnen versprochen, alles zu erzählen. Aber ich merke, dass es Dinge gibt, die nicht für die Öffentlichkeit bestimmt sind. Dennoch werde ich mich bemühen, so viel zu schildern, dass Sie sich ein Bild machen können.

Bevor mein Entführer ein Wort zu mir sagte, schlug er mir mit der flachen Hand ins Gesicht. Ich will versuchen, mir die Szene zu vergegenwärtigen.

Wie bereits gesagt, war ich neben der Matratze in eine Art Angstschlaf gefallen. Ich wurde von einem Licht geweckt, das so grell war, dass ich die Augen fest zukneifen musste. Weil alles still blieb, keine Stimme kam, die etwas sagte, keiner, der mich anschrie, kein Gelächter nach dem Motto »Juli, ätsch, alles nur ein Scherz gewesen!« – deshalb zwang ich mich, trotz der Schmerzen die Augen zu öffnen. Zunächst sah ich nur seinen Umriss. Ich sah, dass er einigermaßen groß war, aber kein Riese, obwohl er direkt über mir stand. Nach und nach konnte ich erkennen, dass er blonde Haare hatte. Und – wie ich versucht habe, Ihnen zu erklären – dass er ein attraktiver Mann war. (Carina hätte ihn unter anderen Umständen wahrscheinlich als »süß« bezeichnet.) Wir blickten uns einen Moment an, das heißt: Er beobachtete mit einem kalten Lächeln, wie ich ihn anstarrte. Ich war gerade dabei, mich aufzurichten, um ihn zu fragen, was er von mir wolle und ob das alles nicht ein blödes Missverständnis sei – da beugte er sich herunter, zog mich an meinen langen rotblonden Haaren halb in die Höhe und schlug mir mit der Hand direkt ins Gesicht. Mein Kopf flog auf den Boden, ich hörte es krachen.

War es Todesangst, die ich in diesem Moment verspürte? Wut? Ergebenheit? Es war alles zusammen. Sonderbarerweise war mein erster klarer Gedanke, zu dem ich mich aufraffen konnte: *Du hast Recht gehabt. Der Boden ist Beton. Genau, wie du ihn dir vorgestellt hast.* Auf meinen Lippen schmeckte ich Blut.

Ich hoffe, Sie begreifen nun, warum ich Ihnen die Geschichte mit der Gazelle erzählen musste. Damit Sie mir glauben, dass ich weder geheult noch um Gnade gefleht habe – und mich auch nicht zur Heldin machen will. Es gibt nur einen einzigen Grund, warum ich nichts von alldem getan habe: Ich kam gar nicht erst auf die Idee. Es war nicht so, dass ich den Impuls zu reagieren, wie zu Tode verängstigte Mädchen normalerweise reagieren, unterdrückt hätte – wie Sie wissen, sollte ich in den kommenden Wochen immer wieder Zeugin von solchem Verhalten werden –, dieser Impuls war in mir einfach nicht vorhanden.

Ich kann mich nicht genau erinnern, aber ich vermute, dass wir dieses Spiel – er zieht mich an den Haaren in die Höhe, knallt mir eine, und ich falle zu Boden – dass wir dieses Spiel ein paarmal spielten.

Die ersten Sätze, die ich aus seinem Mund vernahm, werde ich nie vergessen. »Bist du stumm oder was?«

Seine Stimme war nicht unangenehm. Nicht kreischend. Nicht boshaft. Sicher schwang Verachtung mit, als er dies sagte. Aber auch eine Verwunderung, die mir im Rückblick fast rührend erscheint. Dann fing er an, mir in den Magen zu treten.

»Du hältst dich wohl für besonders taff, F...!« (Ich möchte dieses Wort, das ich in den nächsten Wochen ständig hören sollte, nicht wiederholen.)

Als er merkte, dass er auf diese Weise mit mir nicht weiterkam, befahl er mir, mich auszuziehen. An dieser Stelle sprach ich mein erstes Wort.

»Nein.«

Und das Lächeln auf seinem Gesicht verriet mir, dass ich einen Fehler gemacht hatte. Natürlich begann er, darüber zu spotten, dass die »F...« ja doch sprechen könne. Und dass ihn sprechende »F...n« noch mehr anmachen würden als »F...n« im Allgemeinen.

Ich fand das Ausziehen schlimmer als das Geschlagenwerden. Beim Sport habe ich es meistens vermieden, unter die Dusche zu gehen. Oder wenn, habe ich versucht, es so einzurichten, dass ich erst dann unter die Dusche ging, wenn alle anderen fertig waren. Dennoch verzichtete ich darauf, ein zweites Mal zu protestieren.

Er lümmelte sich auf die Matratze und befahl mir, ans andere Ende des Raumes zu gehen, an dem sich ein flaches Holzpodest mit einer senkrechten Metallstange, eine Art Verkehrsschildmast, befand. Im Vorübergehen sah ich, dass das Fahrrad tatsächlich ein Rennrad war. Allerdings stand es nicht einfach so herum, sondern war mit einem Metallgestell auf zwei breiten Kunststoffrollen montiert. Und der Sattel fehlte. (Was ich zu diesem Zeitpunkt völlig arglos registrierte.) Rechts und links von dem Holzpodest, das ich nun betrat, gab es Kraftmaschinen für Arme und Beine. An einer Wand lehnten zwei weitere Fahrräder, eins ohne Reifen. Ich verstand nicht wirklich, an was für einen Ort ich geraten war.

Offensichtlich machte der Mann viel Sport – was erklärte, warum sein Körper so durchtrainiert war. Trotz des rosa Poloshirts und der Jeans, die er trug, konnte ich das sofort erkennen. Dass ich mich im privaten Trainingskeller eines ehemaligen Radrennprofis befand, der diesen Keller um einige andere Funktionen erweitert hatte, nachdem er sein linkes Knie im letzten Frühjahr endgültig kaputt trainiert hatte – das alles erfuhr ich erst, als wir schon viele hundert Kilometer von diesem Ort entfernt waren.

Ich begann, mein T-Shirt über den Kopf zu streifen, und er fragte mich, ob ich blöde »F…« noch nie etwas von Striptease gehört hätte. Er befahl mir, von vorn anzufangen, und zwar diesmal so, dass sich bei ihm irgendetwas »regen« könne. Gegen meinen Willen musste ich ihn dafür bewundern, dass er sich vor der Matratze nicht ekelte, die sich bei Lichte besehen als noch widerlicher erwies, als ich im Dunkeln vermutet hatte. Und ich war ihm dankbar, dass er seine Jeans anbehielt. Ach ja: Das Licht in dem Raum kam von einem Kasten mit mehreren Neonröhren, der an der Decke befestigt war. Klassenzimmerbeleuchtung. Ich fragte mich, wie die Insekten, die in dem Kasten klebten, in den fensterlosen Keller gefunden hatten. Ob der Kasten vorher in einem anderen Raum mit Fenster installiert gewesen war? An solchen Überlegungen hält sich die Seele fest, wenn der Körper gezwungen ist, Dinge zu tun, die sie verletzen.

Als mein Peiniger den schlichten schwarzen Sport-BH sah, von dem ich gleich drei Stück besaß und den ich meistens trug, lachte er und höhnte, was für eine verklemmte »F...« er sich diesmal angelacht hätte.

Eigentlich hatte ich erwartet, dass er aufstehen und mich wieder schlagen würde, aber er befahl mir von seiner Matratze aus, zu dem offenen Pappkarton zu gehen, der hinten auf dem Podest, direkt an der Wand, stand. In dem Karton war Unterwäsche. Rote, schwarze, weiße und gepunktete Slips und BHs, insgesamt vielleicht acht oder neun Stück. Die Sachen waren viel »sexyer« als die Unterwäsche, die ich trug. Aber auch keine richtige Reizwäsche. Der gepunktete Slip mit den Rüschen zum Beispiel hätte ohne weiteres Carina gehören können. In den Wäscheabteilungen der Kaufhäuser hängen solche Teile bei *Young Line* oder *Miss B.*

Er fragte mich, ob ich eine Ahnung hätte, warum diese Kiste dort stehe. Ich verneinte, woraufhin er mich abermals auslachte und mir androhte, etwas sehr Schreckliches mit meinen Brüsten zu tun – wenn ich sowieso nicht wisse, was ich mit den Dingern anfangen solle. Ich versuchte, meine eigenen Kleider so schnell wie möglich aus- und den gepunkteten BH mit dem Slip anzuziehen.

Dann geschah etwas, von dem meine Therapeutin meint, dass es mir womöglich das Leben gerettet hat. Ich rede nicht gern darüber, aber: In den Monaten vor meiner Entführung war es mir nicht so gut gegangen. Ich war sehr unzufrieden mit mir gewesen, vor allem mit meinem Körper, den ich viel zu fett und schwammig fand. Deshalb hatte ich begonnen, ein wenig an meinen Oberschenkeln herumzuritzen. Nicht an den Handgelenken oder so.

Es hatte mir einfach gut getan, dieses weiße Fleisch zu verletzen.

Mein Peiniger entdeckte die Narben sofort. Ich hatte das Gefühl, dass sie ihn erregten. Meine Therapeutin vermutet, dass ihm die Narben eher »den Wind aus den Segeln« genommen hätten. Weil es die meisten Sadisten angeblich frustriert, wenn sie sehen, dass ihr Opfer bereit ist, sich selbst Schmerzen zuzufügen. Irgendwie soll es in der Logik solcher Menschen weniger Spaß machen, ein Mädchen zu quälen, das sich selbst quält, als eins, das um keinen Preis gequält werden will. Aber ich bin mir nicht sicher, ob ich das richtig wiedergebe. So ganz habe ich die Argumentation meiner Therapeutin nicht verstanden.

Als ich endlich in der gepunkteten Unterwäsche auf dem Podest stand, fragte er mich, ob ich wisse, wem diese gehöre. Ich verneinte die Frage, weil ich tatsächlich ahnungslos war.

Obwohl ich zu dieser Zeit noch nicht Opfer der Medien gewesen bin, habe ich auch damals schon keine Zeitungen oder Zeitschriften gelesen. Ich habe ein bisschen ferngesehen, aber auch nicht besonders viel. Deshalb hatte ich nichts gehört von den beiden Mädchenleichen, die im April und Juni in Waldstücken in Luxemburg und den belgischen Ardennen gefunden worden waren. Wie ich später erfuhr, hatten die Medien auch nicht groß darüber berichtet. Die Sache war während der WM untergegangen. Oder – wie ein Journalist später zu Recht anklagend schrieb: Wahrscheinlich hatte die Polizei schon den Verdacht gehabt, dass ein Serienmörder unterwegs sein könnte, aber während der WM wollte sie keinen großen Wirbel machen. Und in den Wochen unmittelbar vor meiner Entführung war ja auch keine neue Leiche mehr aufgetaucht.

Inzwischen weiß man, wer die beiden Mädchen gewesen sind, die in den Waldstücken gefunden wurden. Die erste hieß Sandrine Roubaix, einundzwanzig Jahre alt, eine Studentin aus Lüttich. Die zweite hieß Janina Berger, sie war so alt wie ich, also neunzehn. Eigentlich hatte sie eine Ausbildung zur Friseurin begonnen, dann aber zu viele Drogen genommen und war auf dem Strich gelandet. Ein Zeuge behauptete später, sie sei freiwillig in den zitronengelben Porsche gestiegen.

Die Unterwäsche mit den rosa Punkten, die ich mir ausgesucht hatte – und die mir ein wenig zu groß war, vor allem der BH –, hatte Sandrine Roubaix gehört. Das offenbarte mir mein Peiniger in jener Nacht. (Die Polizei hat später herausgefunden, dass er nicht gelogen hat.)

Möglicherweise hat es zu meiner Rettung beigetragen, dass ich von den beiden Morden nichts gehört hatte. Ich glaubte wahrzunehmen, dass mein Peiniger ein wenig enttäuscht war, als er den Namen Sandrine Roubaix aussprach und ich nicht stärker zu zittern begann, als ich ohnehin schon zitterte, weil es in dem Keller trotz der warmen Außentemperaturen ziemlich kalt war. Allerdings ließ er den Namen nicht lange im Raum schweben. Wütend erklärte er mir, was er mit dieser »F...« alles gemacht habe. Und dass er beabsichtige, mit mir dasselbe zu tun.

Ich weiß wirklich nicht, wie ich über diese Dinge schreiben soll. Ich kann und will nicht im Detail nacherzählen, was in jener Nacht geschah. Aber wenn ich es nicht tue, gehen die unglaublichen Vorwürfe weiter, ich wolle mich nur wichtig machen, denn in Wahrheit sei mir doch gar nichts *so* Schreckliches widerfahren. Schließlich sei ich mit einem »blauen Auge« davongekommen.

Gestatten Sie, dass ich jenen grässlichen Keller für einen Moment verlasse. Nicht, um Luft zu schnappen. Sondern um meiner Wut Luft zu machen. Meiner Wut darüber, wie die Medien mit mir umgesprungen sind. Und immer noch umspringen. Bis heute kann ich nicht begreifen, was geschieht. Wie kann es sein, dass ich in den Tagen nach meiner Rückkehr das »arme Opfer« war, das durch ein »unvorstellbares Wunder« und »Gott sei Dank« überlebt hatte? Das Opfer, das alle bemitleideten, für das Spendenkonten eingerichtet wurden und so weiter und so weiter. Wie kann es sein, dass ich dann – obwohl meine Geschichte doch dieselbe ist und es ewig bleiben wird – wie kann es sein, dass ich dann plötzlich nicht mehr »das Opfer« war, sondern »eine verwirrte junge Frau«, an deren Geschichte »berechtigte Zweifel« angebracht seien? Wie verdorben müssen Journalisten sein, um so etwas zu schreiben? Habe ich ihnen als Opfer nicht genügend Unterhaltung geboten? Warum demütigen sie mich auf ihre Weise fast so schlimm, wie mein Peiniger mich gedemütigt hat? Fühlen sie sich abends besser, wenn sie den ganzen Tag Lügen über mich verbreitet haben?

Und deshalb: Ja, ich werde noch einmal in diese Hölle hinabsteigen, werde ihre verdammte Sensationsgier befriedigen, werde mich selbst erniedrigen, nur damit diese Lügen endlich aufhören!

Das erste Körperliche, was mein Peiniger mir antat, war, dass er mich zwang, mich zu rasieren. Und zwar nicht einfach so, sondern ich musste mich auf eine der beiden Kraftmaschinen setzen und die beiden schwarzen Bügel mit meinen Oberschenkeln auseinanderdrücken. Jedes Mal, wenn mich die Kraft verließ, und die Gewichte meine Beine zusammenschnellen ließen, schnitt ich mich. Er fragte lachend, ob das nicht viel mehr Spaß machen würde als meine albernen Schenkelritzereien. (Muss ich wirklich erwähnen, dass ich es *widerlich* fand, mich an dieser Stelle zu rasieren? Und wie sehr ich meine Mitschülerinnen verachtet hatte, die, kaum dass ihnen die ersten Haare gesprossen waren, schon damit geprahlt hatten, wie »geil« es sei, »da unten« rasiert zu sein, oder noch schlimmer: die eine von diesen obszönen Landebahnen stehen ließen?)

Er befahl mir, mich zu schminken, ohne Spiegel, mit einem knallroten Lippenstift, von dem er behauptete, dass er ebenfalls einem seiner Opfer gehört habe. Mit der Begründung, meine Übungen an der Metallstange und den Kraftmaschinen würden ihn allmählich langweilen, begann er abermals, mich zu schlagen.

Schließlich musste ich zu einem Regal gehen, in dem bestimmt zehn Paar Fahrradschuhe standen, die offensichtlich alle ihm gehörten und mir deshalb viel zu groß waren. Als ich die Verschlüsse nicht richtig zubekam, schlug er mich wieder und zwang mich, auf das Fahrrad zu steigen. Ja. Auf *das* Fahrrad, an dem er seine kleine sadistische Veränderung vorgenommen hatte. Da ich weder mit diesen Schuhen noch mit den komischen Pedalen die geringste Erfahrung hatte, rutschte ich wieder und wieder ab. Er wollte sich ausschütten vor Lachen. Endlich gelang es mir loszutreten. Im Stehen. Ich wusste, was geschah, wenn ich müde wurde. (Um es an dieser Stelle zum letzten Mal zu sagen: Ich hatte noch mit keinem Jungen geschlafen. Ich war Jungfrau, als ich meinem Peiniger in die Arme lief.)

Zum Glück war ich im Juni und Juli ziemlich viel Rad gefahren. Auf meinem Fahrrad. Einem billigen Mountainbike mit ganz normalen altmodischen Pedalen. (Ich glaube nicht, dass ich jemals wieder auf ein Rad steigen kann. Neulich – hier in Berlin traue ich mich langsam wieder, auf die Straße zu gehen, weil die Leute mehr mit sich beschäftigt sind und weniger gaffen als in Köln –, neulich also blieb ich an einer Fußgängerampel stehen, die gerade rot geworden war. Ein Fahrradkurier versuchte, schnell vor den Autos loszufahren – und dabei rutschte er aus einem der Klickpedale. Diese Bewegung am Rande meines Blickfelds löste eine derartige Panik in mir aus, dass mir schwindlig wurde und ich sofort nach Hause gehen musste.)

Fast schien es mir, als würde es meinen Peiniger beeindrucken, dass ich so lange durchhielt. Gleichzeitig machte es ihn wütend. Er kam und stellte die Gangschaltung schwerer. Bis meine Beine nicht mehr konnten. Mit Schlägen zwang er mich, trotzdem weiterzutreten, immer weiter. Die ganze Zeit brüllte er: »Siehst du jetzt, wie schwach du bist, du F...? Und du bildest dir ein, mich anmachen zu können?«

Und dann sah ich, dass er seine Jeans geöffnet hatte. Er zerrte mich vom Fahrrad. Der Rest ging Gott sei Dank schnell.

Natürlich habe ich darüber nachgedacht, mich umzubringen. Der Wille, das alles überleben zu wollen, kam erst später. Aber verraten Sie mir mal, womit Sie sich in diesem schwarzen Kellerloch getötet hätten? Nachdem mein Peiniger seine Bedürfnisse ausreichend an mir befriedigt und mich allein gelassen hatte, brachte mich nichts mehr in die Nähe des abscheulichen Fahrrads. Und selbst wenn ich dieses Monstrum jemals wieder freiwillig angefasst hätte: Ich bezweifle, dass es mir gelungen wäre, die Kette oder das Kettenblatt (damals nannte ich es einfach »dieses vordere Zahnrad«) herunterzubekommen. Und dann? Die einzige Tür des Raumes hatte keine Klinke, an der ich die Kette hätte befestigen und mich *vielleicht* erhängen können. Und ich weiß nicht, ob es schon mal jemandem gelungen ist, sich mit einem Kettenblatt die Pulsadern aufzuschneiden.

Natürlich habe ich auch an Flucht gedacht. Aber der Raum war tatsächlich fensterlos. In den Minuten – oder waren es doch eher Stunden gewesen? –, die ich mit meinem Peiniger verbracht hatte, hatte ich genügend Geistesgegenwart besessen, nach Fluchtwegen Ausschau zu halten. Doch die Tür war aus Stahl, und ich hatte gehört, wie er sie beim Verlassen zweimal abgeschlossen hatte. Meine Kleider hatte er außerdem mitgenommen. Ich fror.

Und dann machte ich eine eigenwillige Erfahrung: So nackt, zitternd und geschändet, wie ich war – mir fiel tatsächlich dieses altmodische Wort ein, das ich sonst nur aus dem Deutsch-Leistungskurs kannte, in dem wir die *Dreigroschenoper* gelesen hatten und Mackie Messer in seiner berühmten Ballade singt: »Wachte auf und war geschändet, oh Mackie, welches war dein Preis?« – während mir diese Zeile im Kopf herumspukte, fiel mir auf, dass ich mich nicht länger vor der Matratze ekelte, auf die mich mein Peiniger geworfen hatte, sondern sie im Gegenteil beinahe als etwas Tröstliches empfand. (Ich will nicht vorausgreifen, aber in der kommenden Zeit sollte ich immer wieder die Erfahrung machen, dass Dinge, die mir bislang als der Gipfel des Ekligen erschienen waren, plötzlich alles Abstoßende verloren. Inzwischen nenne ich das meine private Relativitätstheorie.)

Das Scheusal hatte mir versichert, dass ich seinen Keller nicht lebend verlassen würde. Mein Schicksal würde sein, von ihm für was auch immer so oft benutzt zu werden, wie es ihm gefiel. Sobald er die Lust an mir verlor, würde er mich »entsorgen«. Das waren seine Worte gewesen. Zum Schluss hatte er noch gedroht, dass es an mir liegen würde, wie schnell er die Lust verlor. Allerdings wusste ich nicht recht, was ich mit dieser Drohung anfangen sollte. Ohne die Dinge bereits so zu durchschauen, wie ich sie heute – auch dank meiner Therapeutin – durchschauen kann, hatte ich damals bereits den Verdacht, dass er eigentlich nicht gemeint haben konnte, dass ich seine perversen Spielchen williger mitspielen sollte. Denn auf dieser Welt gibt es doch so viele Perverse, auch perverse Frauen, dass er – zumal mit seinem Aussehen – leicht eine gefunden hätte, die alles mit sich hätte machen lassen. Im schlimmsten Fall hätte er ihr Geld dafür bezahlen müssen. (Damals wusste ich noch nicht, dass er bankrott war. Der Porsche hatte mich zu der Annahme verleitet, er müsse reich sein.) Wirklich »mitspielen« konnte er also nicht meinen. Ich vermutete, dass ich mich stärker wehren sollte. Dass ich beim ersten Mal einen Fehler gemacht hatte, indem ich alles einfach über mich ergehen ließ. Außer meinen frühen »Neins« hatte ich nämlich keinen Widerstand mehr geleistet. Und wahrscheinlich war es gerade das, was er suchte: Widerstand.

Doch nachdem ich mit meinen Gedanken an diesem Punkt angelangt war, stellte sich mir wieder die grundlegende Frage: Wollte ich überhaupt, dass er noch lange Lust an mir fand? Wäre es nicht besser, rasch »entsorgt« zu werden? Und obwohl ich mir darunter nichts Genaues vorstellen konnte, wuchs in mir, je länger ich darüber nachdachte, die Überzeugung, dass es weniger schlimm sein müsse, »entsorgt« zu werden als weiter Gegenstand seiner Lust zu sein.

Ich habe nie besonders auf Schlitzer- oder Splatterfilme gestanden. Obwohl ich zum Glück also keine konkreten Bilder vor Augen hatte, was Menschen den Körpern anderer Menschen antun können, ahnte ich, dass mein Peiniger mich vielleicht noch grausamer behandeln würde, wenn ich ihn langweile. Dass es also *doch* mein oberstes Ziel sein musste, ihn nicht zu enttäuschen. Und plötzlich verlor die Vorstellung, »entsorgt« zu werden, ihren Trost und wurde zum Horror, den es um jeden Preis zu vermeiden galt. (Ich wusste damals noch nicht, dass er die Mädchen vor mir erwürgt und in einsamen Waldstücken abgelegt hatte, zum Ende hin also eine fast schon friedliche Methode benutzt hatte.) Es machte mich wahnsinnig, nicht zu begreifen, was er von mir erwartete. Vielleicht war die Sache mit dem Widerstand ja völliger Unsinn? Hatte er mich nicht am allerheftigsten geschlagen, als ich die wenigen Male »nein« gesagt hatte? Erwartete er nicht vielleicht doch, dass ich so tat, als würde ich alles, was er mit mir anstellte, mögen? Oder wollte er, dass ich ihn auf Knien um Gnade anflehte?

Meine Gedanken hüpften hin und her und drehten und verwickelten sich, als würde ich nicht in einem Folterkeller liegen, sondern im Pausenhof mit anderen Mädchen Gummitwist spielen, wie ich es früher gern getan hatte.

Ich stellte mir vor, wie es wäre, tot zu sein. Ich malte mir aus, wen ich am meisten vermissen würde. Meinen Vater? Meine Mutter? Oder doch meine Tinka, die beste Seele von einem Hund, die es je auf diesem Planeten gegeben hat? (Ich wünschte, Sie könnten sie sehen, wie sie jetzt neben mir liegt. Anfangs habe ich überlegt, ob ich sie wirklich nach Berlin mitnehmen soll, schließlich ist sie nicht mehr die Jüngste, und Berlin ist eine fremde Stadt. Aber der Gedanke, meine Tinka noch einmal im Stich zu lassen, hat so weh getan, dass ich sie einfach mitnehmen *musste*.)

Die allergrößte Sehnsucht, die ich in jener Nacht verspürte, war die nach Licht und Luft. Ich war schon immer gern in der Natur gewesen, und die Vorstellung, womöglich nie wieder einen Baum oder die Sonne zu sehen, nie wieder die saubere Luft unmittelbar nach einem Sommerregen – oder wenigstens frische Luft überhaupt – zu atmen, ließ mich fast ersticken. Ich hatte jetzt schon jegliches Zeitgefühl verloren, hatte keine Ahnung, ob es Morgen, Tag oder wieder Nacht war.

Zu meinem Geburtstag im Juli hatte mein Vater mir die komplette Ausgabe von Marcel Prousts *Auf der Suche nach der verlorenen Zeit* geschenkt. (Immerhin hatte ich ihn überzeugen können, mir nicht das französische Original, sondern wenigstens die deutsche Übersetzung zu schenken. Trotzdem muss ich gestehen, dass ich nur ein bisschen darin herumgeblättert habe. Wieso soll ich mehrere tausend Seiten über einen Mann lesen, der mir zu Beginn seines Romans nichts Spannenderes zu erzählen weiß, als dass er lange Zeit früh schlafen gegangen ist? Außerdem hat es mich geärgert, dass mein Vater mir in seiner großspurigen Art vermittelt hatte, ich *müsse* dieses Buch lieben.) Deshalb wunderte ich mich sehr, dass mir seit einer ganzen Weile der Titel des zweiten Bandes durch den Kopf geisterte: *Im Schatten junger Mädchenblüte*. Doch wie ein Kaugummi sich nur immer schlimmer zwischen den Fingern verklebt, je mehr man sich bemüht, ihn abzustreifen, so hoffnungslos war es, jenen Titel wieder loszuwerden. »Mädchenblüte«! Was wollte ich mit diesem affektierten Wort! Sollte es überhaupt eins geben, mit dem sich meine jetzige Lage beschreiben ließ, dann sicher nicht dieses. Falls ich überhaupt noch etwas war, war ich »Mädchenlaub«.

Aufbruch

Ich will der Polizei keinen Vorwurf machen. Obwohl man natürlich verrückt werden könnte, weiß man, dass zu dem Zeitpunkt, als ich unten im Keller lag, zwei Beamte oben an der Haustür meines Peinigers klingelten.

Wie bereits angedeutet: Ein Zeuge hatte die später ermordete Janina Berger Anfang Juni an der Autobahnraststätte Frechen in einen zitronengelben Porsche steigen sehen. An dieser Autobahnraststätte schien sie sich öfter herumgetrieben zu haben.

Ein weiterer Gedanke, der zu nichts führt, ist die Frage, ob mir das alles erspart geblieben wäre, hätte Janina ihre Ausbildung zur Friseurin beendet, anstatt auf den Strich zu gehen. Ich will damit nur sagen, dass die Öffentlichkeit sich vielleicht mehr für den Fall interessiert hätte, hätte in dem Wald bei La Roche-en-Ardenne eine tote Friseurin und nicht eine tote Prostituierte gelegen. Der Druck auf die Polizei wäre größer gewesen. Auch der Druck zuzugeben, dass die Lütticher Studentin, die ein Luxemburger Jäger wenige Wochen zuvor im Wald bei Wilwerwiltz gefunden hatte, vermutlich von ein und demselben Täter ermordet worden war. Wobei ich mir nicht sicher bin, ob die Polizei *vor* meiner Entführung überhaupt schon eins und eins zusammengezählt hatte. Sprich: Vielleicht *wusste* sie gar nichts von der belgischen Mädchenleiche in Luxemburg. Ein Mörder, der Mädchen in unterschiedlichen Ländern ermordet, hat ein äußerst leichtes Spiel – zumal, wenn er die Leichen in wieder anderen Ländern ablegt. Im Kino hätte es sicher einen supersmarten »Eurocop« gegeben, der sofort gewittert hätte, dass das belgische Mädchen in Luxemburg vom selben Mann getötet worden sein muss wie das deutsche Mädchen in Belgien. In Wirklichkeit: Pustekuchen. Da waren ein deutsches und ein belgisches und ein luxemburgisches Polizeiteam mit ihren jeweiligen Fällen befasst. Und keiner hatte eine Ahnung, was der andere tat.

Ein weiteres heikles Thema in diesem Zusammenhang: Mein Peiniger behauptete mir gegenüber hartnäckig, vor mir bereits *vier* weitere Mädchen entführt, missbraucht und getötet zu haben. Natürlich ist es möglich, dass er sich nur wichtig machen und mir noch mehr Angst einjagen wollte. Andererseits kann ich bezeugen, dass in der Kiste mit der Unterwäsche mindestens acht oder gar zehn Teile lagen. Keinesfalls sind es bloß zwei Slips und zwei BHs gewesen. Und woher sollten die restlichen Teile stammen, wenn nicht von Mädchen, die vor mir Ähnliches erleiden mussten? Theoretisch ist denkbar, dass der Unmensch die Wäsche in irgendeinem Laden gekauft hat, bevor er anfing, Mädchen zu entführen. Doch irgendwie scheint mir dieses Verhalten nicht zu seinem Charakter zu passen. Ich kann es nicht besser erklären: Ich bin einfach *sicher*, dass er seine Trophäenkiste nicht mit ganz banal gekauften Wäschestücken »entweiht« hätte.

Die Ermittlungen der Polizei in dieser Angelegenheit sind leider äußerst unklar. Selbstverständlich wäre es zu viel verlangt, dass sie jedes Waldstück zwischen Aachen,

Charleroi und Luxemburg – denn dies scheint das Revier meines Peinigers in seiner ersten Phase gewesen zu sein –, dass sie eine solch riesige Fläche gründlich durchkämmen. Allerdings gibt es in der Gegend zwischen Köln und Lüttich eine ganze Reihe von Mädchen, die seit Monaten vermisst werden und die in das Beuteschema – die Polizei würde sagen: in das »Opferprofil« – meines Peinigers passen. Mädchen zwischen sechzehn und höchstens fünfundzwanzig Jahren, fast alle mit langen Haaren und jedenfalls nicht ganz unattraktiv. Auf Vermisstenplakaten würden diese Mädchen außerdem als »schlank« bezeichnet. (Wobei ich selbst mich zum Zeitpunkt meiner Entführung nicht als »schlank« bezeichnet hätte. Im Sommer wog ich bei einer Körpergröße von einem Meter vierundsechzig immerhin dreiundfünfzig Kilo. In meinen Augen ist das fett. Und ich fühle mich jetzt, wo ich fünf Kilo abgenommen habe, deutlich besser. Auch wenn meine Mutter und meine Therapeutin da anderer Ansicht sind!)

Das Problem ist nur, dass kein Mensch bei der Polizei es wirklich ernst nimmt, wenn ein Mädchen, das fast erwachsen ist oder als »junge Erwachsene« gilt, verschwindet. Alarm wird nur geschlagen, wenn es um Mädchen geht, die noch richtige Kinder sind. Oder Millionärstöchter. Ist es aber ein »ganz normales« Mädchen, das eines Nachts plötzlich nicht mehr nach Hause kommt, fragt ein gelangweilter Polizeibeamter die Eltern bloß, ob sie wirklich *alle* Leute kennen würden, mit denen ihre Tochter herumhängt. Und bestimmt habe es in letzter Zeit zu Hause Krach gegeben. (Ich frage Sie: Gibt es *irgendeinen* Haushalt, in dem es *nicht* regelmäßig kracht?) Die Eltern sollten heimgehen und abwarten. Erst wenn es von der Tochter in einer oder zwei Wochen immer noch kein Lebenszeichen gäbe, könne man anfangen, ein wenig zu ermitteln.

Wenn Sie glauben, dass ich übertreibe: Fragen Sie meine Mutter! Sie muss beinahe wahnsinnig geworden sein in den Tagen nach meinem Verschwinden, als kein einziger Beamter bereit war, ihre Sorgen ernst zu nehmen. Und es stattdessen überall nur hieß: »Pfff, ein Mädchen in der Pubertät! Ich bitt' Sie! Wenn wir da jedes Mal, wenn eine abhaut, unseren ganzen Apparat anwerfen würden, hätten wir sonst nix mehr zu tun.«

Aber ich will der Polizei keine Vorwürfe machen. Immerhin ist sie dem Hinweis, dass Janina Berger zuletzt lebend gesehen wurde, als sie an der Autobahnraststätte Frechen am 3. Juni 2006 in einen zitronengelben Porsche mit deutschem Kennzeichen einstieg – an mehr konnte sich der Zeuge leider nicht erinnern –, immerhin ist die Polizei diesem Hinweis nachgegangen. Als Erstes schauten sie in ihren Computern, wie viele zitronengelbe Porsches zu diesem Zeitpunkt in Deutschland zugelassen waren. (Streng genommen ist es wohl falsch, von einem *zitronen*gelben Porsche zu sprechen. Irgendwann später klärte mich mein Peiniger darüber auf, dass es sich um einen *limonen*gelben Porsche handelte ...)

Da die Polizei keine weiteren Hinweise hatte, fing sie an, alle Besitzer eines zitronen-/limonengelben Porsches zu überprüfen. Bei meinem Peiniger klingelten sie nur deshalb, weil er im weiteren Umkreis der Autobahnraststätte Frechen wohnte. Weitere Anhaltspunkte dafür, dass mit dem Mann irgendetwas nicht stimmte, der ihnen am frühen Abend des 5. September die Tür seines Hauses in Aachen-Brand öffnete, hatte die Polizei nicht. Ein einziges

Mal tauchte sein Name in ihren Computerdateien auf. Und zwar in der Rubrik »Verkehrsdelikte«, weil er mit seinem Porsche auf der Autobahn in einem Tempo-80-Abschnitt 180 Stundenkilometer gefahren war. Ansonsten: Fehlanzeige. Was für ein großes Glück wäre es für mich und all die anderen Opfer gewesen, hätte die Polizei bereits einen Hinweis darauf gehabt, dass dieser Mann schon einmal Mädchen unsittlich berührt oder ein anderes Sexualdelikt begangen hat. Aber nein. Für die Polizei war er so unschuldig wie ein Neugeborenes. (Zumindest für die deutsche. In Murcia hatte er vor vielen Jahren tatsächlich schon einmal ein Mädchen vergewaltigt. Doch auch die spanischen Behörden waren in diesem Fall nie weitergekommen. Immerhin erkannten sie im September 2006, dass der Mann, der mordend durchs Land fuhr, möglicherweise derselbe war, der im Herbst 1995 eine junge Kellnerin vergewaltigt hatte.)

Über das, was sich oben im Haus abspielte, während ich unten im Keller lag, kann ich nur Mutmaßungen anstellen. Ich erinnere mich jedenfalls nicht, in den sich hinschleppenden Stunden, die ich in meinem Verließ zubrachte, Stimmen oder Schritte gehört zu haben. Die beiden Polizisten behaupteten später, sie hätten sich mit meinem Peiniger nur kurz im Wohnzimmer unterhalten. Dabei sei ihnen nichts Ungewöhnliches aufgefallen. Sie hätten ihn gefragt, ob er am 3. Juni spätabends mit seinem Porsche unterwegs gewesen sei oder ob er den Wagen zu diesem Zeitpunkt womöglich an einen Freund verliehen habe. Auch hätten sie ihm ein Foto der toten Janina gezeigt, auf das er aber in keiner Weise verdächtig reagiert habe.

Ohne den beiden Polizisten zu nahe treten zu wollen, frage ich mich: Was haben die beiden in diesem Augenblick erwartet? Dass ein Mann, der kaltblütig genug ist, Mädchen wochenlang in seinem Trainingskeller gefangen zu halten, um sie aufs Abartigste zu missbrauchen, anschließend zu erwürgen und ihre Leichen in den Wald zu werfen – dass so ein Mann in Tränen ausbricht, wenn sie ihm das Foto von einem seiner Opfer zeigen? Oder dass er so blöd ist zu antworten: »Oh ja, jetzt erinnere ich mich wieder! Ich war an jenem Abend tatsächlich an der Autobahnraststätte Frechen!«?

Wären sie misstrauisch geworden, hätten sie meine Kleider gesehen, die der Unmensch ja schließlich irgendwo versteckt haben musste? (Aber ich sehe ihn vor mir, wie er die Beamten anstrahlt: »Ach, die Kleider meinen Sie? Die gehören meiner Nichte. Die pennt öfter hier, wenn sie zu Hause Stress hat.«) Hätte ich im Keller die endlosen Stunden auf gut Glück durchschreien sollen? – ich bezweifle, dass man mich oben ihm Haus überhaupt gehört hätte. Vermutlich hätte schon mein Kopf oder zumindest eine Hand von mir auf dem Couchtisch liegen müssen, damit die Polizisten das Haus an jenem 5. September durchsucht hätten.

Hier kommt etwas Merkwürdiges: Mein Peiniger selbst hat nämlich behauptet, die Beamten *hätten* das Haus durchsucht. Sie seien sogar in den Keller gegangen und bloß zu doof gewesen, die Tür zu meinem Gefängnis zu entdecken.

Ich neige in diesem Punkt dazu, der Polizei zu glauben. Denn erstens bin ich sicher, dass ich doch irgendetwas gehört und also tatsächlich um Hilfe geschrieen hätte, wären zwei Beamte durch den Kellerflur gegangen. Zweitens halte ich es für sehr gut möglich, dass auch dies nur eine der Geschichten ist, die mein Peiniger mir erzählt hat, um mich zu quälen. Und drittens glaube ich, dass er dieses Detail von Marc Dutroux, dem belgischen Kinderschänder, geklaut hat. Später, während unserer vielen Stunden im Auto, hat er mir oft von Dutroux erzählt. Am meisten scheint ihn beeindruckt zu haben, dass dieser, seit er im Gefängnis sitzt, über fünfzig Heiratsanträge bekommen haben soll. (»Die sind doch alle gleich bescheuert, diese F…n«, pflegte er dann zu sagen.)

Der Gedanke, dass er das Detail mit den Polizisten, die vor dem Kellerraum stehen und zu doof sind, die Tür zu entdecken, von Dutroux geklaut haben könnte, kam mir allerdings erst, als ich vor wenigen Tagen das Buch gelesen habe, das eins der Dutroux-Opfer geschrieben hat. Das Mädchen berichtet, dass jener Unmensch in seinem Haus eigens einen winzigen Kellerraum mit einer Tür konstruiert hatte, die man von außen nicht sehen konnte, weil sie hinter einem zugemüllten Regal versteckt war. Nach allem, was ich damals ahnte und heute mit Gewissheit sagen kann, hat sich mein Peiniger diese Mühe nicht gemacht. Das Einzige, was er an seinem Trainingskeller verändert hatte, war die Tür, an der er die innere Klinke abmontiert hatte. Die Wände waren offensichtlich schon vorher so gut isoliert gewesen, dass er sich keine Sorgen machen musste, die Schreie eines der Mädchen könnten oben im Haus oder gar im Freien zu hören sein. Außerdem glaube ich, dass er – anders als Dutroux – nicht an einer »längeren Beziehung« zu den entführten Mädchen interessiert war. Die Vorstellung, sich unten im Keller eine dauerhafte

»Lustsklavin« zu halten, erregte ihn nicht. Er wollte uns lediglich für kurze Zeit benutzen, und sobald er sich zu langweilen begann, entsorgte er uns eben.

Ohne von den Vorgängen oben im Haus etwas mitbekommen zu haben, ahnte ich, dass es kein gutes Zeichen war, als mein Peiniger plötzlich in einer Jeansjacke vor mir stand. Die Male, die er mich zuvor in meinem Verließ heimgesucht hatte (Waren es vier, fünf oder sechs gewesen? Ich habe sie nicht gezählt – so wie ich zu diesem Zeitpunkt keine Ahnung hatte, wie viele Tage und Nächte ich bereits im Keller verbracht hatte. Später konnte ich errechnen, dass es meine vierte Nacht gewesen sein musste. Doch welche Rolle spielt schon der Kalender? Was ein Tag in diesem lichtlosen Loch bedeutet, lässt sich ohnehin nicht in 24-Stunden-Tagen ausdrücken.) – die Male also, die er mich zuvor heimgesucht hatte, hatte er stets nur Jeans und Poloshirt oder Hemd angehabt. Die Jacke musste bedeuten, dass er diesmal mit mir nach draußen gehen wollte. Und die Hoffnung, dass »draußen« »Freiheit« bedeuten würde, war mir in der Dunkelheit abhanden gekommen.

Er warf mir etwas vor die Füße, in dem ich die Kleider wiedererkannte, die ich am letzten Tag meines früheren Lebens getragen hatte. Das langärmlige T-Shirt. Und die engen Jeans. Er befahl mir, beides anzuziehen. Und dumm wie ich war, schlüpfte ich nicht nur in die Hose und das Oberteil, sondern zu guter Letzt auch noch in die Hoffnung. Die zwar nur eine hauchdünne war. Aber dennoch zu spüren. Meine Schuhe hatte er nicht dabei.

Er fesselte mir die Hände im Rücken, und ich stolperte

vor ihm aus meinem Gefängnis hinaus. Wie ich jetzt entdeckte, lag es am Ende eines schmalen Kellerflurs (kein Regal davor), in dem ein weiteres Fahrrad beziehungsweise ein weiterer Fahrradrahmen an der Wand lehnte. Ich knickte um, als ich die ersten Stufen nahm, die nach oben führten. Auch wenn es mein Gang in den Tod war – die Hoffnung, die ich mir übergestreift hatte, war wirklich sehr dünn – auch wenn es also mein Gang in den Tod war, erschien mir in diesem Moment alles erstrebenswerter, als weiter in dem stinkenden Loch auf die nächste Folter zu warten. Die Matratze, die mir in meiner Einsamkeit zu einer Art Trostpolster geworden war, zerfiel wie ein Spuk, als ich den ersten Luftzug auf meinem Gesicht spürte. Viel Zeit, mein Glück zu genießen, blieb mir jedoch nicht. Mein Peiniger hielt mir ein Messer an die Kehle und erklärte mir, dass er ebendiese sofort aufzuschlitzen gedachte, sollte ich einen einzigen Laut von mir geben.

Das Märchen, das er mir auftischte, war denkbar einfach. (Vermutlich hat er es den beiden toten Mädchen im Wald auch erzählt.) Er habe es sich anders überlegt und wolle mich, weil ich so tapfer mitgespielt hätte, nun freilassen. Allerdings könne er dies nur unter einer Bedingung tun: Er würde mich im Auto über die Grenze bringen und mich in einem belgischen, holländischen oder luxemburgischen Waldstück aussetzen. An Händen und Füßen gefesselt. Diese Vorsichtsmaßnahmen seien nötig, damit ihm genügend Zeit bliebe, sich abzusetzen. Er habe ohnehin keine Lust mehr auf Deutschland und wolle irgendwohin auswandern, am liebsten ganz weit weg. Schließlich sei das für beide Seiten ein »fairer Deal«. Ich hätte entweder Glück, und es würde mir gelingen, mich zu befreien und zurück zur Straße zu laufen. Oder ich hätte Pech. Dann würde ich verhungern oder verdursten. Zum Erfrieren sei es in den kommenden Wochen ja wohl noch zu warm. Und ich solle ihm bloß nicht vorschlagen, dass er mich einfach so, ohne Fesseln, laufen lassen könne, weil ich ihn bestimmt nicht verraten würde. Einer »F...« wie mir würde er kein Wort glauben.

Ich sagte ihm, dass ich diesen Vorschlag nie machen würde. Selbstverständlich würde ich direkt zur Polizei gehen, um ein Schwein wie ihn anzuzeigen.

Zur Belohnung meiner Ehrlichkeit schlug er mir ins Gesicht. Mittlerweile hatte ich mich beinahe daran gewöhnt. Dumm war nur, dass er diesmal seinen Schlüsselbund in der Hand hatte und meine rechte Braue aufplatzte. Auch dies hätte mich nicht weiter gestört, hätte ich nicht endlich oben in seinem Haus gestanden und wäre ich nicht so neugierig gewesen, wie er wohnte. Trotz des Bluts in meinem Auge konnte ich Folgendes erkennen: Rechts eine offene Küche, die nach links in eine Art Wohnzimmer überging, dazwischen die Haustür mit einem Windfang. Vom Wohnzimmer konnte ich lediglich ein schwarzes Sofa sehen. Eins von diesen billigen Dingern, die tun, als ob sie aus Leder wären, am Schluss aber doch nur aus Plastik sind. (In unserer alten Wohnung hatte in der Bibliothek meines Vaters ein echter, antiker Ledersessel gestanden. Wie habe ich diesen Geruch als Kind geliebt!) Auf dem Küchentresen stapelte sich schmutziges Geschirr, überall standen aufgerissene Müsli- und Cornflakes-Schachteln herum, ein Tetrapack Milch, daneben eine riesige Staude Bananen. Der bloße Anblick ließ mich würgen. Ich habe Bananen noch nie gemocht. Und dann waren es ausgerechnet diese Früchte gewesen, die ich in meiner Gefangenschaft als einziges Essen bekommen hatte. Als ich einmal gewagt hatte, mich zu beschweren, hatte mein Peiniger gelacht und gesagt: »Was für Affen gut ist, kann für F... n nicht verkehrt sein.«

Im Vorbeigehen brach er jetzt eine Banane ab, hielt sie mir hin und fragte: »Wegzehrung gefällig?«

Ich erklärte ihm, wohin er sich diese Banane stecken könne. Erstaunlicherweise schlug er diesmal nicht zu, sondern versuchte bloß, mir das ungeschälte Obst in den Mund zu rammen. Ich hatte es kommen sehen und die Lippen fest aufeinandergepresst. Die Banane fiel zu Boden, er kickte sie zur Seite. Ich schmeckte ein wenig Blut. Er schulterte die Sporttasche, die vollgepackt im Windfang wartete, und zerrte mich zur Tür.

Nie hätte ich geglaubt, dass frische Luft *so* köstlich sein kann. Ich blinzelte ein paarmal, bevor ich den Kopf in den Nacken legte, um in den Himmel zu schauen. Es war eine klare Nacht. Klarer als die, in der mich mein Peiniger entführt hatte. Ich sah die Sterne. Und ein Flugzeug, das vermutlich bald landen würde. Komischerweise bin ich sicher, dass ich damals sofort dachte: *Ein Flugzeug, das auf dem Flughafen Köln-Bonn landen wird.* Obwohl es doch genauso gut der Flughafen Düsseldorf oder sonst ein Flughafen hätte sein können. Ich hatte zu diesem Zeitpunkt ja keine Ahnung, wohin ich verschleppt worden war. Vielleicht ist es ein Erbe aus jener Zeit, in der wir noch in den Wäldern lebten. Dass irgendein Instinkt uns immer verrät, wie weit wir von zu Hause entfernt sind. Denn obwohl ich nicht wusste, dass ich mich in Aachen-Brand befand, *spürte* ich, dass ich dieses Flugzeug, das ich da oben im Landeanflug sah, auch vom Balkon meiner Mutter in Köln-Deutz aus hätte sehen können. Mir traten ein paar Tränen in die Augen, für die ich aber keine Zeit hatte, denn mein Peiniger hatte die Haustür hinter sich ab- und seinen Porsche aufgeschlossen und fragte mich, ob ich ihm versprechen könne, eine brave »F...« zu sein. Dann dürfe ich nämlich vorn bei ihm sitzen. Andernfalls müsse er mich in den Kofferraum quetschen. Und dieser sei bei einem Porsche nicht sehr groß.

Immer und immer wieder haben die Journalisten in diesem Punkt herumgebohrt – und ich bin sicher, Sie fragen sich jetzt auch: Warum habe ich in jenem Moment, in dem ich zum ersten Mal wieder im Freien war, draußen aus diesem Kellerloch, warum habe ich nicht versucht zu fliehen? Oder wenigstens um Hilfe gerufen? Das Nachbarhaus war doch keine fünf Meter entfernt! Warum bin ich stattdessen zu diesem Unmenschen ins Auto gestiegen?

Glauben Sie mir, ich habe mir diese Frage tausend- und abertausendmal gestellt. Stets bin ich zur selben Antwort gekommen: *Ich hatte keine Chance.* Mein Peiniger hatte noch immer das Messer in der Hand. Und im Haus hatte er mir ja bereits demonstriert, was er mit diesem zu tun gedachte, sollte ich versuchen, um Hilfe zu schreien. Außerdem war es offensichtlich mitten in der Nacht, in den Häusern ringsum brannte nirgends mehr Licht. Wer weiß also, wie lange es gedauert hätte, bis Nachbarn überhaupt etwas gehört, geschweige denn, bis sie reagiert hätten. Das Viertel sah nicht so aus, als ob Menschen nachts neben den Telefonen sitzen und bloß darauf warten würden, die Polizei zu rufen, weil in der Nachbarschaft gerade mal wieder ein Gewaltverbrechen passierte. Der Gedanke an Flucht war noch abwegiger. Ich bin zwar nicht gerade unsportlich, aber glauben Sie ernsthaft, ich hätte eine Chance gehabt, einem durchtrainierten, ausgewachsenen Mann davonzulaufen? (Dass sein linkes Knie kaputt war, konnte ich damals noch nicht wissen. Auch nicht, dass er schon länger nicht mehr richtig trainiert hatte. Aber selbst wenn ich all das gewusst hätte – ich hätte verrückt sein müssen, um mich auf ein Wettrennen mit einem so sportlich wirkenden Mann einzulassen!) Und außerdem: Ja, es klingt lächerlich, und ich weiß, ich habe mich vorhin so abgebrüht gegeben. Aber irgendwie hatte ich *doch* die Hoffnung, er würde mich im Wald freilassen, wenn ich vorher keine Dummheiten machte.

Ich stieg also in den Porsche. Was mit auf den Rücken gefesselten Händen keine leichte Aufgabe war. Ich fragte mich, wie mich mein Peiniger in diesem Auto wohl von Köln nach Aachen befördert hatte. Vermutlich war er dreist genug gewesen, mich einfach auf den Beifahrersitz zu hocken und anzuschnallen. Und hätte ihn eine Polizeistreife gestoppt, hätte er bestimmt gesagt, seine »Nichte« habe ein bisschen zu viel getrunken. »Sie verstehen schon, Herr Polizist, Mädchen in diesem Alter…« Hinter den Sitzen gab es noch zwei kleine Einzelsitze. Doch es erschien mir höchst unwahrscheinlich, dass er sich damals auf der Bonner Straße die Mühe gemacht haben soll, meinen bewusstlosen und also schweren Körper in diesen schmalen Raum hineinzubugsieren. Und dass ich tatsächlich in den so genannten »Kofferraum«, der sich dort befand, wo normale Autos ihren Motor haben, und in den er jetzt gerade seine Sporttasche packte – dass ich tatsächlich in diesen winzigen Kofferraum hineinpassen würde, erschien mir unvorstellbar. (Ich konnte noch nicht ahnen, dass mein Peiniger mir bald das Gegenteil beweisen würde.)

Im Gegensatz zur Küche und dem, was ich vom Wohnzimmer gesehen hatte (vom Keller ganz zu schweigen), war hier im Wagen alles fast schon peinlich sauber. Keine leeren Bonbontüten oder benutzten Taschentücher, wie sie im Auto meiner Mutter herumfliegen. Auch die Scheiben waren frisch geputzt. Und die Sitze aus echtem Leder, das erkannte ich am bloßen Geruch. (Bis mir klar wurde, dass mein Peiniger ein ehemaliger Radprofi war, hatte ich ihn für einen Autohändler mit Fahrradfimmel gehalten. Keine Ahnung, warum ich ausgerechnet auf diesen Beruf gekommen bin. Vielleicht, weil der Porsche das Erste gewesen war, was ich von ihm gesehen hatte.)

Der Motor heulte auf wie ein wildes Tier, das sich in diese spießige Wohngegend verirrt hatte. Wer weiß, wie die Geschichte weitergegangen wäre, wäre ein Fenster aufgeflogen und hätte sich ein Nachbar wegen nächtlicher Ruhestörung beschwert. Vielleicht hätte sich mein Mund selbstständig gemacht und ganz allein um Hilfe geschrieen. Vielleicht wäre mir die Irrfahrt, die nun beginnen sollte, erspart geblieben. Vielleicht hätte ich das Messer zwischen den Rippen gehabt und wäre noch auf dem Autositz verblutet.

Tatsache ist, dass sich hinter den Gardinen der roten Backsteinhäuser nichts regte. Auch die Straßen waren ausgestorben. Nicht einmal eine Katze rannte vorbei. Aufgrund der Kennzeichen der geparkten Autos (AC) wurde mir zum ersten Mal klar, dass ich mich in Aachen befand. Das durchgestrichene Ortsschild »Aachen-Brand«, das wir schnell erreichten, verriet mir endlich, wo genau ich meine letzten Tage und Nächte verbracht hatte.

Kurz hinter Walheim kam uns das erste Auto entgegen. Scheinwerfer, die meine Augen blendeten. Sonst nichts. Roetgen. Monschau. Schlafende Käffer, an deren Namen ich mich vage erinnerte. Aus Zeiten, in denen unsere Familie noch eine Familie gewesen war und »Familienausflüge« unternommen hatte. Wieder und wieder kreuzten wir Bahnschienen. Dunkle Wälder flogen vorbei. Das Bild einer Dampflok stieg in mir auf. »Museumsbahn«. Ein Eis. Ein glupschendes Mädchengesicht, das Nase und Eis an die Scheiben presst und weint, als die Mutter ihm verbietet, das Eis von der Scheibe zu schlecken.

In Monschau zögerte mein Peiniger kurz, als überlege er, dem Schild nach Eupen zu folgen. Er tat es nicht. Als Nächstes: Kalterherberg. Die Grenze zu Belgien: Passiert und kaum gemerkt. Nur die Straßenschilder waren mit einem Mal anders. Keine B 258 mehr. Sondern N 669. Der Wald wurde dünner. Öde Lichtungen taten sich auf. Am Grünen Kloster. Dahinter irgendetwas Militärisches, Sperrgebiet mit schroffem Stacheldrahtzaun. Dann scharf nach rechts. Sourbrodt. N 667. Ich merkte mir Ortsnamen und Straßennummern, als ginge ich noch zur Schule und würde morgen abgefragt. Und plötzlich das Schild: »*Parc Naturel Hautes Fagnes*«. Naturpark Hohes Venn. Und da wusste ich auf einmal, was mein Peiniger mit mir vorhatte.

Wieder sah ich das Mädchengesicht an der Scheibe. Der Vater, der seiner Tochter Geschichten erzählt. Von armen Torfbauern. Und unglücklich Liebenden, die versuchen, durchs Moor zu fliehen und beide versinken.

O schaurig ist's, übers Moor zu gehen, wenn es wimmelt vom Heiderauche …

Ich wehrte mich. Doch da hatte mein Peiniger den Wagen schon auf einem Parkplatz gestoppt. Ein großes weißes Haus. Alle Fenster dunkel. Ich schrie und spürte einen stechenden Schmerz unter dem linken Ohr. Das Messer. Niemand hörte mich. Frittenbude. Telefonzelle. Wozu? Unerbittlich schleppte mich mein Peiniger vom Parkplatz weg. Ich strampelte und trat. Er fluchte, als sein Fuß vom Weg abkam und das nasse Zeug nach ihm zu schmatzen begann. In der Ferne zwei Kreuze. *War das die Stelle, wo die Liebenden versunken waren?* Ansonsten nichts, an dem sich mein Auge hätte festhalten können. Hier und dort ein paar steile Schatten. Bäume vielleicht. Wolkenloser Himmel. Und ein runder Mond. Der Weg brach ab. Jetzt waren es nur noch Bretter, die uns vor dem Moor schützten. Ich biss ihm in die Hand, mit einem Schrei ließ er mich los, ich rannte. Dahinten. Ein Licht. Die Bretter quietschten bei jedem Schritt. Ich spürte morsches Holz unter meinen blanken Sohlen. Hätte ich nur meine Schuhe angehabt! Es gluckste, es gurgelte. Ich stürzte hin, mein Fuß hatte sich in einem Spalt verfangen. Ich roch Moder, Feuchtigkeit kroch mir die Hose hinauf. Schon wieder war mein Peiniger über mir. Wo war das Messer? Alles, bloß nicht das Messer. Ich hörte ihn fluchen. Das Messer musste ins Moor gefallen sein! Es gelang mir, den Fuß zu befreien. Ich trat nach ihm, wieder brüllte er auf, aber diesmal hielt er mich fest umklammert. Zusammen krachten wir durch das marode Geländer, das den Steg säumte. Ich spürte Gras in meinem Gesicht, lange Halme, Büschel, Narben, und am Hals seine Hände. Ich bog den Kopf nach hinten, um nicht zu ertrinken, aber da war gar nicht viel Wasser, nur feuchtes Gras, vielleicht war es überhaupt kein Moor.

Es war die Wiese hinter dem Haus meiner Großeltern. Die Wiese, auf der ich mit den Nachbarjungs in einer Weise herumtobte, die meiner Großmutter missfiel. Ich schaffte es, mich auf den Rücken zu drehen. Das Gesicht meines Peinigers war jetzt ganz dicht über mir und in diesem Moment – in diesem Moment ...

Ich weiß nicht, ob ich die letzte Passage so stehen lassen kann. Ob sie die Angst, die ich in jener Nacht empfunden habe, korrekt wiedergibt. Aber wie beschreibt man im Nachhinein, was man am liebsten vergessen würde? (Und ja auch vergessen *muss*, um weiterzuleben!) Ich zittere am ganzen Körper, während ich dasitze und den Europa-Straßenatlas aufschlage, den ich heute Abend schnell noch gekauft habe, weil ich mir plötzlich nicht mehr sicher bin, ob wir uns tatsächlich auf der N 669 und 667 dem Hohen Venn genähert haben. Ich suche die Ortsnamen, fahre die Strecke mit dem Zeigefinger ab, und mein Zittern wird schlimmer. Was weiß diese blöde Landkarte schon von meiner Erinnerung! Dann war es am Schluss eben die N 647! Oder meinetwegen auch die N 676! Was spielt das für eine verdammte Rolle!

Es ist nicht gut, wenn ich ausraste. Schließlich will ich meine Geschichte so erzählen, dass alle sie verstehen. Und deshalb muss ich genau sein. Und ruhig bleiben.

Die Wahrheit ist, dass ich weder mir noch Ihnen noch sonst jemandem restlos erklären kann, warum ich jene Nacht im Moor überlebt habe. Mittlerweile nehme ich an, dass die Polizei, würde sie dort alles umgraben, die Leichen zumindest einiger der Mädchen finden würde, deren Unterwäsche ich im Keller meines Peinigers gesehen habe. (Es ist noch nicht endgültig entschieden, aber im Moment sieht es so aus, als ob die Polizei dort gar nichts umgraben dürfte, weil das Hohe Venn ein Naturschutzgebiet ist.)

Noch weniger erklären kann ich, warum dieser Unmensch nicht einfach *alle* seine Opfer im Hohen Venn versenkt hat. Welcher Mörder hat schon das Glück, ein (naturgeschütztes) Moor beinahe vor der Haustür zu haben! Wahrscheinlich wollte er, dass einige seiner Leichen gefunden werden. Später sollte ich selbst erleben, wie sehr er es auf »Publicity« abgesehen hatte. (Und letzten Endes ist ihm das ja auch zum Verhängnis geworden. Wer weiß, ob er sich nicht jetzt gerade quer durch Osteuropa morden würde, hätte er am Schluss nicht Fernseh- und andere Journalisten aus der halben Welt auf den Fersen gehabt.)

Eine Frage habe ich damals verdrängt, aber jetzt, wo ich darüber schreibe, taucht sie auf: Was passiert, wenn ein Mensch im Moor versinkt? Fühlt es sich an wie ertrinken? Oder ist es noch schlimmer, weil der Sumpf einen viel langsamer in die Tiefe zieht? Wenigstens verwest man nicht, ist man erst einmal tot. Letzten Herbst haben mich mein Vater und die Architektin (so nenne ich die Frau, mit der er jetzt zusammenlebt, weil sie angefangen hat, ihre gemeinsame Villa zu bauen, kaum dass er aus unserer alten Wohnung ausgezogen war) – letzten Herbst haben mich also mein Vater und die Architektin auf ein verlängertes Wochenende nach London mitgenommen. Und dort habe ich im Museum eine Moorleiche gesehen. Sie wirkte wie eine zusammengefaltete Mumie, die den Kopf hängen lässt. Ich glaube, es war ein Mann. Allerdings hätte auch er zu der Frage, wie es sich anfühlt, im Moor zu versinken, nicht viel beitragen können, denn wenn ich mich recht erinnere, war er zuerst umgebracht und dann ins Moor geworfen worden. Irgendeine Ritualsache, schon viele hundert oder tausend Jahre her, das weiß ich nicht mehr genau. (Natürlich könnte ich im Internet nachschauen, aber die Wohnung, die mir mein Manager hier in Berlin besorgt hat, hat noch keinen Telefonanschluss, und eigentlich finde ich das ganz gut.)

Meine Erinnerung hat einen Teil der Bilder jener Nacht gelöscht. Fast so, als sei sie das Moor geworden, das alles verschluckt, was ihm zu nahe kommt. Sicher liegen diese Bilder irgendwo in mir begraben, genauso zusammengefaltet und mit hängendem Kopf wie der Mumienmann im Londoner Museum. Meine Therapeutin sagt, dass ich versuchen muss, sie heraufzuholen. Dann würden sie einen Moment lang zwar vor mir stehen, perfekt konserviert, aber danach würden sie zerfallen – so wie es den Moorleichen ergeht, wenn sie plötzlich ans Tageslicht kommen. Doch ebenso wenig wie die Polizei ein ganzes Moor umgraben kann (Naturschutz hin oder her), kann ich in diese Abgründe meiner Erinnerung hinuntertauchen.

Das nächste Bild, das ich wieder deutlich vor mir sehe, ist, wie ich neben meinem Peiniger im Porsche sitze und wir beide verschmutzt und nass durch die Nacht rasen. In diesem Moment hatte ich zum ersten Mal das Gefühl, dass ihm die Kontrolle entgleitet. Und er sich wirklich wie ein Wahnsinniger benimmt. Alles, was er zuvor getan hatte, war grausam und pervers gewesen. Aber er war mir stets wie ein Mensch erschienen, der genau weiß, was er tut. Als er jetzt mit viel zu hoher Geschwindigkeit über die schmalen, steilen Straßen jagte, die sich die dunklen Waldhänge hinauf- und hinabschlängelten, war dieser Eindruck vorbei. Er wirkte wie jemand, der die Richtung verloren hat, der mal hier, mal dort abbiegt, rechts, links, ohne Sinn und Ziel. Am allermeisten verwirrte mich, dass wir ständig an Schildern vorbeikamen, die nach Spa wiesen, ohne diesen Ort je zu erreichen. (Später traute ich mich, meinen Peiniger auf die irre Fahrt anzusprechen. Da lachte er und erklärte mir, dass er keineswegs planlos durch die Gegend gerast sei. Instinktiv sei er der Strecke gefolgt, die er beim Training hunderte von Malen abgefahren war. Und dass es eine berühmte Strecke sei, die er mir »gezeigt« habe, irgendein Radrennen würde jedes Frühjahr genau dort entlangführen.)

In jener Nacht dachte ich einfach nur, dass er den Verstand verloren hätte. Und dies flößte mir noch mehr Angst ein. Jedes Mal, wenn er an einem kleinen Waldweg oder einer anderen Schneise abbremste, erstarrte ich, weil ich sicher war, jetzt würde er mich im Wald töten – nachdem meine »Entsorgung« im Moor auf so mysteriöse Weise gescheitert war. An das Märchen, er wolle mich freilassen, glaubte ich zu diesem Zeitpunkt endgültig nicht mehr.

Vor allem in den etwas größeren Ortschaften, durch die mein Peiniger mit derselben Geschwindigkeit fuhr wie durch den Wald, betete ich, ein Streifenfahrzeug möge auftauchen und sich an die Verfolgung machen. Nichts geschah. Dafür verriet mir die Digitaluhr einer Apotheke, dass es der 6. September und außerdem zwei Uhr siebenundvierzig war. In Normalzeit ausgedrückt, befand ich mich also seit ungefähr fünfundsiebzig Stunden in Gefangenschaft. (Wieso ich bis dahin nicht auf das Armaturenbrett des Porsches geschaut hatte, um wenigstens die Uhrzeit in Erfahrung zu bringen, kann ich mir nicht mehr erklären. Vermutlich hatte ich es nicht über mich gebracht, den Blick freiwillig in seine Richtung zu lenken.)

In einem Dorf standen riesige Puppen in den Vorgärten. An eine kann ich mich besonders gut erinnern, es war eine Frau ohne Kopf, die dasaß und spann. Eine andere hatte eine große Schere in der Hand, und irgendwo kletterte einer die Hausfassade hoch. (Wie ich jetzt hier sitze und schreibe, finde ich allerdings, dass dieses Detail ziemlich ausgedacht klingt. Und vielleicht spielt mir meine Erinnerung an dieser Stelle tatsächlich einen umgekehrten Streich und befördert Bilder herauf, die gar nicht da sind? Aber eigentlich bin ich *sicher*, dass in den Vorgärten solche Puppen gewesen sind.)

Ich vermag nicht genau zu sagen, warum ich noch mehr verzweifelte, als wir über eine Autobahn hinwegfuhren, und warum ich später so erleichtert war, als mein Peiniger den Wagen dann doch auf eine andere Autobahn steuerte. (Ich kann nur vermuten, dass es eine andere war, bei dem Zick-Zack-Kurs hatte ich die Orientierung vollständig verloren. Selbst mit Hilfe der Landkarte gelingt es mir nicht, unsere Fahrt durch die Ardennen zu rekonstruieren.) Vielleicht hatte meine Erleichterung damit zu tun, dass in Belgien alle Autobahnen erleuchtet sind. (Ich habe keine Ahnung, ob das schon immer so war oder erst eingeführt wurde, nachdem Marc Dutroux die sechs Mädchen entführt hatte.) Zum anderen ist man auf einer Autobahn nicht so allein wie im Wald. Und nächtliches Über-die-Autobahn-Fahren war mir von meinen früheren Familienurlauben deutlich vertrauter als nächtliches Durch-dunkle-Wälder-Rasen. Außerdem fuhr mein Peiniger jetzt plötzlich wie ein einigermaßen normaler Mensch. Ich glaube, er blinkte sogar, wenn er einen Laster oder ein anderes langsames Auto überholte.

In einem Industriegebiet, das anscheinend zu Lüttich gehörte, war die Autobahn kurz unterbrochen. Wir überquerten einen breiten Fluss, es muss die Maas gewesen sein. Alles hier war schmutzig und verfallen. Ich bezweifelte, dass die Fabriken noch in Betrieb waren, und hoffte, diese von Menschen geschaffene Ödnis würde meinen Peiniger zu keinen neuen Entsorgungsideen inspirieren.

Kaum waren wir wieder auf der Autobahn, machte er mich auf eine Ausfahrt aufmerksam. Grâce-Hollogne. Er wollte wissen, ob mir der Name etwas sagte. (Es war der erste Satz, den er seit unserem Aufbruch am Hohen Venn gesprochen hatte.) Ich verneinte, weil ich den Namen tatsächlich noch nicht oder zumindest nicht bewusst gehört hatte. Inzwischen weiß ich selbst, was mein Peiniger mir damals erklärte: Es war der Ort, an dem im Juni 1995 die beiden achtjährigen Mädchen Julie Lejeune und Melissa Russo verschwunden waren. Jene Mädchen, die Marc Dutroux später in seinem Keller gequält hatte und die am Schluss verhungern mussten, weil Dutroux wegen irgendeines Kleindelikts von der Polizei für ein paar Monate eingesperrt worden war und seine Ehefrau sich angeblich nicht getraut hatte, in den Keller hinabzusteigen. (Die Mädchen waren auch Opfer jener Polizeibeamten, die bei der Hausdurchsuchung Schreie gehört, aber irgendwie gedacht hatten, diese müssten von der Straße kommen...) Wie unfassbar herzlos – oder krank! – jedoch muss die Ehefrau sein, dass sie zwei kleine Mädchen, von denen sie wusste, dass sie unten im Keller eingesperrt waren – wie unfassbar krank muss diese Frau sein, dass sie zwei kleine, hilflose Mädchen verhungern ließ! Dass sie in Gegenwart ihres perversen Ehemanns nicht den Mut gehabt hatte, etwas für die Mädchen zu tun, kann ich verstehen. Aber dass sie es fertiggebracht hat, ihnen noch nicht einmal in seiner Abwesenheit Essen zu geben! Vor Gericht soll sie gesagt haben, sie habe »Angst vor diesen wilden Tieren« gehabt. *Sie!* »Angst«! »Vor diesen wilden Tieren«! Der bloße Gedanke daran treibt mir Zornestränen in die Augen.

Meinem Peiniger dagegen bereitete die Geschichte, als er sie mir in jener Nacht im Auto erzählte, großes Vergnügen. (Im Nachhinein fällt mir auf, dass er das Detail mit den Polizeibeamten, die das Haus durchsuchen, die Tür zur Zelle nicht finden und auch die Mädchenschreie falsch interpretieren, ausließ. Vermutlich befürchtete er, ich würde dann kapieren, dass die Geschichte, die er *mir* im Keller erzählt hatte, geklaut war.) Das Einzige, was er an Dutroux auszusetzen hatte, war, dass dieser auch kleine Mädchen entführt und für seine Zwecke verwendet hatte. Allerdings ist mir bis heute nicht klar, ob sich in meinem Peiniger wenigstens an diesem Punkt ein letzter Rest von menschlichem Anstand regte. Oder ob er lediglich glaubte, dass man mit kleinen Mädchen unmöglich so viel »Spaß« haben könne wie mit großen.

Seine Dutroux-Erzählung ist mir deshalb in Erinnerung, weil es das erste Mal war, dass er Sätze zu mir sagte, die nicht die Anrede »F...« oder sonst eine Beschimpfung enthielten. Ihr Inhalt stieß mich jedoch nicht weniger ab. Trotzdem gelang es mir, still zuzuhören. Nur einmal rutschte mir heraus, dass mir Dutroux durchaus kein »wilder Hund« zu sein schien, sondern ein armes Würstchen. (Damals wusste ich über Dutroux eigentlich nichts außer dem, was mein Peiniger gerade erzählt hatte. Meine spätere Lektüre bestätigte mir aber, dass meine spontane Einschätzung absolut richtig gewesen war: ein feiger, schmieriger, verschlagener Kerl.) Zu meinem Erstaunen wurde mein Peiniger nicht wütend, sondern kniff mich in die Backe und sagte: »Braves Mädchen. Sollst keine Götter neben mir haben.«

Außer dass mir diese Geste so widerlich gewesen war, dass ich mir am liebsten sofort das Gesicht abgewischt hätte – was nicht ging, da meine Hände immer noch gefesselt waren und sich mittlerweile komplett abgestorben anfühlten – außer dass ich mir also am liebsten das Gesicht abgewischt hätte, hatte ich nun immerhin einen ersten Anhaltspunkt, was mit diesem Mann nicht stimmte. Er hielt sich für Gott. Und offensichtlich machte es ihn glücklich, wenn ich mich abfällig über andere Männer äußerte. Selbst wenn diese Männer für ihn eine Art Idol darstellten. Nachdem ich den Satz über Dutroux gesagt, er mich zum ersten Mal »Mädchen« genannt und in die Backe gekniffen hatte, war das Gespräch wieder verstummt.

Ich wunderte mich über eine regelmäßig auftauchende Reklame, die offensichtlich vom belgischen Verkehrsministerium bezahlt worden war: Sie zeigte ein hübsches Gesicht, das einem Mann oder einer Frau gehören mochte, hinter einer zersplitterten Autoscheibe. Dort, wo das hübsche Gesicht sein linkes Auge hatte, war ein Loch im Glas. Eigentlich sah es nicht wie ein Verkehrsunfall aus, sondern eher, als ob jemand durch die Scheibe geschossen hätte. Über dem Bild stand: »*La ceinture – une seconde qui change tout.*« (»Der Anschnallgurt – eine Sekunde, die alles verändert.« Zum Leidwesen meines Vaters war Französisch nie mein bestes Fach gewesen, aber für solche Sätze reicht es.)

Ich musste mich beherrschen, nicht loszulachen, denn in diesem Augenblick realisierte ich, dass mein Peiniger mich zumindest dieses Mal nicht angeschnallt hatte. (Sich selbst übrigens auch nicht.) Jetzt, wo ich es aufschreibe, kommt es mir gar nicht mehr lustig vor, aber in jener Nacht ließ mich die Vorstellung fast platzen, dass ich mit einem Mann im Auto saß, der mich aufs Schändlichste missbraucht und versucht hatte, mich zu töten – und entweder Letzteres oder Ersteres oder beides zusammen höchstwahrscheinlich bald wieder tun würde –, und irgendein belgischer Verkehrsminister machte sich Sorgen, weil ich nicht angeschnallt war!

Als wir an Charleroi vorbeikamen, fing er wieder an, mir einen Vortrag über Dutroux zu halten. (In Charleroi steht das Haus, wo dieses Würstchen seine Opfer gefangen gehalten hat.) Diesmal hörte ich allerdings nicht richtig zu, da der Schmerz in meinen Schultern mittlerweile unerträglich geworden war und ich überlegte, ob ich ihn bitten sollte, mir die Fesseln abzunehmen. Ich machte mir Sorgen, dass meine Hände absterben würden, blieben sie noch länger so fest verschnürt. Letzten Endes hielt ich den Mund. Das Ergebnis meiner Bitte wäre ja doch nur gewesen, dass er mich wieder »F...« genannt hätte. Außerdem hatte ich wenig Grund zu hoffen, dass ihn meine Schmerzen zu einer mitleidigen Tat bewegen könnten. Im Gegenteil. Wahrscheinlich würde er eher darüber nachdenken, wie sie sich noch steigern ließen. Die Tatsache, dass er mich seit einer oder zwei Stunden weder beleidigt noch geschlagen hatte, sollte mich nicht verleiten, übermütig zu werden.

Wie schon in Lüttich war die Autobahn auch hier, bei Charleroi, eine einzige Baustelle. Überall blinkte es, waren Ausfahrten gesperrt, standen verwirrende Behelfsschilder herum und waren Spuren umgeleitet. Mein Peiniger ließ sich davon nicht irritieren. (Woraus ich schloss, dass er die Strecke kannte.) Und ganz so, als sei es ihm plötzlich wichtig zu beweisen, dass er sich wenigstens den Gesetzen der Straßenverkehrsordnung zu unterwerfen vermochte, drosselte er in fast schon aufreizender Weise die Geschwindigkeit. Ich hatte den Satz auf der Zunge, ob er nicht ein bisschen Gas geben könne. (Ich weiß nicht, ob es Ihnen auch so geht: Aber ich werde verrückt, wenn einer hinterm Steuer trödelt – ganz gleich, ob ich es eilig habe oder nicht. Sonntagsfahrerei bereitet mir physisches Unbehagen. So, als ob der Rhythmus meines Bluts in einen fremden Takt gezwungen werden sollte. Ich kann es nicht aushalten, wenn meine Mutter mit hundertzehn Stundenkilometern über die Autobahn schleicht. Seit meinem Führerschein haben wir deshalb immer Streit, wer von uns beiden fahren darf.)

Mein Herz machte einen Sprung, als mein Peiniger nach einer weiteren halben Stunde (grob geschätzt, ich hatte wirklich keine Lust, aufs Armaturenbrett zu gucken) die Autobahn verließ. Kurz erlaubte ich mir die Hoffnung, ihm sei das Benzin ausgegangen und er müsse tanken. Aber dann fiel mir ein, dass wir an mindestens zwei

Tankstellen vorbeigekommen waren und dass er mitten in der Nacht doch lieber an einer anonymen Autobahn- als an einer neugierigen Dorftankstelle halten würde. (Zumal solche Dorftankstellen nachts ohnehin fast immer geschlossen sind.) Ich überlegte, ob es mir weiterhelfen würde, wenn ich ihm mitteilte, dass ich aufs Klo müsse. Er war sicher nicht scharf darauf, dass ich seine schicken Ledersitze einnässte. Andererseits waren die Ledersitze seit dem Hohen Venn ohnehin ruiniert. Und was hätte es mir schon gebracht, selbst wenn er irgendwo am Straßenrand gehalten hätte. Mit meinen gefesselten Armen hätte ich es ohnehin nicht geschafft, schnell genug davonzurennen. Zwar war die flache, hügelige Gegend, durch die wir jetzt fuhren, ziemlich dicht besiedelt. Doch die Backsteindörfer und Bauernhöfe schienen nicht weniger tief zu schlafen als die Steinhäuser in den Ardennen.

Das Ganze erinnerte mich ein wenig an Holland, und in der Tat wechselten die Ortsnamen bald von Französisch zu Niederländisch. Aus dem Umstand, dass wir keine weitere Grenze passiert hatten, schloss ich, dass wir im flämischen Teil von Belgien sein mussten. Allerdings konnte ich mir immer noch nicht vorstellen, was mein Peiniger hier wollte. Er hatte die Chance gehabt, mich in einem *Moor* ein für alle Mal loszuwerden! Da würde er doch jetzt nicht versuchen, mich in dieser Region zu entsorgen, in der alles nur nach Ferien auf dem Bauernhof und Ponyreiten roch. Obwohl: Was wusste ich schon, wie dieser Mann tickte. Vielleicht fand er es »lustig«, mich in einem Schweinestall zu erdrosseln und anschließend in die Mistgrube zu werfen. Die weiteren Ideen, auf die ihn das Motiv »Bauernhof« bringen mochte, malte ich mir lieber nicht aus.

Ich versuchte, mich wieder auf Ortsnamen zu konzentrieren. Kluisbergen. Nukerke. Maarkedal. Etikhove. Den Schildern nach musste irgendwo rechts Brüssel liegen. Ich begann, die (geschlossenen) Tankstellen und Billigrestaurants und Baumärkte und Autohäuser und Möbeldiscounter zu zählen. Obwohl ich fast kein Holländisch kann, versuchte ich, Plakate und Geschäftsaufschriften zu übersetzen. Ich hielt nach Kirchtürmen Ausschau.

Die Straße war mittlerweile zu einer Art Schnellstraße geworden, wir näherten uns einer größer wirkenden Ortschaft namens Oudenaarde. Doch anstatt den Weg ins Zentrum zu wählen, bog mein Peiniger links ab. Auf eine schmale, nicht erleuchtete Landstraße. Ich konnte mir gerade noch den Namen des Fleckens merken, zu dem das Sträßchen führte, dann brach die Panik, die ich so lange unterdrückt hatte, aus. Ich weiß nicht, ob ich zu brüllen und/oder zu strampeln begann, jedenfalls steuerte mein Peiniger den Porsche an den Straßenrand und knallte mir den Ellenbogen ins Gesicht. Der Hieb beeindruckte mich noch weniger als alle früheren. (Zuerst wollte ich schreiben, dass es zu einem »Handgemenge« gekommen sei, aber das wäre, zumindest was meinen Teil betrifft, das falsche Wort gewesen…) Da sein Messer ins Moor gefallen war, wusste er sich nicht anders zu helfen, als dass er neues Werkzeug aus seiner Sporttasche holte. Dazu musste er allerdings aussteigen. (Anscheinend hatte er nicht damit gerechnet, dass ich ihm noch einmal solche Probleme bereiten würde, sonst hätte er die Tasche sicher griffbereit auf einem der Rücksitze verstaut.) Während der kurzen Zeit, die er vorn am Kofferraum herumhantierte, versuchte ich abzuhauen. Ohne Erfolg. Weder gelang es mir, mit meinen tauben, nutzlos im Rücken herumzuckenden Fingern die Beifahrertür zu öffnen, noch hatte ich mich schnell genug auf die Fahrerseite manövrieren können, um von dort durch die geöffnete Tür zu fliehen.

Mein Peiniger zerrte mich in den Straßengraben, und nachdem er meine Extremitäten mit zwei Stricken vollends verschnürt hatte, stopfte er mir einen stinkenden Lappen in den Mund, den er mit einem speckigen Baumwollschal fixierte. Ich bin sicher, er hätte dies nicht getan, hätte ich nicht die ganze Zeit geschrien. Doch offensichtlich wollte an jenem frühen Septembermorgen kein Milchmann und kein Zeitungsverkäufer und auch sonst niemand die kleine Landstraße zwischen Oudenaarde und Petegem-aan-de-Schelde benutzen.

Zum Schluss verband mir mein Peiniger die Augen. Das Letzte, was ich sah, war die weiße Plastiktüte, die im Baum über mir hing. Und dass es in der Richtung, in der Brüssel liegen musste, zu dämmern begann.

Gefesselt

Ich weiß nicht, ob ich einem Menschen, der solche Qualen selbst nicht erlebt hat – und *bei Gott,* ich wünsche sie keinem! –, ich weiß nicht, ob ich imstande bin, das, was während der nächsten Stunden in mir vorging, so zu schildern, dass Sie es nachempfinden können.

Stellen Sie sich vor, Sie liegen in einem Raum, von dem Sie keinerlei Vorstellung haben, weil Ihnen die Augen fest verbunden sind. Ihre Hände (inzwischen komplett abgestorben) sind immer noch in Ihrem Rücken gefesselt, Ihre Beine sind zusammengeschnürt, und damit Sie sich auch ja nicht regen können, sind Sie als ganzes Paket bäuchlings auf etwas verzurrt, das ein Bett sein muss. Falls es Ihnen nämlich doch gelingen sollte, ein wenig zu ruckeln, hören Sie Bettfedern quietschen. Außerdem lässt der muffig-ranzige Geruch in Ihrer Nase keinen anderen Schluss zu als den, dass Sie (wieder einmal) auf einer speckigen Matratze liegen. Und sollten Sie in dieser Lage nun das natürlichste Bedürfnis der Welt verspüren, nämlich jenes, laut zu schreien, muss ich Sie enttäuschen. Nicht nur, dass die Matratze Sie ohnehin fast erstickt – Ihre Nackenmuskeln sind ganz steif von den Versuchen, wenigstens ein bisschen Abstand zwischen diese und Ihr Gesicht zu bringen – Sie haben außerdem ein dreckiges Tuch im Mund, an dem Sie von Minute zu Minute mehr würgen.

Leider kann ich Ihnen nicht ersparen mitzuteilen, worin Ihr erstes Erlebnis in diesem neuerlichen Gefängnis bestanden hat: Ihr Peiniger hatte sich damit abgemüht, Ihnen trotz der Fesselstricke die Hosen so weit herunterzuziehen, dass er Zugang zu jener Region erhielt, die ihn an einem weiblichen Wesen offenbar als einzige interessiert. (Den Rest, muss ich Sie bitten, sich selbst auszumalen. Immerhin kann ich Ihnen die Hoffnung mit auf den Weg geben, dass auch Ihr Peiniger das eine oder andere Problem mit seiner Männlichkeit hat. Wenn es das Schicksal nur ein ganz klein wenig gut mit Ihnen meint, wird er sein Vorhaben nach mehreren vergeblichen Versuchen abbrechen.)

Danach sind Sie erst mal allein. Und zwar nicht wie in *Samstagsabends-allein-zu-Haus-und-alle-Freunde/Bekannte/Eltern-feiern-irgendwo-ohne-Sie*. Sondern allein wie in *Gottverdammt-dreitausend-Meter-unter-dem-Meeresspiegel-allein*. Wobei diese Beschreibung nicht ganz zutreffend ist, denn es ist mitnichten so, dass Sie nichts hören. Ganz im Gegenteil. Sie hören alle möglichen Geräusche, an denen Sie sich festklammern, als ginge es um Ihr Leben. (Was es gewissermaßen ja auch tut.)

Zuerst fällt Ihnen ein merkwürdiges Naturgeräusch auf, das Sie nach und nach als Quaken identifizieren werden, sofern Sie nicht als reine Großstadtpflanze aufgewachsen sind. Sind Sie es doch, haben Sie Pech gehabt. Andernfalls können Sie aus der Anwesenheit von Fröschen immerhin schließen, dass Sie sich in der Nähe eines Gewässers wie zum Beispiel eines Teichs oder Tümpels befinden müssen.

Als Nächstes beginnen die Vögel Radau zu machen. Alle

möglichen Arten von Zwitschern, Pfeifen und Tirilieren. (Falls Sie sich mit Vogelstimmen auskennen, haben Sie die nächsten Stunden immerhin etwas, womit Sie sich beschäftigen können. Bei mir war nach der Amsel allerdings ziemlich schnell Schluss. Vielleicht noch eine Goldammer, aber da bin ich mir nicht sicher. (*Ti-ti-ti-ti-ti-ti-tüüüüüüh.* So macht doch die Goldammer? *Wie-wie-wie-hab-ich-dich-liiiiieb.* Oder war das der Zeisig? Nein, ich glaube, der macht *Di-di-didl-didl-dä.* Ist ja auch egal.))

Im Hintergrund vernehmen Sie Zivilisationsgeräusche wie das Rauschen einer Autostraße, das Ihnen verwirrend laut erscheint. Oder Züge, die immer wieder und scheinbar in nicht allzu großer Entfernung vorbeifahren. Wenn Sie über ein Hirn verfügen, das trotz Todesangst weiter funktioniert, werden Sie aus diesen Geräuscheindrücken – kombiniert mit dem Wissen, dass Sie eine glücklicherweise kurze Strecke in dem tatsächlich unerträglich winzigen Kofferraum Ihres Peinigers zurücklegen mussten – Folgendes ableiten: Sie befinden sich im flämischen Teil von Belgien, die nächste größere Ortschaft heißt Oudenaarde. Offensichtlich sind Sie ziemlich in der Natur, aber auch nicht ganz jwd, sonst würden Sie keine Autos und keine Eisenbahn hören.

Schwieriger wird es, die Art der Behausung zu erraten, in der Sie eingesperrt sind. Um hier weiterzukommen, müssen Sie Sinneseindrücke wie Gerüche und die Luftbewegungen dazunehmen, die Sie auf Ihren unbedeckten Körperteilen (Füße, Po, Hände, Wangen) spüren. Die Scheune eines Bauernhofs scheint Ihnen keine schlechte Vermutung zu sein. Allerdings riecht es nicht unbedingt nach Landwirtschaft. Einen starken Heugeruch können

Sie ebenfalls nicht ausmachen, wobei es mit den Gerüchen nicht so einfach ist, da die Ausdünstungen der Matratze alles andere überlagern. Trotzdem beginnen Sie sich zu fragen, ob es nicht staubiger und vor allem holziger riechen müsste, befänden Sie sich tatsächlich in einer Scheune oder einem Schuppen. Der Bauernhof erscheint Ihnen also plötzlich nicht mehr als Ihr wahrscheinlichster Aufenthaltsort.

Sie überlegen, ob es ein ganz normales Haus sein könnte, in dem Sie liegen. Diesen Gedanken verwerfen Sie schnell wieder, denn hinter gemauerten Wänden würden Sie die Natur, die Sie offensichtlich umgibt, nicht so direkt spüren.

Damit Sie eine Chance haben, das Rätsel doch noch zu lösen, werde ich Ihnen ein wenig die Einzelgeräusche schildern: Zwei- oder dreimal wird ganz in der Nähe ein Auto gestartet beziehungsweise geparkt. Das Wegfahren/Näherkommen geschieht langsam, und die Reifen knirschen so, dass es kein asphaltierter Weg sein kann. Dann hören Sie immer wieder Stimmen, mal näher, mal weiter entfernt. Es ist nicht ganz einfach auszumachen, aber die allermeisten scheinen Holländisch zu sprechen. Auffällig sind die vielen Kinder, die lachen, kreischen, Ball spielen und vermutlich auch mit Fahrrädern hin und her sausen. Eine Mutter schreit ständig nach »Jeroen« und »Lieke«. Auch hören Sie einen oder zwei Hunde bellen, die allerdings nicht nach Wachhunden, sondern eher nach Dackeln oder anderen Kleinhunden klingen. (Sollten Sie wie ich einen Hund besitzen, müssen Sie Acht geben, dass dieses Gebell Sie nicht verrückt macht. Mir hat die Sehnsucht nach meiner Tinka fast das Herz zerrissen.)

Das Allerschlimmste, was Ihnen in Sachen Geräusche zugemutet wird – in der Tat ist es so schlimm, dass Sie irgendwann Ihren Peiniger verdächtigen, sich diese Art der Folter ausgedacht zu haben –, das Allerschlimmste ist der aktuelle Sommerhit von Shakira und Wyclef Jean. (Bereits bei der WM hatte er meine Nerven angefressen. Zuletzt hatte ich Carina gebeten, auf ihrer Party alles bloß nicht dieses Lied zu spielen. Zwecklos. *Hips don't lie*.) Immer und immer wieder müssen Sie sich die scheppernden Fanfaren anhören und das *Bin-ich-nicht-cool-Reggae-* und *Oh-ja-ich-bin-so-sexy-Latina*-Gesinge. (In meinem Fall vermute ich, dass sich irgendeine fette belgische Kuh direkt neben meinem Gefängnis in ein bauchfreies Top gezwängt hatte und versuchte, genauso mit den Hüften zu wackeln wie die Tante aus Kolumbien. Und obwohl ich Shakira nichts Böses wünsche, frage ich mich, was sie zum Thema Hüften singen würde, müsste sie nur eine Viertelstunde in der Lage zubringen, in der ich mich damals befunden habe...)

Ich gebe Ihnen noch *einen* Tipp, und dann sollten Sie erraten, wo Sie sind: Sie hören zweierlei Arten von Türschlagen. Das eine sind offensichtlich die Autotüren. Das andere ist ein weniger sattes, klappriges, bisweilen sogar fast blechernes Geräusch. Und es scheint mehrere solcher Türen in Ihrer Nachbarschaft zu geben. (Na? Bei *Wetten, dass...?* würden die Buchstaben jetzt nach unten purzeln. Oder haben Sie es doch erraten?)

Jawohl: Sie befinden sich auf einem *Campingplatz*! Und die Türen, die Sie außer den Autotüren schlagen hören, sind Wohnwagentüren.

Ich will ehrlich sein. Ich selbst habe auch sehr lange gebraucht, bis ich draufgekommen bin. Zu meiner Rechtfertigung kann ich aber anführen, dass ich zuvor nur ein einziges Mal auf einem Campingplatz gewesen bin. Und das ist ewig her. (Meine Mutter, die in ihrer Jugend oft beim Zelten gewesen war, hatte gefunden, es sei gut für ihre Tochter, wenn diese wenigstens ein bisschen »Zelterfahrung« sammeln würde. Mein Vater hatte allerdings rasch genug gehabt von der »Zigeunerromantik«, weshalb er mit uns nach wenigen Nächten doch wieder in ein Hotel gezogen war. Sie sehen: Ich bin wirklich keine Proficamperin.)

Wie ich bald erfahren sollte, lag ich in einem fest installierten, ziemlich großen Wohncontainer, die der Campingplatz an Urlauber – und offensichtlich nicht nur an solche – vermietete.

Zu Recht werden Sie wissen wollen, welche Bewandtnis es mit diesem Container hat. Wie mir mein Peiniger später erzählte, hatte er ihn seit vielen Jahren dauergemietet, weil die Gegend rund um Oudenaarde ideal zum Trainieren sei und er im Anschluss an diese Trainingsfahrten nicht auch noch nach Aachen hatte zurückfahren können oder wollen. Ich verstehe, wenn Sie an dieser Stelle skeptisch sind. Aber anscheinend hatte mein Peiniger seinen Wohnwagen ursprünglich tatsächlich nicht als Mädchengefängnis, sondern als eine Art Trainingslager genutzt. Als er mir in der Nacht endlich die Binde von den Augen nahm, sah ich mehrere dieser lächerlich bunten Radlerklamotten mit den dicken Einlagen in den Hosen herumhängen. (Viel später, da waren wir schon in Frankreich oder Spanien, fing er an, mir ausführlich Radlergeschichten zu erzählen. Von wund gescheuerten Hintern,

Pilzen und »Sitzledern«, die jeden Morgen eingefettet wurden und sich auf der nackten Haut kalt und glitschig anfühlten. Besonders gern erzählte er von Durchfall während der Rennen, die man aber trotzdem nicht abbrechen durfte. Ich gestehe, dass sich mein Mitleid in Grenzen hielt. Dennoch bin ich bereit einzuräumen, dass es sich beim Profiradsport offenbar um eine ziemlich menschenverachtende Angelegenheit handelt, die zu der einen oder anderen seelischen Deformation führen mag. (Aber das entschuldigt *nichts* von dem, was mein Peiniger mir und den anderen Mädchen angetan hat!))

Ich merke gerade, dass ich bei der Aufzählung der Geräusche eins vergessen habe. Vermutlich aus dem Grund, weil es für mich das allerschlimmste war – schlimmer noch als Shakira: Geschirrklappern.

Ich hatte seit bestimmt vierundzwanzig Stunden nichts mehr gegessen. Jetzt, während ich dalag und mein Magen sich immer mehr verkrampfte, verfluchte ich mich dafür, dass ich die letzte Banane – jene, die mein Peiniger mir hatte in den Mund rammen wollen – ausgeschlagen hatte. Und dann gesellte sich zu dem Geschirrklappern auch noch der Geruch von Gegrilltem. Nicht, dass ich ein großer Grillfan wäre. Aber die Vorstellung, dass vermutlich keine fünfzig Meter entfernt von mir Menschen in Steaks – oder immerhin Bratwürste – bissen, brachte mich beinahe um den Verstand. Mein Durst, der ohnehin unerträglich war, wurde durch den Grillgeruch weiter angefacht.

Ich denke, dass ich in dieser Situation zu heulen begann. Ich erzähle dies nur, weil ich nicht sehr nah am Wasser gebaut habe. (Im Gegenteil, meine Mutter hat mich als Kind sogar mal zur Kindertherapeutin geschleppt, weil sie es nicht normal fand, dass ihre Tochter nie weinte. Als mein Vater Wind von der Aktion bekam, hat es einen furchtbaren Krach gegeben.) Und bis zum heutigen Tag finde ich Heulen-Können auch nichts, worauf man besonders stolz sein müsste. Wenn überhaupt, heule ich aus Zorn. Dennoch wäre es gelogen, würde ich behaupten, dass es in jener Situation nur Wuttränen waren, die mir in die Augen strömten und von dort direkt weiter in das Tuch, das sie zur Nutzlosigkeit verdammte. Ich war sicher, sterben zu müssen. Und zwar auf die wohl qualvollste Weise, auf die ein Mensch sterben kann. Gefesselt, geknebelt, verdurstend, verhungernd.

Wer garantierte mir, dass mich mein Peiniger nicht bereits entsorgt *hatte*? Vielleicht saß er in seinem Porsche und war längst in Frankreich, Holland oder sonstwo unterwegs. Sein letztes Erlebnis mit mir hatte ihn so frustriert, dass er endgültig die Lust verloren hatte.

Und – nun muss ich auf einen Punkt kommen, den ich bislang womöglich noch nie hinreichend erklärt habe und der deshalb für so viele Missverständnisse gesorgt hat: Jawohl, in diesem Moment *hasste* ich mich dafür, dass ich mich den Begierden meines Peinigers nicht willfähriger unterworfen hatte. Wäre ich nicht so widerspenstig gewesen, wer weiß, vielleicht hätte er mich weder ans Bett gefesselt noch geknebelt. Vielleicht würde ich jetzt sogar neben ihm im Porsche sitzen und über irgendeine Autobahn rasen. Und, bitte, ich flehe Sie an, verstehen Sie mich nicht so falsch, wie mich die Medien in diesem Punkt immer falsch verstanden haben: Neben diesem Schwein im Auto zu sitzen, *muss* Ihnen als die verlockendste Aussicht der Welt erscheinen, wenn Sie in Wirklichkeit dabei sind, in einem schmutzigen Wohnwagen zu verrecken.

In jenen Stunden empfand ich einen solchen Ekel vor mir selbst wie nie zuvor. Auch wenn der Mensch nichts zu trinken und zu essen bekommt, scheidet er hin und wieder gewisse Körperflüssigkeiten aus. Die Wahrheit ist: Ich *stank*. Und offensichtlich roch nicht nur ich dies, sondern auch die Fliegen, die mit mir im Container eingesperrt waren. Ich hörte sie in meinem Rücken brummen. Und spürte, wie sie auf meinem entblößten Hintern Platz nahmen, um ihn mit ihren winzigen Füßen und Rüsseln zu erkunden. (*Hips don't lie!*) Alle Versuche, sie abzuschütteln, waren so mühsam und von so lächerlich kurzen Erfolgen gekrönt, dass ich irgendwann aufgab. Und einsah, dass ich nur noch zu einem einzigen Zweck auf der Welt war: eine Handvoll Fliegen von Stunde zu Stunde glücklicher zu machen.

Ich hoffe, Sie können jetzt nachvollziehen, in welchem seelischen und körperlichen Zustand ich mich befand, als ich in der folgenden Nacht – meine schwächer werdenden Sinne waren gerade noch imstande gewesen wahrzunehmen, wie draußen erst das Geschirrklappern verstummte, dann die Stimmen und zuletzt auch noch der Fernseher, in dem ein Film oder eine Show mit vielen Lachsalven gelaufen war, und wie nach und nach die Frösche die Herrschaft über die Geräusche wieder an sich rissen –, ich hoffe, sie können begreifen, was in mir vorging, als ich plötzlich hörte, wie sich ein Auto meinem Gefängnis näherte. Mit den letzten Resten Aufmerksamkeit, die ich meinem Bewusstsein abtrotzen konnte, lauschte ich. Die

Reifen knirschten auf dem Kies. Das Motorgeräusch erstarb. Und obwohl meine Sinne wirklich nicht mehr die schärfsten waren, war ich sicher, dass das Auto, das offenbar direkt neben meinem Gefängnis geparkt hatte, *nicht* der Porsche meines Peinigers war. Mein Puls schnellte noch einmal in die Höhe. Erst recht, als ich hörte, wie eine Autotür geöffnet und kurz darauf wieder zugeschlagen wurde. Schritte. Im Kies. Dann auf den Stufen. Ich hörte, wie an der Tür herumgenestelt wurde.

War es möglich? Sollte doch noch jemand gekommen sein, um mich zu retten? Die Polizei? Meine Mutter! Was würde sie sagen, wenn sie mich in diesem Zustand sah! Wahrscheinlich würde sie mich als Erstes fragen, wo ich meine Schuhe gelassen habe. Und den Rucksack. Und das Handy. Ich musste versuchen, wenigstens meine Hosen wieder über den Hintern zu bekommen. Eigentlich würde ich lieber zuerst meinen Vater anrufen und dann meine Mutter. Oder saßen sie gar beide neben *demselben* Telefon? Wenn ja: In der Wohnung meiner Mutter? Oder in der Villa meines Vaters? Aber was machte dann die Architektin? Meine Mutter würde ihre Anwesenheit unmöglich tolerieren. Und meine Tinka! Bestimmt schnappte sie über vor Freude!

Als ich spürte, dass jemand im Raum stand, begann ich an meinem Bett zu rütteln. Die Angst, dass mein Besucher mich übersehen und einfach wieder gehen könnte – schließlich stank es hier so entsetzlich, dass sich kein normaler Mensch länger als nötig aufhalten würde –, diese Angst verlieh mir noch einmal Kraft. Und dann hörte ich eine hohe, sonderbar gedämpfte Stimme rufen: »*Politie! Alles in orde!*«

Sekunden verstrichen, in denen nichts passierte. Keine Schüsse. Kein hektisches Herumrennen. Kein Gebell von Polizeihunden – oder was immer ich erwartet hatte. Denn ich *hatte* doch richtig gehört, dass der Mann mit der hohen Stimme von der Polizei war. Ich spürte ihn näher kommen. An dem plötzlichen Gewicht, das meine Matratze in eine Richtung nach unten zog, merkte ich, dass er sich zu mir gesetzt hatte. Ungeduldig rüttelte ich noch heftiger. Warum band mich der Polizist nicht endlich los! Oder nahm mir wenigstens den verdammten Knebel aus dem Mund oder die Binde von den Augen. Und dann spürte ich eine Hand, die langsam über meinen entblößten Hintern fuhr. Ich musste nicht das vertraute Hohngelächter abwarten, um zu wissen, wer der »Polizist« war.

Sehen Sie jetzt, was für ein infames Spiel dieser Bastard mit mir getrieben hat? Er knipste meine Hoffnungen und meinen Lebenswillen an und aus wie andere Leute ihre Nachttischlampe.

Nachdem er genügend geschimpft hatte, was für eine »dreckige, stinkende F... ich sei«, ließ er mich fürs Erste in Ruhe. (In Wahrheit schien ihn mein Gestank nicht weiter zu stören. Andernfalls hätte er mir ja gleich erlauben können zu duschen.)

Ihren nächsten Höhepunkt erreichte seine Spiellaune, als er daranging, sich etwas zu essen zu machen. Ich hörte ihn mit Wasser und Töpfen und an irgendwelchen Schränken oder Regalen herumhantieren. (Vermutlich muss ich nicht eigens erwähnen, dass er mir natürlich weder den Knebel aus dem Mund noch die Binde von den Augen genommen noch meine Körperfesseln gelockert hatte.) Er pfiff eine alberne Melodie vor sich hin, lachte immer wieder über den tollen Scherz, den er sich eben geleistet hatte, und schien insgesamt mit sich und der Welt höchstzufrieden zu sein. Aus der Tatsache, dass ich kein Fett brutzeln hörte und auch keine Zwiebeln oder sonst etwas in der Art riechen konnte, schloss ich, dass er lediglich etwas ins Wasser warf, um es zu kochen. Eier vielleicht. Oder Reis. Oder Kartoffeln. Kurze Zeit später fing er hörbar zu essen an. (Ich sollte genügend Gelegenheit bekommen, mich davon zu überzeugen, dass er ohnehin keine besonders ausgefeilten Tischmanieren besaß. Dennoch bin ich sicher, dass er damals vor allem deshalb so laut geschmatzt hat, weil er sich genau vorstellen konnte, wie sehr mich ausgehungertes Wesen dies quälen musste.) Merkwürdigerweise roch, was immer er aß, nach nichts. Oder zumindest nicht so intensiv, dass ich es durch meine und die Ausdünstungen des Bettes hindurch hätte riechen können.

Im Ton einer besorgten Herbergsmutter erkundigte er sich, ob ich armes »F…lein« nicht schrecklich hungrig sei. Da ich nicht antworten konnte, blieb mir die Demütigung, »Ja« gesagt zu haben, erspart. Wieder senkte sich die Matratze neben mir, und – ich wagte es kaum zu glauben – offensichtlich machte er sich daran, zumindest einige meiner Fesseln zu lösen. Während er mit den Knoten kämpfte, die er selbst einige Stunden zuvor gebunden hatte, fragte er mich, ob ich die Absicht hätte, heute Nacht ein »braves, leises F…lein« zu sein. Nur dann könne er mir den Knebel aus dem Mund nehmen. Wenn ich für den Knebel sei, bräuchte ich bloß den Kopf zu schütteln. Andernfalls sollte ich nicken. Ich nickte. (Und ich schwöre Ihnen: Sie hätten es ebenfalls getan!)

Nach über zwölf Stunden nahm er mir also endlich den verdammten Lappen aus dem Mund. Im ersten Augenblick glaubte ich, ein Stück vom Lappen sei abgerissen, denn auch nachdem er den Stoff herausgezogen hatte, steckte noch etwas Pelziges in meinem Mund. Dann begriff ich, dass der Klumpen meine Zunge war. Ich brauchte mehrere Anläufe, bis es mir gelang, ein einziges Wort hervorzustoßen: »Durst.«

Hätte ich die Sekunden, in denen er mit irgendeinem Kanister herumhantierte – atemlos lauschte ich, wie eine Flüssigkeit in einem Behälter schwappte, bevor sie in ein kleineres Gefäß gluckerte –, hätte ich diese Sekunden, in denen mein Peiniger seine Hände nicht in unmittelbarer Nähe meiner Kehle hatte – hätte ich in diesen Sekunden wenigstens *versuchen* sollen, nach Hilfe zu schreien? Jetzt, wo ich hier in meiner zwar kargen, aber dennoch mit allem Wasser der Welt versorgten Berliner Wohnung sitze, erscheint es mir ganz natürlich, dass ich mir diese Frage stellen (lassen) muss. Damals im Wohnwagen kam sie mir nicht einmal entfernt in den Sinn. Alles in mir fieberte so sehr der Flüssigkeit entgegen – war so ausschließlich darauf gerichtet, *endlich etwas zu trinken zu bekommen*, dass in meinem Kopf für nichts anderes mehr Platz war.

Und nun tat mein Peiniger das womöglich Perfideste, was er bislang getan hatte: Er setzte sich abermals zu mir aufs Bett, drehte mich auf den Rücken, richtete mich ein bisschen auf, mit einer Hand stützte er sogar meinen Nacken und mit der anderen hielt er mir ein Glas an die Lippen, so dass ich trinken konnte. Das Wasser war weder frisch noch kühl, und dennoch war es das Beste, das ich je getrunken habe. Ich flehte ihn an, mir noch ein

Glas zu bringen. (»*Noch! Bitte! Noch!*«) Er tat es. In diesem Moment hätte ich ihn vor Dankbarkeit umarmen mögen.

Ich sehe, wie Sie die Stirn runzeln. Aber was macht der Säugling, der stundenlang geschrieen hat vor Durst? Er klammert sich an die nächstbeste Brust, die ihm hingehalten wird. Interessiert ihn dabei, ob diese Brust ausgerechnet jener Mutter gehört, die schuld daran ist, dass er überhaupt so lange schreien musste?

Natürlich können Sie einwenden: Aber Julia, Sie sind doch kein Säugling mehr. Sondern ein erwachsener Mensch. Noch dazu einer, der vor wenigen Monaten das zweitbeste Abitur der ganzen Schule gemacht hat und deshalb für die *Studienstiftung des Deutschen Volkes* vorgeschlagen worden ist. Alles richtig. Aber was bedeuten solche »Leistungen«, wenn Ihr Peiniger, der ebenfalls kein Minderbemittelter, sondern im Gegenteil ein Raffinierter ist – wenn er in den Tagen und Stunden zuvor alles unternommen hat, um Sie wieder zu dem Säugling zu machen, der Sie vor neunzehn Jahren schon einmal gewesen sind? *Ihr Körper, Ihre Seele erinnern sich.* Egal, wie viele Einsen Sie in der Schule geschrieben haben, egal, was Sie über Differentialrechnung, die Gedichte Gottfried Benns und die Punischen Kriege wissen, egal, wie »hochbegabt« Sie sind – in jedem von Ihnen steckt der verängstigte Säugling.

(Damit jetzt keine neuen Missverständnisse aufkommen: Ich will *nicht* andeuten, dass meine Mutter mich als Säugling vernachlässigt hätte. Die Medien haben gern von »Spannungen« zwischen uns berichtet. Das sind nichts als Übertreibungen. Meine Mutter und ich, wir verstehen uns so gut, wie eine Tochter und eine Mutter sich verstehen können.)

Von Brecht stammt der Satz, dass erst das Fressen kommt und dann die Moral. Ich weiß, dass er abgedroschen ist. Trotzdem steckt in ihm die ganze Wahrheit. Setzen Sie statt »Fressen« nur »Schlafen, Essen, Trinken, Keine-Schmerzen-zugefügt-Bekommen« ein, und statt »Moral« nehmen Sie »Selbstachtung, Stolz, Anstand, Menschlichkeit« – und schon klingt es nicht mehr so dumm.

Die einzige intelligente Journalistin, von der ich jemals interviewt worden bin, hat mich gefragt, ob sich das, was mein Peiniger mit mir gemacht hat, nicht mit einem Jo-Jo vergleichen ließe. Mir selbst wäre dieses Bild nicht in den Sinn gekommen, aber jetzt, wo ich noch einmal darüber nachdenke, muss ich zugeben, dass es ziemlich treffend ist. Ich *war* ein Spielzeug in den Händen dieses Unmenschen. Und zwar tatsächlich eins, das er nach Belieben von sich fortschleuderte und wieder heranschnellen ließ. (Vielleicht hat mir der Vergleich beim Interview nicht eingeleuchtet, weil ich in meiner Kindheit nie Jo-Jo gespielt habe.)

Nachdem er mich also ganz weit von sich fortgeschleudert hatte – so weit, dass ich sicher gewesen war, sterben zu müssen –, ging er nun auf »Rückholkurs«. Er gab mir nicht nur zu trinken, sondern er löste meine Handfesseln, damit ich essen konnte. Allerdings ging dies nicht so leicht, wie er es sich vorgestellt hatte. Meine Hände waren dermaßen taub, dass ich unmöglich eine Gabel, geschweige denn einen Teller halten konnte. Die Folge war, dass mir alles entglitt und die Spaghetti samt Ketchup – denn das war es, was er »gekocht« hatte – zur Hälfte auf meinen

Schoß, zur Hälfte auf die Matratze rutschten. (Sehen konnte ich allerdings immer noch nichts. Um es mit seiner »Güte« nicht zu übertreiben, hatte er mir die Binde vor den Augen gelassen.) Er fuhr mich an, dass ich kein solches Theater um meine Hände machen solle. Er selbst sei mit gebrochenem Handgelenk irgendeine Rundfahrt zu Ende gefahren. Ich beschwor ihn, sich nicht aufzuregen, ich bräuchte keinen Teller und auch keine Gabel. Mit zitternden Fingern tastete ich nach den lauwarmen Nudeln, die ich auf meinen nackten Oberschenkeln spürte, und stopfte alles, was ich zu fassen bekam, in den Mund. Dies wiederum brachte meinen Peiniger zum Lachen. Er meinte, noch nie im Leben habe er jemanden so fressen sehen. Kein Wunder, dass die arme Madame Dutroux Angst gehabt habe vor den wilden Tieren in ihrem Keller. Ich war viel zu sehr damit beschäftigt, die glitschigen Nudeln zwischen meine Finger zu bekommen – es war, als hätte ich Skihandschuhe an –, als dass ich die Energie besessen hätte, ihm zu widersprechen.

Er meinte, dass sich unser Verhältnis doch deutlich gebessert habe: Mittlerweile würde ich ihm ja wirklich blind aus der Hand fressen. Zu seiner Zeit habe man die Mädchen noch erschrecken können, indem man sie bei Schulfestgeisterbahnen in eine Schüssel kalte Spaghetti habe hineingreifen lassen. Aber mir hätte er wohl auch Froschlaich auf den Schoß kippen können, und ich hätte ihn verschlungen.

Obwohl ich mich fast übergab, erkannte ich, dass er einen Punkt getroffen hatte: Was für ein Vertrauen musste ich plötzlich zu diesem Mann gefasst haben, dass ich mir etwas, das er mir gereicht und das sich auf meinen Oberschenkeln in der Tat widerlich angefühlt hatte, ohne nachzudenken, in den Mund gestopft hatte? Ich kannte doch seine Spiellaune. Wäre es nicht viel wahrscheinlicher gewesen, dass er mir blinden Kuh tatsächlich Froschlaich vorgesetzt hätte? Und wie konnte ich verhindern, dass mich eine neuerliche Welle von Dankbarkeit erfasste? Dafür, dass er es *nicht* getan und mir stattdessen *echte Spaghetti* gegeben hatte?

Schütteln Sie ruhig wieder den Kopf. Aber in jener Nacht musste mir die Tatsache, dass mein Peiniger diese Folter ausgelassen hatte, als Akt größter Menschlichkeit erscheinen. Als Beweis, dass er doch so etwas wie ein Gewissen besaß. Dass er Rücksicht auf meine Bedürfnisse nehmen konnte.

Meine Therapeutin hat immer wieder versucht, mich davon zu überzeugen, dass meine Interpretation aus der damaligen Situation heraus zwar absolut verständlich sei – dass ich jetzt aber erkennen solle, dass mein Peiniger lediglich berechnend gehandelt habe. Um mich »psychisch abhängig« zu machen. »Gefügig« für all das, was er noch mit mir vorhatte. Und sicher liegt meine Therapeutin mit ihrer Sicht nicht ganz falsch. Dennoch lasse ich mich nicht davon abbringen, dass er in jener Nacht irgendetwas für mich empfunden haben muss.

Nachdem ich die allermeisten Spaghetti von meinen Oberschenkeln geklaubt hatte, fragte er, ob er mir den Rest von der Haut lecken solle. Ich sähe aus wie nach einer Fehlgeburt. Ich spürte, wie sich sein Gesicht meinem Schoß näherte, aber dann stieß er heftig die Luft aus und meinte, dass es beim besten Willen nicht ginge. Ich würde *zu* widerlich stinken. Und so kam es, dass er mir auch noch die restlichen Fesseln löste, mich in den engen Duschraum bugsierte und das (kalte) Wasser über mir anstellte. Ich bat ihn, auch die Haare waschen zu dürfen. Dazu müsse er mir allerdings die Augenbinde abnehmen. In einem dritten Anfall von Milde gab er meinem Wunsch nach.

Über dem Waschbecken hing ein Spiegel, der fast so blind war, wie ich es die letzten vierzehn, fünfzehn Stunden gewesen war. Ich brauchte einige Sekunden, bis ich begriff, dass das Wesen mit dem zerschundenen Gesicht ich selbst war. (Die philosophische Frage, ob ich wirklich *ich selbst* war, will ich außer Acht lassen.) Erst in diesem Augenblick realisierte ich, wie lange ich mich nicht mehr im Spiegel gesehen hatte. Sie legen sich keine Rechenschaft darüber ab, wie oft Sie sich an einem ganz normalen Tag anschauen. Selbst wenn Sie ein uneitler Mensch sind oder Ihren eigenen Anblick hassen, kommen Sie garantiert auf fünf- bis zehnmal. Und offensichtlich braucht der Mensch diese Art von regelmäßiger Selbstvergewisserung. Wird sie ihm verweigert, verliert er sich und muss sich erst wieder neu entdecken. Mir wurde dieser Prozess nicht gerade erleichtert dadurch, dass sich mein Gesicht stark verändert hatte, seit ich ihm zuletzt begegnet war. (In Carinas riesigem Badezimmerspiegel hatte mein prüfender Blick noch Fragen gegolten wie: »Ist mein Lippenstift verschmiert?«)

Bevor ich Zeit hatte, mich an mein neues rot-blau-gelb-grünes Gesicht zu gewöhnen, drückte mein Peiniger die letzten Reste einer Duschgeltube über mir aus, und ich versuchte, mir die Haare einzuschäumen. Anfangs ging es mühsam, ich musste die Innenseiten meiner Unterarme benutzen, und meine Schultern schmerzten bei jeder Bewegung, als würden sie ausgerenkt. Doch nach und nach ging es besser. Selbst in meine Hände kehrte ein wenig Leben zurück.

Das Duschgel roch eindeutig nach Mann. Ohne zu wissen, welche Marke es war, war ich sicher, dass sich in der entsprechenden Werbung ein nackter Adonis in die Brandung oder kopfüber von einer Felsklippe stürzte. Vermutlich würde ich so riechen wie die Jungs bei uns in der Schule gerochen hatten, wenn sie nach dem Sportunterricht aus der Umkleide gekommen waren. Außerdem brannte das Duschgel in den Augen. Aber das machte alles nichts. Die Hauptsache war, dass ich mich endlich wieder – wenigstens ein bisschen – *wie ein Mensch fühlte*.

Diejenigen, die jetzt denken, dass diese Szene so endete, wie es in billigen Geschichten oder Filmen stets endet, wenn ein Mann und eine Frau gemeinsam in einer Dusche stehen, muss ich enttäuschen. Erstens behielt mein Peiniger die ganze Zeit seine Kleidung an. (Nebenbei registrierte ich, dass es nicht mehr dieselben Sachen waren wie in der Nacht zuvor, also jene, die er sich im Hohen Venn verdreckt hatte, sondern frische Jeans, ein frisches Poloshirt und eine frische Jeansjacke.) Und zweitens hatte mein Peiniger an den erotischen Phantasien, denen sich die meisten normalen Menschen hingeben, keinerlei Interesse. Ein Mädchen, das sich die Haare wäscht, erregte ihn nicht mehr als ein alter Autoreifen.

Zum Problem wurde die Frage, was ich anziehen sollte. Meine eigenen Kleider schieden – zumindest ungewaschen – aus. Zum Scherz hielt mir mein Peiniger eine seiner Radlerhosen hin. Kaum hatte ich mich jedoch in dieses obszöne Stück – dessen hosenträgerartiges Oberteil definitiv nicht für den weiblichen Körper gemacht war – hineingezwängt, herrschte er mich an, dass ich es sofort wieder ausziehen solle. Ich kann nicht sagen, was ihn so plötzlich wütend gemacht hat. Vielleicht hatte ihn mein Anblick an jene Zeiten erinnert, in denen er noch in diesen Hosen trainiert hatte, vielleicht fand er, dass ich sie entweihte. Ich jedenfalls war froh, aus dieser Plastikpelle schnell wieder herauszukommen. (Es ist mir ein Rätsel, wie Männer so etwas freiwillig tragen können. Mich erinnerte das Polster zwischen den Beinen an den Anfang meiner Pubertät, als meine »feministische« Mutter mich in den grellsten Tönen davor gewarnt hatte, Tampons zu benutzen, vor allem nachts, und mir deshalb eine Packung extradicke Binden ins Bad gestellt hatte.)

Einen Moment befürchtete ich, mein Peiniger würde einen richtigen Wutanfall bekommen und mich bestrafen – zumal ich ihn zu seiner Sporttasche gehen sah. Umso erleichterter war ich festzustellen, dass er lediglich eine Jeans und ein T-Shirt herausholte. Die Sachen waren mir natürlich zu groß, und Unterwäsche für mich gab es auch keine, dennoch fühlte ich mich beinahe *wohl*, als ich frisch geduscht und mit sauberen Kleidern im Wohnwagen saß.

Wobei ich an dieser Stelle keine falsche Romantik aufkommen lassen möchte. Bei Lichte besehen war dieser »*Comfortcaravan*« – als wir den Campingplatz verließen, entdeckte ich, dass der Betreiber die Blechcontainer als solche anpries –, bei Lichte besehen war dieser »*Comfortcaravan*« nichts als eine Schrottbude. Die Vorhänge, die rundherum zugezogen waren, sahen aus, als ob sie nie gewaschen worden wären. (Als ich die toten Fliegen bemerkte, die darin hingen, wandte ich den Blick schnell ab.) Auf dem Boden lag eine Art Kunststoffflickenteppich, die Kochnische, in der ein Plastiksieb, der Spaghettitopf und die fast leere Ketchupflasche standen, schaute ich mir lieber nicht genauer an, vom Bettgestell blätterte der Lack, und auf der Matratze war ein Steppschlafsack mit kindischem Bärenmuster ausgebreitet.

Verstohlen betrachtete ich meinen Peiniger, wie er in seinem hellblauen Poloshirt mir gegenüber am Sperrholztisch saß und abermals in seiner Sporttasche wühlte, und verstand nicht, wie ein Mann, der offenbar so großen Wert auf sein Äußeres legte, in derartigen Löchern hausen konnte. Doch selbst wenn ich mich getraut hätte, diese Frage zu stellen, wäre sie mir irgendwo zwischen Kehlkopf und Zungenwurzel stecken geblieben. Denn plötzlich hatte er eine Pistole in der Hand.

Die Drohung

Was ist verwerflicher: Einen Menschen zu töten? Oder nicht zu verhindern, dass ein Mensch getötet wird, obwohl es in der eigenen Macht stünde?

Sicher haben Sie von dem Schulmassaker in Erfurt gehört. (Und wie mir meine Mutter heute Morgen am Handy erzählt hat, hat es vor wenigen Tagen schon wieder eins gegeben, diesmal in Emsdetten – aber ich schaue ja kein Fernsehen mehr.) Immer wieder ist darüber spekuliert worden, ob Robert Steinhäuser einen Mitwisser hatte. Ich frage Sie nun: Hat sich dieser Mitwisser – so es ihn denn gibt – nicht ebenso schuldig gemacht wie Robert Steinhäuser selbst? Hat er im Grunde nicht noch verwerflicher gehandelt als dieser, wenn er nicht *alles versucht* hat, um seinen Kumpel davon abzubringen, sechzehn unschuldige Menschen zu erschießen? Robert Steinhäuser selbst war wenigstens bereit, für seine Tat zu sterben. Wohingegen der Mitwisser wahrscheinlich noch immer in irgendeinem Zimmer in Erfurt oder sonst wo an seinem Computer hockt, *Half-Life* spielt und Erdnussflips in sich hineinstopft. (Im letzten Jahr hatten wir über das Thema »Tun und Unterlassen« eine Philosophieklausur geschrieben. Meine spitzfindige Freundin Carina hatte die Ansicht vertreten, man könne einem Mitwisser nur dann einen Vorwurf machen, wenn es für ihn kein »unzumutbares

Opfer« bedeute, einen Täter von seiner Tat abzuhalten. Müsste sich der Mitwisser selbst in Lebensgefahr begeben oder ein anderes großes Opfer bringen, könne man ihm jedoch keinen Vorwurf machen. (Und diese Frau studiert mittlerweile Jura...))

Ich behellige Sie nur deshalb mit moralischen Überlegungen aus meiner Schulzeit, weil ich mich – seit mein Peiniger die Pistole aus der Tasche gezogen hatte – in eben jener Situation wiederfand, über die ich vor einem Jahr noch so wohlgemut philosophiert hatte. Er hatte nämlich durchaus nicht die Absicht, mich zu erschießen – wie ich im ersten Schrecken angenommen hatte –, sondern verkündete, dass er mich auf seine Flucht mitnehmen wolle. Und sollte ich versuchen, davonzulaufen oder sonst eine Dummheit zu begehen, würde er nicht *mich*, sondern wahllos *alle Menschen* erschießen, die ihm vor die Flinte liefen.

Ich nehme es Ihnen nicht übel, wenn Sie einige Einwände erheben. Ich bin es gewohnt. Zum Beispiel werden Sie wissen wollen: Liebe Julia, Sind Sie *ganz* sicher, dass es sich bei der Pistole um keine Schreckschusspistole oder gar Attrappe gehandelt hat?

Antwort: Ja, ich bin mir *ganz* sicher. (Und war es vom ersten Augenblick an. Es gibt Dinge, bei denen sieht man auf Anhieb, dass sie kein Fake sind.)

Nächster Einwand: Weshalb haben Sie die Drohung Ihres Peinigers geglaubt, dass er blindlings um sich schießen würde? Bislang hatte er sich doch nur als Mädchenmörder hervorgetan, und Mädchenmörder und Amokläufer sind zwei Paar Schuhe.

Antwort: Vielleicht sind es zwei Paar. Aber schneiden

Sie von einem Stiefel den Schaft ab, und schon haben Sie einen Halbschuh.

Dritter Einwand: Hätte es während der ganzen zehn Tage, die Ihr Peiniger mit Ihnen in Frankreich und Spanien herumfahren sollte, keine einzige Gelegenheit gegeben, ihm die Pistole zu entwinden?

Antwort: Nein. Jedes Mal, bevor er sich schlafen gelegt hat, hat er mich gefesselt. Mit Handschellen, die er neuerdings besaß. (Woher er sie hatte, erfahren Sie gleich.)

Vierter Einwand: Hätte es nicht dennoch eine Situation gegeben, in der Sie hätten entwischen können, um schnell die Polizei zu verständigen?

Antwort: Nein. Vielleicht wäre es möglich gewesen, wenn er an einer einsamen Landstraße den Autositz zurückgeklappt hätte, um ein Nickerchen zu machen, und just in diesem Moment eine Polizeistreife vorbeigefahren wäre. Dies war aber leider nicht der Fall. Und in allen anderen Situationen war mir das Risiko zu groß, dass es zu lange dauern würde, bis die Polizei tatsächlich eingriff. Wer weiß, wie viele Kassierer, Bustouristen, Urlaubsfamilien, Fernfahrer und andere unschuldige Menschen in einem Hotel, an einer Raststätte oder in einem Supermarkt hätten sterben müssen, wenn ich etwas Unvorsichtiges getan hätte.

Das sind alle Einwände, die mir einfallen. (Und die ich mir ja auch schon hundertmal habe anhören müssen.) Ich hoffe, Sie begreifen, dass er mich *tatsächlich* in seiner Gewalt hatte – ohne dass er mir dafür vierundzwanzig Stunden am Tag die Pistole hätte an die Schläfe halten müssen. Alle Geschichten, die irgendein wichtigtuerischer Tankstellenwart oder Hotelpatron erzählt hat, er habe mich mit meinem Peiniger »ganz entspannt herumlaufen« sehen, rühren einzig und allein daher, dass diese »Augenzeugen« keine Ahnung hatten, was unter der Jeans- beziehungsweise Lederjacke steckte, die er auch im heißesten Andalusien nicht ablegte. (Vielleicht hätten sie sich mal fragen sollen, warum dieser Mann selbst bei dreißig Grad im Schatten seine Jacke nicht auszog – aber so viel Misstrauen *an der richtigen Stelle* ist offenbar zu viel verlangt.) Und ja: Ich hätte mehr als ein Dutzend Mal die Chance gehabt, *mich* in Sicherheit zu bringen, *meine eigene Haut* zu retten, wenn ich darauf gepfiffen hätte, was anschließend passieren würde. Dafür, dass ich es nicht getan habe, erwarte ich nicht, dass man mir den Friedensnobelpreis verleiht. Ich erwarte lediglich, *dass dieses ständige Misstrauen gegen meine Person aufhört!*

Jetzt bin ich doch wieder ausgerastet. Entschuldigen Sie. Meine Tinka, die den ganzen Tag unter meinem Schreibtisch liegt, hat gleich gespürt, dass sich etwas zusammenbraut. Während ich die letzten Zeilen in den Laptop gehackt habe, hat sie zu bellen angefangen. (Und sie bellt *nie* ohne Grund.) Aber ich hoffe wirklich, dass es mir gelungen ist, Ihnen *ein bisschen* begreiflicher zu machen, warum ich mich an diesem Punkt so aufrege.

Ich schulde Ihnen noch eine Erklärung, wie es überhaupt kam, dass mein Peiniger plötzlich eine Pistole hatte. (Im Folgenden muss ich mich auf das verlassen, was er mir erzählt hat, aber ich sehe keinen Grund, an seinem Bericht zu zweifeln.)

Nachdem er am frühen Morgen des 6. September so

hastig vom Campingplatz in Oudenaarde aufgebrochen war und mich zurückgelassen hatte, ist er an die Nordsee gefahren. Auch wenn mir das meiste an diesem Menschen bis heute unverständlich geblieben ist, kann ich seinen Impuls, zum Grübeln ans Meer zu fahren, nachempfinden. Außerdem bin ich später dahintergekommen, dass irgendwo an der belgischen beziehungsweise französischen Nordseeküste der Ort sein muss, an dem er das einzige Rennen seiner Karriere gewonnen hat. Vielleicht hat ihn die Rückkehr an diesen einzigen Ort, an dem er in seinem Leben jemals etwas »Großes« geleistet hatte, dazu angestachelt, abermals etwas »Großes« leisten zu wollen. Nur dass dieses »Große« diesmal kein harmloser Sieg bei einem Radrennen sein sollte, sondern etwas, worüber die Menschheit in hundert Jahren noch sprechen würde. Wenn auch mit Abscheu.

Wie lange er sich an der Küste herumgetrieben und was er dort im Einzelnen gemacht hat, kann ich nicht sagen. Irgendwann im Laufe des Tages muss er jedoch nach Charleroi gefahren sein. (Sie erinnern sich: das Haus von Dutroux…) Er war seinem Instinkt gefolgt, dass es in ganz Belgien keinen besseren Ort geben könne, um einen Autohändler zu finden, der bereit war, einen limonengelben Porsche ohne Papiere und ohne lästige Fragen gegen ein weniger auffälliges Fahrzeug, eine Pistole, Munition und ein bisschen Cash umzutauschen. In der Frage des Bargelds schienen die Verhandlungen mühsam gewesen zu sein, aber ansonsten hatte mein Peiniger alles bekommen, was er wollte. Und ein Paar Handschellen gratis dazu.

Neues Auto – neues Glück. Etwas in der Art muss mir durch den Kopf gegangen sein, als er mich mit einem knappen Pistolenwink aufforderte, in den braunen Ford mit belgischem Kennzeichen zu steigen, der direkt neben dem Wohncontainer stand. Das war also das Auto, das ich zuvor gehört hatte. Bei jeder Laterne, deren Licht das Wageninnere erhellte, wanderte mein Blick zu der Beule, die sich unter seiner Jeansjacke abzeichnete.

Kurz hinter Kortrijk verließen wir Belgien und kamen nach Frankreich. Prompt hörte die Autobahnbeleuchtung auf. Bei Lille mussten wir das erste *Péage*-Ticket ziehen. (Und ganz so wie mein Vater es früher mit meiner Mutter gemacht hatte, reichte mein Peiniger mir das Ticket herüber mit der Aufforderung, es ins Handschuhfach zu legen. (Ich frage mich, wieso diese Dinger eigentlich »Handschuhfach« heißen. Kennen Sie irgendjemanden, der dort tatsächlich *Handschuhe* verstaut?))

Insgeheim wunderte ich mich, dass er auch in Frankreich auf der Autobahn blieb. Nicht, dass ich ihn für so bankrott oder geizig gehalten hätte, dass er nicht bereit gewesen wäre, Autobahngebühren zu zahlen. Aber an *Péage*-Stationen wimmelte es doch vor Überwachungskameras. Ihn schien das nicht weiter zu stören. Er musste sich in seinem neuen Auto sehr sicher fühlen. Und – um ehrlich zu sein: Noch hatte er ja auch nicht den geringsten Grund, sich *nicht* sicher zu fühlen. Zu jenem Zeitpunkt gab es keinerlei Hinweis darauf, dass sich irgendjemand für seine Flucht beziehungsweise meine Entführung interessierte. (Außer meinen Eltern – aber deren Sorgen nahm niemand ernst.)

Mehr als einmal habe ich mich gefragt, ob mir meine Irrfahrt durch halb Europa erspart geblieben wäre, würde es die guten alten Passkontrollen noch geben, an die ich mich aus meiner Kindheit erinnere. Denn selbst der gedankenloseste Grenzbeamte hätte uns wohl kaum durchgewunken, hätte er auch nur einen Blick ins Auto geworfen und auf dem Beifahrersitz mich verprügeltes Wesen entdeckt – das bei näherem Hinsehen Kleider trug, die ihm nicht gehören konnten, barfuß war und keinerlei Ausweis bei sich hatte.

Prinzipiell bin ich für die europäische Einigung. Nur macht sie es Zeitgenossen wie meinem Peiniger unnötig einfach. Der Kriminologe hat absolut Recht, der in einem Interview gesagt hat, die Tatsache, dass sich Geschichten wie die meine bislang eher in den USA abgespielt hätten, habe entscheidend damit zu tun, dass Serientäter in Europa bislang nicht genügend »Spielfläche« gehabt hätten. Zwischen Aachen und Sevilla jedoch ließ sich eine *Killing-Tour* noch besser veranstalten als zwischen Miami und Los Angeles. (Andererseits halte ich es für übertrieben, sollte unser Innenminister tatsächlich gefordert haben, dass die zuständigen Stellen in Brüssel meine Geschichte zum Anlass nehmen, das Schengener Abkommen in Frage zu stellen.)

Kurz vor Reims näherten wir uns einer großen, hell erleuchteten *Péage*-Station, an der mein Peiniger bezahlen musste. Während ich ihm das Ticket reichte, schärfte er mir noch einmal ein, auf keine dummen Gedanken zu kommen. Die zehn oder zwölf Kassierer und Kassiererinnen seien schneller abgeknallt, als ich »*Au secours!*« schreien könne. Ganz zu schweigen von den Autofahrern, die nichts anderes vorhatten, als brav ihre Gebühren zu bezahlen. (In Wahrheit waren um diese Uhrzeit allerdings nur sehr wenige Autos unterwegs.)

Bevor wir das Kassenhäuschen erreichten, strich ich mir die Haare ins Gesicht und schaute aus dem Beifahrerfenster. (Ob sich die *Péage*-Kassierer nördlich von Reims jemals darüber Rechenschaft abgelegt haben, dass ich ihnen in jener Nacht das Leben gerettet habe?) In der Ferne sah ich die beiden angestrahlten Türme der Kathedrale. Als Kind hatte ich die Kirche drei- oder viermal besichtigt – immer, wenn wir bei unseren Familienurlauben durch die Champagne gekommen waren. (Ich habe es noch im Ohr, wie mein Vater meine Mutter – deren französische Aussprache sonst eigentlich ganz gut ist – stets damit aufgezogen hat, dass sie das nasale »äh« in »Rähns« nicht richtig herausbekam. Bei ihr hat es immer ein bisschen geklungen, als ob sie erkältet wäre. Und wie stolz war mein Vater gewesen, als ich, noch bevor ich in der Schule ein Wort Französisch gelernt hatte, das erste perfekte »Rähns« sagen konnte!)

Mein Peiniger schien sich für gotische Kathedralen hingegen nicht zu interessieren. Jedenfalls zeigte er keine Regung, als wir an dem braunen Schild vorbeifuhren, das den unkundigen Reisenden darüber aufklärte, woran er gerade vorbeifuhr.

Bislang habe ich mich nie getraut, es meinem Vater zu sagen: Aber im Grunde haben mich diese ewigen Kirchen und Schlösser und Museen und Tempel und all die anderen »Kulturdenkmäler«, die wir in unseren Ferien von morgens bis abends besichtigen mussten, gelangweilt. (Vater, ich weiß, Du wirst jetzt sehr enttäuscht sein. Aber es ist die Wahrheit. Auch Mutter hatte auf Deine »Kulturreisen« nicht die geringste Lust. Viel lieber wäre sie wandern gegangen. Oder mit dem Wohnmobil durch Australien gefahren. Nur aus Angst, Du würdest sie und mich verlassen, hat sie nie etwas gesagt. Dass Du es später trotzdem getan hast, war womöglich die gerechte Strafe dafür, dass keine von uns beiden je den Mut hatte, Dir gegenüber einen eigenen Willen anzumelden. Und wir stattdessen alles getan haben, um Dir zu gefallen. (Komisch: Jetzt, wo ich darüber nachdenke, merke ich, dass die Architektin sich überhaupt nicht benimmt, als wolle sie *Dir* gefallen. Im Gegenteil: Eher habe ich den Eindruck, Du bist plötzlich zu jeder Verrenkung bereit, um *ihr* zu gefallen – oder warum hast Du sonst angefangen zu joggen?!))

Eine Weile juckte es mich in jener Nacht aber doch, meinen Peiniger zu fragen, ob er schon einmal die Kathedrale von Reims besichtigt habe. Ob er wisse, dass dort jahrhundertelang die französischen Könige gekrönt worden seien. Und dass Marc Chagall nach dem Zweiten Weltkrieg die Kirchenfenster neu gestaltet habe.

Vielleicht hätte ich ihn sogar gefragt, wäre er nicht in diesem Moment von der Autobahn heruntergefahren. Da er die Richtung wählte, die von Reims wegführte, wurde jeglicher Verdacht, er könne es *doch* auf eine nächtliche Kathedralenbesichtigung mit mir abgesehen haben, sofort zunichtegemacht. Nach wenigen hundert Metern stoppte er vor dem geschlossenen Tor eines Maschendrahtzauns und befahl mir auszusteigen.

Ich weiß nicht, ob Sie jemals in einem Plastikhotel übernachtet haben. Ich war mit diesen Schlafbatterien, die in Frankreich überall an den Autobahnen aus dem Boden sprießen, komplett unvertraut. (Wobei »aus dem Boden sprießen« wohl das falsche Bild ist, um den Neubau eines solchen Hotels zu beschreiben. Wenn ich es richtig sehe, kommen die Fertigteile auf Lastern angefahren, werden irgendwo auf der Wiese (oder im Schlamm) abgeladen und einfach zusammengeschraubt.)

Mein Peiniger dagegen schien sich mit der Benutzung von Plastikhotels sehr gut auszukennen: Zielsicher öffnete er die kleine Tür im Maschendrahtzaun, überquerte den Parkplatz und steuerte auf den Check-in-Automaten zu, der sich in einem kleinen Vorraum zur eigentlichen Hotellobby befand. Er berührte irgendwelche Felder auf dem Touchscreen, steckte seine Kreditkarte in den dafür vorgesehenen Schlitz, und wenige Sekunden später spuckte der Automat einen kleinen weißen Beleg aus, auf dem ein sechsstelliger Code notiert war. Mit diesem ließ sich nicht nur das Tor zum Parkplatz, sondern ebenfalls die gläserne Schiebetür zur Eingangshalle und die Zimmertür öffnen. Der Rezeptionstresen war mit einem heruntergelassenen Rollladen verschlossen. Daneben standen zwei Snack- und Getränkeautomaten, (die »wieder einmal« kein Bier enthielten, wie mein Peiniger kurze Zeit später feststellte).

Mich erinnerte das Ganze mit seinen schmalen Fluren, von denen rechts und links alle drei Meter eine Tür abging, und den Zahlencodefeldern neben den Türen an ein Weltraumgefängnis. So gesehen passte es, dass mein Peiniger – kaum hatten wir das Zimmer betreten – die Handschellen aus seiner Sporttasche holte, mich auf das schmale Bett hinaufschickte, das sich quer über dem Doppelbett befand, und mein linkes Handgelenk an das Metallgeländer kettete. Ich wunderte mich, dass es in diesem Zimmer tatsächlich etwas aus Metall gab, und vermutete, dass die Konstrukteure der *Etap*-Hotels das Stockbettgeländer erst so massiv gestaltet hatten, nachdem beim ursprünglichen Modell reihenweise Kinder zu ihren Eltern hinuntergepurzelt waren. Alles andere in diesem Zimmer war nämlich nicht massiv, sondern dünn: Die Wände (– von zwei Seiten hörte ich es schnarchen); die Matratze (– mein Rücken tat mir schon wieder weh, kaum dass ich mich ausgestreckt hatte); die Bettdecke (– die zwar nicht aus Papier, aber auch nicht aus einem wesentlich besseren Material war.)

Ich hoffe, die Betreiber der *Etap*-Kette nehmen es mir nicht übel, dass ich keine bessere Werbung für ihre Hotels machen kann. Immerhin lässt sich im Direktvergleich mit anderen Plastikhotels, die ich noch kennen lernen sollte, sagen: *Etap* ist nicht das Schlimmste. Wenn ich eine Rangfolge erstellen müsste, sähe sie so aus: Am besten sind die *Campanile*-Hotels. Sie haben wenigstens einen Hauch von Gemütlichkeit, bereits von außen durch die Holzgeländergalerien, von denen die Zimmer abgehen, und auch in den Zimmern selbst mit ihren grün-blau-karierten Vorhängen und den Bildern über dem Bett, lässt es sich aushalten. (Und sie sind die einzigen mit Badewanne!) Auf Platz zwei kommen die *Première-Classe*-Hotels, denen es immerhin gelingt, den Anschein zu erwecken, als bestünde die Einrichtung nicht ausschließlich aus Kunststoff. Den dritten Platz würde ich *Etap* zusprechen, dafür dass die Zimmer so wirken, als seien sie aus einem einzigen Stück Plastik gegossen – was zumindest für die Duschkabine und das Waschbecken ja auch zutrifft. An Charme und Komfort unterboten werden die blauen Plastikzellen allerdings noch von den roten Plastikzellen der *Formule1*-Hotels. Im

Gegensatz zu *Etap* haben diese nicht einmal mehr Klo und Duschkabine im Zimmer. (Wenn ich mich richtig erinnere, gehören *Etap* und *Formule1* zur selben Hotelkette, so wie mir auch *Première Classe* und *Campanile* zusammenzugehören scheinen. Mein Anwalt soll einmal prüfen, ob es da irgendwelche Probleme wegen parteiischer Werbung geben kann.)

Beinahe hätte ich in dieser Nacht noch lachen müssen. Die Fernbedienung des Fernsehers – nicht nur in den *Etap-*, sondern sogar in den *Formule1*-Hotels gibt es in jedem Zimmer einen Fernsehapparat (offensichtlich halten heutige Reisende einen Fernseher für wichtiger als ein Klo oder eine Dusche) –, jene Fernbedienung also war fest angeschraubt am Bettgestell, und zwar so, dass sie auf den Fernseher zeigte, der wiederum über dem »Schreibtisch« an die Wand geschraubt war. Mein Peiniger allerdings schien die festgeschraubte Fernbedienung nicht weiter komisch zu finden. Was ich mir nur damit erklären konnte, dass er sich entweder zu sehr daran gewöhnt hatte, in Hotels zu übernachten, in denen Fernbedienungen am Bettgestell angeschraubt waren. Oder dass er tatsächlich zu müde war, um dieses Detail, das seinem Humor unter normalen Umständen absolut entsprochen hätte, zu kommentieren. Wahrscheinlich war er »fix und foxi«. (Wie meine Mutter sagen würde – obwohl sie weiß, dass ich diesen Ausdruck hasse.) Nachdem er erfolglos versucht hatte, sich noch ein Bier zu kaufen, und stattdessen mit einer Dose Erdnüssen zurückgekommen war, dauerte es nämlich keine Minute mehr, bis ich es nicht nur aus den Nebenzimmern, sondern auch vom Doppelbett herauf schnarchen hörte.

Wenn der Schlaf der Vernunft Ungeheuer gebiert – gebiert dann der Schlaf des Ungeheuers Vernunft? Noch nie hatte mein Peiniger in meiner Gegenwart geschlafen. In dieser Situation überlegte ich dann doch, ob ich eine Chance hätte, ihn zu töten. Wäre der Abstand zwischen Stockbett und Doppelbett kurz genug, dass ich auf seinen Hals springen könnte, ohne mir dabei den Arm auszureißen? Mir war klar, dass ich nur einen Versuch hatte, ihn endgültig außer Gefecht zu setzen. Alles andere würde nicht nur mich, sondern auch die Schläfer in den Nachbarzimmern das Leben kosten.

Konnte ich nicht vielleicht doch mit dem Fuß an die Pistole herankommen, die neben ihm auf der Matratze lag, wenn ich vorsichtig die Leiter hinunterschlich und mich streckte? Aber was dann? Würde es mir gelingen, die Pistole mit den Zehen so zu fassen, dass ich sie sicher bis in meine Hand schaukeln konnte?

Noch während ich die Frage der Machbarkeit wälzte, dämmerte mir, dass ich es nicht über mich bringen würde, einen Schlafenden zu töten. Noch nicht einmal diesen. Nie würde es heißen: *Juliet hath murdered sleep.*

Meine Schuld

Als mein Peiniger mich nach einer Stunde weckte – er selbst mochte drei oder vier Stunden geschlafen haben –, war ich noch unschuldig. Ich ahnte nichts von dem Verbrechen, das bald geschehen sollte und für das ich die Verantwortung übernehmen muss. (Ob er die viel schlimmere Tat, die er in der kommenden Nacht begehen sollte, im Schlaf ausgebrütet hat?)

An jenem frühen Morgen war das größte Problem, eine Sonnenbrille zu finden, die groß genug war, die roten, blauen, grünen und gelben Flecken zu verdecken, die sich vor allem um mein rechtes Auge herum gebildet hatten. Mein Gesicht war ein Tagebuch, in dem jeder Analphabet lesen konnte. Die Blicke des *Etap*-Patrons von Reims und der anderen Frühaufsteher, denen wir begegnet waren, als wir neben der Rezeption zwei (in Plastik eingeschweißte) Brioches mit zwei Pappbechern Kaffee hinuntergespült hatten, waren eindeutig gewesen. Zwar hatte sich mein Peiniger Mühe gegeben, den reuigen Liebhaber herauszukehren – einmal hatte er mir sogar über die Wange gestreichelt, beinahe wäre mir der Kaffee hochgekommen –, dennoch muss ihm klar geworden sein, dass es nur eine Frage der Zeit war, bis uns der erste *Flic* ansprach. (Oder bin ich zu naiv? Vielleicht ist es dem durchschnittlichen französischen *Flic* egal, ob ein Mann mit einem verbläuten, barfüßigen Mädchen in viel zu großen Klamotten herumläuft. *Mais, c'est l'amour! C'est personnel, n'est-ce pas?*)

Nach erfolglosen Einkaufsversuchen an Tankstellenshops – die Brillen dort waren alle zu klein gewesen – landeten wir in einem *Centre Commercial* südlich von Troyes. Meine Eltern hatten bei einem *Leclerc*, *Carrefour* oder *Géant* früher höchstens Halt gemacht, um Wasservorräte zu kaufen. Meinem Vater waren diese »Konsumbaracken«, wie er sie nannte, ein Schrecken. Er konnte sich in Vorträgen darüber verlieren, was für eine Schande es sei, dass sich ausgerechnet die Franzosen zu den Handlangern »amerikanischer Unkultur« hätten machen lassen. (Wobei ich nicht glaube, dass die Franzosen ihre *Hypermarchés* von den Amerikanern aufgezwungen bekommen haben. So wie sie früher um die römischen Stadtkerne herum ihre *Hôtels de Ville* und *Palais* gebaut haben, haben sie später eben um diese *Hôtels de Ville* und *Palais* herum ihre *Banlieues* und *Hypermarchés* gebaut.)

Die fünfte oder sechste Sonnenbrille, die ich in dem *Intermarché* südlich von Troyes aufsetzte, war groß genug. Als ich mich in dem kleinen Spiegel zwischen den Brillenständern sah, musste ich lachen. Ich schaute tatsächlich aus wie eines von diesen Hollywoodhühnern à la Lindsay Lohan. Nur dass ich damals noch nicht ganz so dünn war. Und keine große Handtasche dabeihatte, in der ich mich hätte verstecken können.

In der Kleiderabteilung hatten mein Peiniger und ich den ersten richtigen »Ehekrach« – zumindest muss es auf Außenstehende wie ein »Ehekrach« gewirkt haben. Er wollte mir ein rosa Sommerkleidchen mit Spaghettiträgern verpassen. Ich erklärte ihm, dass ich ein solches Kleid nur über meine Leiche anziehen würde. Woraufhin er meinte, das ließe sich problemlos einrichten. Ich wusste, dass er sich zusammenreißen musste – wir fielen schon genug auf, ohne dass er mich verprügelte –, deshalb erlaubte ich mir die eine oder andere Bemerkung, die ich mir sonst verkniffen hätte. (Im Nachhinein verfluche ich mich dafür, dass ich in jenem *Intermarché* begonnen habe, meinen Peiniger zu reizen.)

Das Ende vom Lied war, dass ich mir eine billige Jeans und eine langärmlige weiße Bluse mit kleinen grünen Punkten aussuchen durfte. Dafür weigerte er sich, mir Unterwäsche zu kaufen.

In der Schuhabteilung gerieten wir das nächste Mal aneinander. Er wollte mir ein Paar Espadrilles andrehen. Ich erklärte ihm, was er mit diesen Dingern anstellen könne und dass ich lieber weiterhin barfuß durch die Gegend liefe, als solche Schuhe zu tragen. Daraufhin nannte er mich »Psychopathin«. *Er. Mich.* Und das nur, weil ich auf seine Frage, was ich gegen Espadrilles hätte, geantwortet hatte, dass diese Baumwoll-Hanf-Schlappen nur etwas für Mädchen waren, die glaubten, das Leben sei ein ewiger Sonntagnachmittag am Baggersee. Himmelherrgott, er musste doch inzwischen kapiert haben, dass ich keine von denen war, die mit Sommerkleidchen und Schlappschühchen und am besten auch noch Blumenspängchen im Haar herumflatterten, und »*Hasch mich, ich bin ein Schmetterling!*« riefen.

Für sich selbst kaufte er lediglich zwei Sixpacks Vittel, vier Packungen Salzcracker, drei Dosen Nüsse, zwei Tüten getrocknete Aprikosen und einen Sack Äpfel. Ganz gleich, durch welche Hölle er uns in den kommenden

Stunden und Tagen schicken sollte: Stets dachte er daran, dass genug zu essen da war, beziehungsweise machte sich Sorgen darum, ob er bald eine warme Mahlzeit bekommen würde. (Ich vermute, sein Futterwahn hatte mit seinem früheren Beruf zu tun. Immer wieder ging es in den Heldengeschichten, die er mir vom Radfahren erzählte, darum, was für eine kraftzehrende Sportart es war und wie sehr man litt, wenn man vergessen hatte, genügend zu trinken oder rechtzeitig zu essen. (Er hatte sogar ein spezielles Wort dafür. Das mir jetzt aber nicht einfällt.))

Nachdem er die Lebensmittel im Kofferraum unseres Ford verstaut hatte, dirigierte er mich zu dem Schnellrestaurant, das sich direkt neben dem *Intermarché* befand. Während wir über den Parkplatz liefen, befahl er mir, zuerst aufs Klo zu gehen und mich umziehen. Die Sonnenbrille hatte er mir bereits unter dem mitleidigen Blick der schwarzen Kassiererin aufgesetzt. Die Adiletten für zwei Euro neunundneunzig, die mit einer dünnen Plastikschnur zusammengebundenen gewesen waren, hatte er mit einem Ruck auseinandergerupft, kaum, dass die Kassiererin sie über den Scanner gezogen hatte. Sie schnalzten bereits an meinen Fersen. (Ich war sehr zufrieden. Prinzipiell macht es mir überhaupt nichts aus, in Trash-Klamotten herumzulaufen. Den Markenwahn meiner Klassenkameraden habe ich immer lächerlich gefunden.)

Für den Fall, dass mich ein Klofenster auf dumme Gedanken bringen sollte, erinnerte mich mein Peiniger an das, was hinten in seiner Jeans steckte. Außerdem fragte er mich, ob ich einen bestimmten Film mit Michael Douglas gesehen hätte, in dem dieser alle möglichen Leute in einem Burgerladen umlegt. Wahrheitsgemäß gab ich zurück, dass ich den Film nicht kannte und dass mir zu Michael Douglas ohnehin nur einfiele, dass er mit Catherine Zeta-Jones verheiratet sei und Golf spiele. Was meinen Peiniger zu der Bemerkung veranlasste, wie lächerlich es sei, dass ich »Abi-F...« die ganze Zeit täte, als ob ich die Weisheit mit dem Suppenlöffel gefressen hätte, und dann wisse ich noch nicht einmal über Michael Douglas Bescheid. Der sei einer der größten Schauspieler aller Zeiten. Das Einzige, was man ihm vorwerfen müsse, sei, dass er diese »F...« geheiratet habe, die es ohnehin nur auf sein Geld abgesehen habe.

Ich wollte ihm gerade entgegnen, dass Catherine Zeta-Jones das Geld von seinem Michael Douglas garantiert nicht brauche, da sie selbst Millionen verdiene, doch in diesem Moment hatten wir das Schnellrestaurant betreten, und mein Peiniger stieß einen halb französischen, halb deutschen Fluch aus. Schon »*mille fois*« habe er sich darüber aufgeregt, dass diese »*restaus de merde*« keine Klos hätten. Die drei Mädchen hinter dem Tresen blickten ihn verschreckt an, und ich schloss hinter meiner Sonnenbrille die Augen. Aber er begnügte sich damit, einen weiteren Fluch in Richtung Tresen auszustoßen, mich am Ellenbogen zu packen und aus dem Schnellrestaurant hinauszuzerren.

Ich wünschte, an diesem Donnerstag hätten alle Wesen ein solches Glück gehabt wie die Burgermädchen in Troyes-Süd.

An einer *Aire de Service* hinter Mâcon bekam ich endlich die Gelegenheit, mich umzuziehen. Zuvor waren wir allerdings noch Stunden durch die Gegend gefahren. Und auch wenn man immer denkt: Champagne, Bourgogne, Côte d'Or – wie schön muss das sein!, darf man sich in Wahrheit freuen, wenn es auf einem Feld zur Abwechslung nicht grün, sondern gelb wächst. (Am meisten Spaß hatten mir noch die rostigen Windräder gemacht, die ich eigentlich eher in Texas erwartet hätte. (Nicht, dass ich schon mal in Texas gewesen wäre, aber man hat die Bilder im Kopf. Außerdem ist eine große USA-Reise das Erste, was auf meinem Programm steht, wenn ich das hier alles überstanden habe.)) Und Flussnamen wie »*La Femme sans Tête*« oder »*La Mauvaise*« hatten mich auch amüsiert. Als ich meinen Peiniger jedoch gefragt hatte, ob er wisse, warum ein Fluss »Die Frau ohne Kopf« und ein anderer »Die Schlechte« heißen würde, hatte er nur gemeint, dass er mich gerade hätte loben wollen, dass ich die erste »F...« sei, die nicht alles kommentieren müsse, was rechts und links des Wegs liegt... Von den berühmten französischen Städten kriegt man von der Autobahn aus übrigens wenig mit. Mit etwas Glück sieht man am Horizont einen Kirchturm. (Oder zwei.) Ansonsten: Sozialbunker, Fabrikhallen, Schlote, Wassertürme, Lichtmasten von Fußballstadien. (Man sollte einmal einen solchen Reiseführer über Frankreich schreiben. *La France vue de l'Autoroute.*) Dennoch lassen es sich die Franzosen nicht nehmen, alle paar Meter mit einem ihrer braunen Schilder darauf hinzuweisen, was für eine bedeutsame Abtei es in der Gegend zu besichtigen gäbe oder an was für einem weltberühmten Käse man gerade vorbeifährt. (Allerdings haben sie eine Obsession, die noch schlimmer ist: Kunst an der Autobahn. Ich kann mir diesen Unfug nur so erklären, dass sich die Franzosen insgeheim schämen, weil ihre Landschaft dann doch nicht überall so aufregend ist, wie sie immer tun. Und um von dieser Langeweile abzulenken, werden rote und grüne Plastikpilze aufgestellt, damit sich der Reisende am Schluss nur noch erinnert, durch was für einen »zauberhaften Pilzwald« er gefahren ist.)

Ich hatte mich sehr darauf gefreut, an der *Aire de Service* endlich zwei oder drei Minuten allein auf dem Klo verbringen zu dürfen. Doch als ich mit meinem Peiniger den Vorraum betrat, von dem sowohl die Herren- als auch die Damentoiletten abgingen, waren die Damentoiletten gesperrt. Auf einem Zettel stand in schlechter Handschrift: »LES TEMPS DU NETTOYAGE PASSER CHEZ LES HOMMES.« Es ist schwer, in solchen Augenblicken nicht zu verzweifeln.

Mit gespreiztem Zeige- und Mittelfinger schob mich mein Peiniger in Richtung Herrentoilette. An den Pissoirs stand ein schmieriger Mann, Marke Fernfahrer. Ohne sein Geplätscher zu unterbrechen, blickte er über die Schulter, als wir den Raum betraten. Sein Grinsen entblößte eine gelb-schwarze Ruinenlandschaft. Ich machte schnell, dass ich in eine der abschließbaren Kabinen kam. Trotzdem hörte ich, wie er etwas von einer »*petite salope chaude*« sagte, woraufhin mein Peiniger erklärte, dass »*la salope encore bien plus chaude*« sei, als er sich vorstellen könne, und beide lachten. (Sie verzeihen mir, dass ich diese Bemerkungen nicht übersetze...)

In den Medien ist viel darüber spekuliert worden, dass mein Peiniger einen IQ von 130, 140 oder gar 150 gehabt haben soll. Ich maße mir in dieser Frage kein Urteil an, aber ich denke, dass hier übertrieben wurde. In erster Linie wohl deshalb, weil niemand erwartet, dass ein Sportler überhaupt intelligent ist. Die wichtigste Rolle dürfte aber gespielt haben, dass er fünf Fremdsprachen mehr oder weniger fließend sprach – und das, obwohl er nur einen Realschulabschluss hatte.

All jene »Fans« meines Peinigers, die ihn zu einem »schwarzen Genie« verklärt haben – ein Magazin hat diesem Thema ja gleich eine ganze Artikelserie gewidmet –, all jene »Fans« muss ich jedoch enttäuschen. Er selbst hat mir nämlich erzählt, dass es nichts Besonderes sei, wenn ein Radprofi Holländisch, Englisch, Französisch, Spanisch und Italienisch kann. Diese »Amtssprachen des Radsports« lerne man im »Peloton« quasi von selbst. (So heißt der Pulk, in dem die Rennfahrer die meiste Zeit durch die Landschaft rollen.) Und als Allererstes lerne man, sich in diesen fünf Sprachen zu beschimpfen. (Wer hätte gedacht, dass aus mir mal eine Fachfrau für Radsport werden würde? Jetzt fällt mir auch wieder ein, wie das Wort heißt, das ich vorhin gesucht habe: »Hungerast«. »Am *Col de Sowieso* hatte ich einen derartigen Hungerast, dass kurz vorm Gipfel nur noch der Mann mit dem Hammer kam« – solche Sätze durfte ich mir später, auf der Fahrt durch die Pyrenäen, ständig anhören. (Als ich das Wort »Hungerast« gehört habe, musste ich spontan an einen Geier denken, der auf einem Baum hockt und darauf wartet, dass der Mensch darunter endlich stirbt.))

(Julia, lenk nicht ab!)

Besonders zynische Journalisten haben immer wieder die Frage durchschimmern lassen, ob mir keine »Teilschuld« an den Morden zukäme, die mein Peiniger in der Zeit begangen hat, in der ich seine Geisel war. Im letzten Kapitel habe ich selbst erklärt, für wie verwerflich ich es halte, wenn ein Mensch nicht alles in seiner Macht Stehende versucht, um einen anderen Menschen am Morden zu hindern. Einen einzigen Weg hätte es vielleicht tatsächlich gegeben, den acht, neun Mädchen, die mein Peiniger noch umbringen sollte, das Leben zu retten: Ich hätte den Mut haben müssen, einen tödlichen Autounfall zu provozieren. Und glauben Sie mir: Mehr als einmal habe ich mit dem Gedanken gespielt, bei voller Fahrt ins Lenkrad zu greifen, auf dass unsere Reise in einer Autobahnleitplanke – oder besser noch in einer einsamen *Gorge* – ihr Ende nehmen würde. Und ja: Ich schäme mich dafür, dass mir in den entscheidenden Momenten mein eigenes Leben plötzlich so wertvoll erschienen ist, dass ich es nicht über mich gebracht habe. Eine »Mit*schuld*« lasse ich mir aber einzig und allein von denjenigen vorwerfen, die dieses Urteil vom Himmel herab fällen – in welchem sie sich nämlich befinden, weil sie zu den wenigen Helden gehören, die bereit waren, ihr eigenes Leben zu opfern, um andere Leben zu retten. *Alle anderen mögen für immer schweigen!*

(Julia, es bringt nichts, wenn Du ausrastest. Du kennst *Deine* Schuld. (*Aber muss ich sie wirklich vor allen Leuten ausbreiten?*))

Es fällt mir schwer zu begreifen, welcher Teufel mich an jenem Mittag geritten hat. Vermutlich hatte mich das Glück über meine neuen Jeans, meine weiße Bluse mit den kleinen grünen Punkten, meine Adiletten und meine XXL-Sonnenbrille übermütig werden lassen. Und mein

Peiniger hatte mich genervt, indem er immer wieder damit angefangen hatte, ob ich mir nicht »bescheuert« vorkäme, bei diesem strahlenden Wetter in langer Hose und einer langärmligen Bluse herumzulaufen. (Dieselbe Diskussion hatte ich in den Monaten zuvor zigmal mit meiner Mutter geführt, die mir auch einreden wollte, es sei »nicht normal«, dass ich mich weigerte, kurze Hosen oder T-Shirts zu tragen. Dabei verstehe ich wirklich nicht, worüber *sie* sich aufgeregt hat. Die allermeisten Eltern der allermeisten Schulkameradinnen von mir wären *überglücklich* gewesen, wären ihre Töchter nicht in Mikroröcken und bauchfreien Tops, sondern angezogen herumgelaufen.)

Aber welch unselige Eingebung war es, die mich zu meinem Peiniger sagen ließ, dass er sich bei diesem Thema zurückhalten solle, schließlich trüge er ja sogar eine Jeans*jacke*. Woraufhin er feststellte, dass er diese gern ausziehen könne, wenn ich scharf darauf sei, mit dem, was er darunter habe, gründlicher Bekanntschaft zu schließen.

Warum konnte ich damals nicht einfach den Mund halten!

Warum musste ich ihn herausfordern, indem ich sagte, dass er mit seiner Pistole nicht so angeben solle. Und dass ich inzwischen beinahe das Gefühl hätte, er bräuchte diese Pistole ohnehin nur, um sich wichtig zu machen.

Soll ich dem Schicksal dafür danken, dass wir zu diesem Zeitpunkt wenigstens nicht mehr in dem Autobahnrestaurant saßen, in dem wir zu Mittag gegessen hatten, sondern auf dem kleinen Rastplatz irgendwo im Département Saône-et-Loire, an dem mein Peiniger gehalten hatte, weil er sich ein wenig in der Sonne ausruhen wollte?

Seine Augen wurden ganz schmal, und er starrte an mir

vorbei auf die Weide, die hinter dem Rastplatz begann. Wir waren allein – ob in dem LKW am anderen Ende des Platzes ein Fahrer saß, konnte ich nicht erkennen – im Hintergrund rauschte der vielspurige Verkehr, und ich spürte, dass etwas Schreckliches bevorstand. Ich bat meinen Peiniger um Verzeihung, aber er wischte meine Entschuldigung mit einer ironischen Handbewegung beiseite. Dann sprang er von dem Picknicktisch hinunter, auf dem wir saßen, und ging in die Richtung, in die er gestarrt hatte.

Ich folgte ihm mit meinem Blick, und in diesem Moment begriff ich, was er vorhatte. Das heißt: Ich begriff es nur fast. Ich dachte, er wollte eine der Kühe erschießen, die auf der Weide standen. Aber dann sah ich den schwarzen Hund, der zu dem Bauernhof in der Ferne gehören musste und übers Gras auf ihn zugelaufen kam. Es war ein Labrador Retriever, so wie Tinka… Ich begann zu schreien, sprang ebenfalls vom Picknicktisch und rannte los, aber da war der Schuss schon gefallen…

Es fällt mir schwer weiterzuschreiben. Drei Tage habe ich einen Bogen um meinen Laptop gemacht und stattdessen so sinnvolle Dinge getan wie ein paar Wände gelb gestrichen. (Wenigstens sieht das Zimmer, in dem ich sitze, jetzt nicht mehr ganz so kalt aus.) Mein Sträuben rührt aber nicht nur daher, dass ich mir die Schuld am Tod jenes Hundes gebe. (Warum hatte ich meinen Peiniger bloß so provoziert! Warum hatte ich ihm je von Tinka erzählt! Nicht, dass es moralisch anders zu bewerten gewesen wäre, hätte er an jenem Mittag eine Kuh erschossen. Aber vielleicht hätte er in diesem Fall gar nicht abgedrückt, weil er nicht sicher gewesen wäre, ob er mich damit wirklich getroffen hätte.) Vor allem sträube ich mich weiterzuschreiben, weil mein Peiniger und ich uns unaufhaltsam jenem Punkt der Reise nähern, der selbst die bisherigen Schrecken in den Schatten stellen sollte.

Ich habe Ihnen zu Beginn versprochen, die *ganze Geschichte* zu erzählen. Und das heißt, dass ich die Ereignisse von Montélimar, der Camargue, Lourdes und all den anderen Orten nicht auslassen darf. Aber ich will ehrlich mit Ihnen sein: Ich weiß nicht, ob ich es tatsächlich schaffen werde, in jede dieser Höllen noch einmal hinabzusteigen. Sie haben mitbekommen, wie viel Kraft und Überwindung es mich gekostet hat, von meinen Erlebnissen im Keller und im Wohnwagen zu berichten, und wie schwer es mir gefallen ist, die Geschichte mit dem Hund zu erzählen. Doch Keller, Wohnwagen und Hund waren *Scherze* – abstoßende, grausame zwar, aber dennoch *Scherze* – im Vergleich zu dem, was im Weiteren passieren sollte. Deshalb muss ich Sie bitten, Geduld mit mir zu haben.

Die Tatsache, dass er mich das erste Mal richtig zum Heulen gebracht hatte, versetzte meinen Peiniger in Hochstimmung. Als wir die *Autoroute du Soleil* erreichten und die Landschaft endlich so aussah, wie man sich Südfrankreich vorstellt, kurbelte er sein Fenster herunter und machte sogar das Radio an. Ich fühlte mich elend genug, ohne dass auf einem gewissen »*Chérie FM*« ein Chanson dudelte, in dem irgendein Kerl darüber jammerte, dass seine Freundin so viel Bier trinke und er den ganzen Abwasch machen müsse. Auf »*Fun-Radio*« (sprich: »*Fönn-Radio*«) verulkte eine Spaßcombo den armen Zidane wegen seines Kopfstoßausrasters bei der WM. (»*Zidane il a frappé, Zidane il a tapé...*«) Mein Peiniger schien das Lied zu mögen, zumindest begann er schon bei der zweiten Wiederholung, den Refrain mitzusingen. Noch besser gefiel ihm jedoch »*Façon Sex*« von einem gewissen »*Tribal King*«. Wie der Titel nahelegte, drehte sich in dieser nervtötenden Hip-Hop-Nummer alles um *sexe* und *femmes* und *fesses*. Unter normalen Umständen hätte ich mich darüber beschwert, dass diese Banlieue-Asis, (Sie wissen, dass ich solche Ausdrücke normalerweise nicht benutze, aber in diesem Fall ist es angebracht,) dass diese Banlieue-Asis zu blöd oder zu cool waren, wenigstens korrektes Französisch zu singen. (Mir war in der Schule beigebracht worden, »*façon*« niemals in Kombination mit einem Substantiv zu verwenden.) Aber ich hütete meine Zunge.

Erst als »*Stupid Girls*« von Pink lief und er anfing, über »diese Pseudo-Punk-F...« herzuziehen, konnte ich mich nicht länger beherrschen. Ich fuhr ihn an, dass Pink nicht Punk sei und schon gar nicht Pseudo, sondern eine der wenigen Frauen im Musikgeschäft, die einen eigenen Willen hätte. Daraufhin fragte er mich, ob ich etwa nicht nur »Tierschützerin«, sondern auch noch »Feministin« sei.

(Ich bin weder das eine noch das andere, auch wenn mein Vater der Überzeugung ist, dass ich einen »Tierfimmel« hätte. Dabei halte ich es einfach mit Schopenhauer: Nirgends lässt sich so gut ablesen, wie viel oder wenig Mitleid in einem Menschen steckt, wie daran, wie er mit Tieren umgeht. Trotzdem bin ich keine von den Spinnerinnen, die sich mit Fotos von gefolterten Affen in Köln auf die Domplatte stellen. Und »Feministin« bin ich noch viel weniger. Es reicht, wenn mich meine Mutter mit Geschichten aus ihrer ruhmreichen »Frauenbewegungsvergangenheit« vollquatscht. (Denn was ist letzten Endes dabei herausgekommen? Heute ist sie dreiundfünfzig, hat immer nur in einem mickrigen Reisebüro gearbeitet, obwohl sie Reiseschriftstellerin hatte werden wollen, und als mein Vater uns verlassen hat, durfte ich einen Sommer, Herbst und Winter lang den Haushalt allein schmeißen, weil sie den ganzen Tag auf dem Sofa gelegen und geheult hat.))

Ich versuchte also, meinem Peiniger klarzumachen, dass Pink nichts mit »Feminismus«, sondern einzig und allein etwas mit eigenem *Willen* zu tun habe. Es war so aussichtslos, als ob ich versucht hätte, einem Blinden das südfranzösische Licht zu beschreiben.

Obwohl: Wenn ich jetzt noch einmal darüber nachdenke, bin ich sicher, dass er mich damals sehr wohl verstanden hat. Denn – ich merke, wie sich alles in mir dagegen sträubt, diesen Punkt weiterzuverfolgen, aber ich muss, ich *muss!* –, denn behandelte er seine Opfer nicht umso verächtlicher, je unterwürfiger sie sich verhielten? Quälte er nicht bevorzugt ebenjene »*Porno Paparazzi Girls*«, wie Pink sie in ihrem Lied besingt? Und zeigte er nicht Spuren von Respekt für diejenigen, die trotz allem, was er ihnen antat, versuchten, ihren Stolz und ihren Willen zu bewahren?

Hilfe. Meine Finger zittern.

Angst.

Eine offene Rechnung

Krokodile sind effektive Jäger. Die meiste Zeit der häufig nächtlichen Jagd liegen sie weitgehend untergetaucht im Wasser. Sie sind in der Lage, sich geräuschlos dem Ufer zu nähern und aus dem Wasser zu schnellen. Beim Festhalten der Beute bohren sich die konischen Zähne in das Opfer, beim Zubeißen entwickelt sich durch die extrem kräftige Kiefermuskulatur eine enorme Beißkraft, die ein Entkommen meistens unmöglich macht. Haben sie ein Opfer erbeutet, ziehen sie es unter Wasser, um es zu ertränken. Ein erwachsenes Nilkrokodil nimmt schätzungsweise nur fünfzig volle Mahlzeiten im Jahr zu sich, erbeutet also pro Woche etwa ein Tier. Die Verdauung dauert in der Regel drei Tage. Da Krokodile nicht kauen können, müssen sie Fleischstücke von ihrer Beute abreißen. Zu diesem Zweck packen sie das Opfer mit den Zähnen und drehen sich selbst mehrfach um die eigene Achse. Dabei zerreißen sie ihre Beute an den Stellen, an denen sie mit ihren Zähnen eine Perforation hinterlassen haben. Um das Zerstückeln der Beute zu erleichtern, verstecken sie den Kadaver oft ein paar Tage, damit er weicher wird. Krokodile selbst haben als erwachsene Tiere keine natürlichen Feinde.

Bei Montélimar – wie sehr sollte ich diesen Namen hassen lernen, eigentlich müsste es »Cauchemar« heißen, »Alptraum« – bei Montélimar/Cauchemar lernte ich mein erstes *Formule1*-Hotel kennen. (Sie erinnern sich: Die roten Plastikzellen ohne Dusche und Klo). Die sechs- oder siebenhundert Kilometer Fahrt seit Reims hatten meinen Peiniger müde gemacht. In gewohnter Manier kettete er mich am Stockbett an, und während er schlief, schaute ich NRJ12 (eine Art französisches Viva) ohne Ton. Erst als Shakira kam, zappte ich weiter. Auch als Stummfilm konnte ich die Hüften, die angeblich nicht logen, nicht ertragen.

Nachdem er seinen verspäteten Mittagsschlaf beendet hatte, kündigte mir mein Peiniger einen »Ausflug« an, der mir »Tierschützerin« – er blieb bei dieser Bezeichnung – sicher gefallen würde. Ich rechnete mit dem Schlimmsten, mit einem Schlachthof oder einer Ranch, auf der ein sadistischer Bauer seine Tiere zum Abknallen freigab. Trotzdem traute ich mich nicht, ihn zu fragen, was er vorhatte, als wir das Industriegebiet von Montélimar hinter uns ließen und an dem eigentlichen Städtchen vorbei die Rhône entlangfuhren. (Aus der Tatsache, dass er seine Sporttasche nicht im *Formule1* gelassen, sondern wieder in den Kofferraum geworfen hatte, hatte ich geschlossen, das Kapitel Montélimar sei erledigt. *Wäre es doch nur so gewesen!*)

Anstatt mich darüber aufzuklären, wohin unser »Ausflug« gehen sollte, begann er mir zu erzählen, welchen Bezug er zu Montélimar hatte. Die letzten Jahre seiner Profilaufbahn sei er bei einem – wie er sich selbst ausdrückte – »zweitklassigen« französischen Radsportteam angestellt gewesen. Zuvor sei er in einem »erstklassigen« spanischen Team gefahren, aber sein Knie habe schon damals begonnen, Schwierigkeiten zu machen, weshalb er dieses

»erstklassige« Team hätte verlassen müssen. (Ein Journalist, der sich die Mühe gemacht hat, etwas gründlicher über meinen Peiniger zu recherchieren, meinte allerdings, dieser sei aus dem spanischen Team herausgeflogen, weil er nicht einmal mehr als »Wasserträger« die entsprechende Leistung gebracht hätte. (Wenn ich den Artikel richtig verstanden habe, sind »Wasserträger« diejenigen in einer Mannschaft, die für ihre Kapitäne und die anderen besseren Fahrer die Wasserflaschen herumfahren müssen. Ich vermag nicht zu sagen, ob mein Peiniger wirklich bloß ein »Wasserträger« gewesen ist. Mir gegenüber hat er diesen Ausdruck zwar nie fallen lassen, aber das muss nichts bedeuten.)) Sein neues »zweitklassiges« Team habe nicht viel Geld gehabt, und da der Teammanager darüber hinaus ein echter »Menschenfeind« gewesen sei, (das sagt der Richtige…) seien sie zum Trainieren nicht, wie es bei »erstklassigen« Teams üblich sei, schick an der Côte d'Azur untergebracht worden, sondern eben bloß in Montélimar.

(Ich sollte das »Hotel«, in dem mein Peiniger zusammen mit seiner Mannschaft angeblich viele Monate seines Lebens verbracht hat, noch kennen lernen (zumindest von außen). Und es *ist* eine finstere Absteige, in der man keinen einzigen Tag verbringen möchte. Trotzdem entschuldigt das nichts von dem, was er in dieser Nacht getan hat.)

Während er seine Geschichten erzählte, fielen mir Schilder auf, die eine *»Ferme aux Crocodiles«* ankündigten. Aber nie wäre ich auf die Idee gekommen, dass diese Krokodilfarm unser Ziel sein könnte. (Ich weiß sogar noch, dass ich mich gefragt habe, warum ich nicht mit einem ganz normalen Menschen unterwegs sein konnte, der Lust hätte, diese Farm mit mir spontan zu besichtigen.) Umso überraschter war ich, als er den Schildern immer weiter folgte, bis er unseren Ford tatsächlich auf dem Parkplatz vor einem riesigen Glashaus abstellte. Nachdem ich mich eine Sekunde gefreut hatte, wurde ich sofort wieder misstrauisch. Wenn mein Peiniger sich für diese Farm interessierte, konnte es nur bedeuten, dass hinter der friedlichen Fassade irgendwelche Grausamkeiten begangen wurden. Mein Misstrauen legte sich erst, als ich in der viersprachigen Broschüre, die wir am Eingang in die Hand gedrückt bekamen, lesen konnte, dass die Krokodilfarm von Pierrelatte in Europa einzigartig war und – außer dem touristischen – keinerlei kommerziellem Zweck diente. Keines der dreihundertfünfzig Krokodile musste als Handtasche, Gürtel oder Schuhe enden, alle Tiere durften sich in dem Tropenhaus, das ein krokodilvernarrter Tomatenbauer mitten in der Drôme gebaut hatte, mehr oder weniger frei entfalten.

Trotz der schwülen Luft war die Anlage mit ihren Tümpeln, Wasserfällen, Palmen, Riesenfarnen und Vögeln der erste Ort, an dem ich ein wenig durchatmen konnte. Ich erfuhr, dass Krokodile schon zur Zeit der Dinosaurier existiert hatten und dass es heute drei verschiedene Arten gibt: »echte« Krokodile, Alligatoren und Gaviale. Vor allem die Gaviale mit ihren merkwürdig spitzen Schnauzen schienen es meinem Peiniger angetan zu haben. Er erzählte mir, dass in dem Dorf im Sauerland, in dem er bei seinen Großeltern aufgewachsen war – wie Sie aus den Medien wissen, hatte seine Mutter ein Drogenproblem und wollte oder konnte sich deshalb nicht um ihn kümmern (keine Angst, ich fange jetzt nicht mit der Psychosülze »schwere Kindheit« an – gibt es irgendeine Kindheit, die nicht schwer ist...?) –, er erzählte mir also, dass ein Nachbarjunge in diesem Dorf einen Kaiman gehabt habe. Und dass auch er unbedingt einen solchen Kaiman hätte haben wollen, aber seine Großeltern dagegen gewesen seien. (Stattdessen hätten sie ihm das erste Fahrrad geschenkt.) Die Geschichte allerdings, dass er eines Nachts aus Zorn in das Terrarium des Nachbarjungen geklettert sei und den Kaiman in zwei Stücke gehackt habe – jene Geschichte, die in allen Zeitungen zu lesen war – hat er selbst mir nicht erzählt. (Und ich bin mir nicht sicher, ob ich sie glauben soll. Nicht, dass ich den geringsten Grund hätte, meinem Peiniger nicht *jede* Bestialität zuzutrauen. Aber wenn Sie gesehen hätten, wie fasziniert, ja beinahe *liebevoll* er an jenem Nachmittag die Krokodile von Pierrelatte beobachtet hat, würden Sie es wie ich für denkbar halten, dass Krokodile die einzige Spezies sind, für die er irgendetwas empfunden hat. (Ich glaube zwar nicht an Wiedergeburt, Seelenwanderung und das ganze esoterische Zeug, dennoch beschlich mich in jenem tropischen Glashaus der Verdacht, mein Peiniger könne eine Krokodilseele haben oder vor zweihundert Millionen Jahren als Urkrokodil über unseren Planeten gezogen sein. So *innig* schaute er in diese schlammgrünen Augenpaare – und so innig schauten diese schlammgrünen Augenpaare, die nur wenige Zentimeter über der Wasseroberfläche lauerten, *ihn* an.))

In seiner Stimme lag jedenfalls eine echte, für ihn völlig untypische Wärme, als er mir aus der Broschüre über das Jagdverhalten der Krokodile vorlas. (Jetzt verstehen Sie auch, warum ich diesen Text gleich an den Anfang des Kapitels stellen musste. Er sagt *so viel* über meinen Peiniger aus. (Und ja, ich gebe zu, dass ich heute Morgen in das Internetcafé an der Ecke gegangen bin, bei Wikipedia den Eintrag über Krokodile nachgelesen und Teile daraus zitiert habe. Weil ich in diesem wichtigen Punkt keine sachlichen Fehler machen wollte. Denn natürlich kann ich mich nur noch ungefähr an das erinnern, was er mir aus der Broschüre vorgelesen hat. (Ich bitte Wikipedia, mir diesen »Diebstahl« zu verzeihen. Und Sie bitte ich, nicht von mir zu verlangen, dass ich jetzt wegen jeder Kleinigkeit ins Internetcafé hinüberrenne. (Der Laden ist wirklich ein Kabuff.)))

Außer dem Jagdtalent dieser Tiere, das meinen Peiniger aus naheliegenden Gründen am meisten faszinierte, beeindruckte ihn, dass Krokodile drei Stunden unter Wasser bleiben können, ohne zu atmen. Und ebenso begeistert las er mir vor, dass es von der Temperatur des Erdlochs, in dem das weibliche Krokodil seine Eier verscharrte, abhängt, ob später Krokodilmännchen oder -weibchen herausschlüpfen. Auch ich fand den Gedanken, dass einzig und allein die Bruttemperatur über das Geschlecht des Nachwuchses entschied, faszinierend. (Und mir fiel ein, im Bio-Leistungskurs etwas über »temperaturabhängige Geschlechtsbestimmung« bei Reptilien gehört zu haben, aber damals hatte mich das offenbar nicht weiter interessiert.) Nachdem wir also nachgerade harmonische Momente verbracht hatten, gerieten wir doch wieder aneinander. Es ging um die Frage, ob es passend oder unpassend sei, dass wärmere Temperaturen Männchen und kältere Weibchen hervorbringen. Mein Peiniger war der Ansicht, dass dies »wie die Faust aufs Auge« passte. Ich war der gleichen Ansicht. Allerdings klärte ich ihn darüber auf, dass die Redewendung »wie die Faust aufs Auge passen« eigentlich und ursprünglich bedeute, dass etwas ganz und gar nicht passt. Wie zum Beispiel eine Faust auf ein Auge. Und dass erst solche Proleten wie Dieter Bohlen, die fänden, dass eine Faust ganz prima auf ein Auge passen würde, dafür gesorgt hätten, dass sich die Bedeutung dieser armen Redewendung plötzlich in ihr Gegenteil verkehrt habe und deshalb jetzt alle Welt von »wie die Faust aufs Auge« spreche, wo sie eigentlich sagen wolle, dass etwas »wie Topf und Deckel« passe.

Als ich mit meinem Vortrag zu Ende war, hätte ich mir am liebsten auf die Zunge gebissen, aber zu meiner Verwunderung schüttelte mein Peiniger nur lachend den Kopf und schob mich weiter zum nächsten Tümpel.

Wie gern würde ich die Uhr jetzt anhalten und Ihnen noch seitenweise von der Krokodilfarm in Pierrelatte erzählen, von den Riesenschildkröten, die es dort ebenfalls gab, oder meinetwegen sogar von den blutigen Innereien, die auf einem künstlichen Felsen vor sich hin gammelten, weil ein satter Gavial sie offensichtlich verschmäht hatte. Selbst die Bemerkungen, die mein Peiniger über einen im Krokodilgehege verloren gegangenen Babyschnuller gemacht hat, würde ich hundertmal lieber wiedergeben, als von den Geschehnissen zu berichten, die nun ihren Lauf nahmen. Doch Sie haben dieses Buch nicht gekauft, um alles über Krokodile zu erfahren. Deshalb will ich meinen Mut zusammennehmen und springen.

Beim Abendessen fing es an. Während wir in einer heruntergekommenen Landstraßenpizzeria mit Blick auf die

Rhône saßen, sagte mein Peiniger plötzlich, dass er eine »offene Rechnung« habe, die er in dieser Nacht begleichen wolle. Auch wenn er sich nicht klarer ausdrückte, begriff ich sofort, dass es nicht darum ging, dass er einem Kneipenwirt noch zehn Euro fünfzig schuldete. Obwohl die Pizza – abgesehen von den verschütteten Spaghetti in Oudenaarde – meine erste warme Mahlzeit seit nahezu einer Woche war, verging mir der Appetit. Er hingegen schien sich für sein Vorhaben stärken zu wollen. Nach seiner *Capricciosa* verdrückte er noch einen Eisbecher mit Kirschen. (Die Sahne rührte er allerdings nicht an.) Ich malte derweil mit meiner Gabel Muster auf die Wachstischdecke. Als ich merkte, dass ich an einer Stelle bereits ein Loch hineingebohrt hatte, schaute ich aus dem Fenster. Die Sonne versank, ein Steinbruch – ich vermute, dass es sich um Kalk handelte – leuchtete auf, und ich fragte mich, welcher Perverse auf das Kraftwerk, das am gegenüberliegenden Rhôneufer in den Abendhimmel dampfte, das riesige nackte Kind gemalt hatte, das aus einer Muschel Sand rieseln ließ. (Vielleicht sollte auch dies »Kunst an der Autobahn« sein. Schließlich war mir das Kraftwerk schon am Nachmittag aufgefallen, als mein Peiniger bei Montélimar-Nord von der Autobahn heruntergefahren war.)

Als er nach dem Essen einen kleinen »Verdauungsspaziergang« machen wollte, fragte ich, ob ich nicht im Auto bleiben könne. Er grinste nur, als ob ich etwas besonders Einfältiges gesagt hätte. Mein Herz klopfte, als ich neben ihm die Landstraße entlangging, das verdammte Kraftwerk immer am Blickfeldrand. Selbst als es dunkel geworden war, konnte man es dampfen sehen. (Wenigstens hatte die Nacht das nackte Kind verhüllt.)

Wer sich diesen Spaziergang am Rhôneufer nun irgendwie romantisch vorstellt, den muss ich enttäuschen. Die Rhône ist nicht romantisch. (Zumindest nicht rund um Montélimar. Ich frage mich ohnehin, woher es kommt, dass wir insgeheim immer noch *Auen, Nebelbänke, Fischreiher* denken, wenn wir »Flussufer« hören. Anstatt *Kraftwerke, Betondämme, Frachtschiffe*. Aber vielleicht gehöre ich ja wirklich zur allerletzten Generation, die solche altmodischen Bilder im Kopf hat.) Die Einzigen, die – in völlig unangebrachter Weise – versuchten, für Romantik zu sorgen, waren die Zikaden.

Noch besser konnte man ihre Nachtmusik auf dem Parkplatz hören, auf dem mein Peiniger kurze Zeit später parkte. Es war ein verlassenes Stück Erde, und das Hotel, zu dem der Parkplatz gehörte, sah aus, als ob man im letzten Jahrhundert vergessen hätte, es abzureißen. Während ich die *Auberge de la Tête Noire* betrachtete, wurde mir klar, dass Plastikhotels vielleicht doch nicht das Schlimmste waren. Der Schriftzug auf der krumm herunterhängenden Markise war so zerfleddert, dass dort nur noch »*ETE NOIR*« zu lesen war, und dann entdeckte ich einen weiteren Schriftzug oben am Haus, der gemeinsam mit der Fassade verblasst war. Dort stand »*LA TÈTE NOIRE*«, und ich fragte mich, ob der Akzent deshalb falsch war, weil der Patron nicht richtig schreiben konnte. Oder ob der halbe *circonflexe* abgebröckelt und so zum *accent grave* geworden war.

Auch wenn die Landschaft im südlichen Rhônetal rein gar nichts mit einem deutschen Mittelgebirge zu tun hat, musste ich dennoch an das »Wirtshaus im Spessart« denken. In meiner Kindheit hatte ich den Film um Weihnachten herum im Fernsehen gesehen und meinen Eltern daraufhin in den Ohren gelegen, dass wir unbedingt einen Ausflug in den Spessart machen müssten. Als wir dann tatsächlich in den Spessart gefahren waren und ich den ganzen Tag vergeblich nach *dem* Wirtshaus Ausschau gehalten hatte, hatte mein Vater mir schließlich erklärt, dass dieses spezielle Wirtshaus doch nur eine Erfindung sei. Ich war restlos enttäuscht gewesen – und überzeugt, mein Vater habe das mit der Erfindung bloß gesagt, weil er in Wirklichkeit zu blöd (oder bequem) war, das richtige Wirtshaus zu finden. (Sollte jemand von Ihnen auf den Gedanken kommen, bei seiner nächsten Urlaubsfahrt gen Süden nach der *Auberge de la Tête Noire* Ausschau zu halten, möchte ich Sie bitten, dies nicht zu tun. Und zwar nicht, weil es dieses Hotel nicht gäbe. (Alles ist genau so, wie ich es beschrieben habe.) Doch ganz gleich, was mein Peiniger mir für unerfreuliche Geschichten über den Patron erzählt hat: Der arme Mann musste schon genug Leid ertragen und hat es nicht verdient, dass jetzt auch noch Schaulustige sein Hotel belagern. Sollten Sie allerdings zu den Wagemutigen gehören, die bereit sind, eine Nacht in dieser Herberge zu verbringen, in der sonst nur Fernfahrer und »zweitklassige« Radsportteams absteigen – bitte, dann will ich Sie nicht aufhalten. Vielleicht hätte die grausame Geschichte auf diese Weise doch noch ihr Gutes: Gegen mehr Kundschaft hätte der Patron bestimmt nichts einzuwenden.)

Mein Peiniger blieb eine Weile neben mir sitzen und betrachtete durch die insektenverklebte Frontscheibe hindurch das Restaurant, das sich in einer Art Vorbau befand. Ich konnte nicht genau erkennen, was sich drinnen tat, weil wir am hintersten Ende geparkt hatten, und der Parkplatz dafür, dass sich zur Zeit offensichtlich nur fünf bis sechs Gäste im Restaurant oder womöglich gar im ganzen Hotel befanden, viel zu groß war. Hin und wieder murmelte er etwas von dem »alten Fettsack«, der an seinem »elenden *Ratatouille*« verrecken solle. (Gegen dieses *Ratatouille* schien mein Peiniger einen besonderen Groll zu hegen. Warum, kann ich Ihnen nicht sagen.) Mir war immer noch unklar, was er vorhatte. Meine ursprüngliche Angst, das Hotel könne Treffpunkt für eine Verbrecherbande sein, an die er mich verkaufen wollte –, lachen Sie mich ruhig aus, ich möchte nicht wissen, was Ihnen in jener Nacht durch den Kopf gegangen wäre! –, meine ursprüngliche Angst zerstreute sich langsam, als mir dämmerte, dass er es darauf abgesehen hatte, sich an jenem Patron zu rächen. Zuerst dachte ich, er wolle vielleicht das Hotel anzünden. Oder jenes »Blutbad« anrichten, das er bereits so oft angedroht hatte. (Bei jedem »Schulmassaker« frage ich mich, ob ich begreife, was in Amokläufern vor sich geht. Einerseits kann ich nachvollziehen, dass es Situationen gibt, in denen man sich so gedemütigt, erniedrigt und zornig fühlt, dass man alles um sich herum nur noch auslöschen will. Andererseits scheinen meine eigenen Beine zu kurz zu sein für den Schritt, jenen *Wunsch*, um sich zu schießen, tatsächlich in die *Tat* umzusetzen. Vielleicht ist es so wie mit den Tollkirschen, die meine Großmutter mir als Kind warnend im Wald gezeigt hat: Obgleich ich die kleinen schwarzen Beeren unglaublich verlockend gefunden habe, ist mir klar gewesen, dass ich nie meine Hände danach ausstrecken würde.)

Bald sollte sich herausstellen, dass mein Peiniger weder vorhatte, die *Auberge* anzuzünden noch in anderer Weise

Amok zu laufen. Am nächsten Tag habe ich mich allerdings doch gefragt, ob es nicht »besser« gewesen wäre, er wäre einfach in das Hotel hineingegangen und hätte dort seine Magazine leer geschossen. Denn wer ist der größere Verbrecher: Derjenige, der zehn, fünfzehn Menschen »einfach so«, kurz und (relativ) schmerzlos, abknallt? Oder derjenige, der ein Mädchen ausgiebig und mit Wolllust zu Tode quält? (Mit dieser Art moralischem Rechenspiel muss ich ganz schnell Schluss machen. Ich merke, wie sich mein Magen zusammenkrampft.)

Ich weiß nicht mehr, was ich im Einzelnen gedacht habe, als mein Peiniger endlich aus dem Wagen stieg. Ich sah ihn mit seinem Sportlergang – wenn man ganz genau hinschaute, konnte man ihn ein klein wenig hinken sehen – ich sah ihn mit seinem Gang, der eine Mischung aus Kraft und Lässigkeit besaß, auf das Hotel zugehen und um die hintere Ecke verschwinden. Keine drei Minuten später kehrte er zurück. Auf seinem Gesicht lag ein Lächeln, das ein Außenstehender vielleicht als »zufrieden« beschrieben hätte. Ich ahnte Schlimmes.

Die Fahrt bis nach Montélimar hinein sprach er kein Wort mit mir. Dafür pfiff er die Melodie dieses beknackten Zidane-Hits, den wir am frühen Nachmittag im Radio gehört hatten. Meine Nerven waren so angespannt, dass ich mich nicht einmal traute, ihn zu bitten, mit dem Pfeifen aufzuhören. Er parkte den Wagen – das Städtchen war wirklich nicht sehr groß – in einer Platanenallee, bei der es sich offensichtlich um *die* Hauptstraße handelte, und wenn ich nicht solch böse Vorahnungen gehabt hätte, hätte ich mich womöglich sogar gefreut, zum ersten Mal auf unserer Reise an einem halbwegs zivilisierten Ort zu sein.

Mein Peiniger schlenderte mit mir an den Cafés und Boutiquen entlang – Letztere hatten allerdings zum Großteil bereits geschlossen –, und als wir an einem Laden vorbeikamen, der doch noch geöffnet war, ging er hinein und kaufte eine große Tüte weißes Nougat, das eine Spezialität der Gegend zu sein schien, jedenfalls waren wir schon an zig Geschäften mit Nougat im Schaufenster vorbeigekommen. Kaum waren wir wieder auf der Straße, wickelte er einen der klebrigen Brocken aus der Folie und steckte ihn sich in den Mund. Mir hielt er die Tüte mit den roten, gelben und grünen Päckchen ebenfalls hin, aber ich lehnte ab. (Die Pizza rumorte in meinem Magen, ich weiß nicht, was passiert wäre, wenn ich auch noch dieses süße Honigzeug draufgepackt hätte. (Und heute *breche* ich, wenn ich irgendwo Nougat sehe...)) Außerdem machte mich das harmlose Touristengebaren, das er plötzlich an den Tag – oder richtiger: an die *Nacht* – legte, fast wahnsinnig. Er bestand darauf, noch eine Runde um den Kreisverkehr am Ende der Platanenallee zu drehen, wobei er die Blumendekoration in der Mittelinsel kommentierte, als würde er in der verdammten Jury des verdammten *Villes-Fleuries*-Wettbewerbs sitzen. (Noch so eine französische Obsession. Macht es irgendjemanden glücklich, Buchsbäume in Schmetterlingsform zu stutzen?!)

Als eine Kirchturmuhr zehn schlug, steuerte mein Peiniger schließlich eins der Cafés in der Platanenallee an. Draußen wurde immer noch serviert, deshalb nahmen wir an einem der Bistrotische auf dem Trottoir Platz und bestellten ein Bier (für ihn) und einen Pfefferminzsirup mit Leitungswasser (für mich).

Ahnte ich sofort, *was* passieren würde, als ich nach einer knappen halben Stunde das dunkelhaarige, pummelige Mädchen in dem rotgeblümten Kittelkleid auf uns zukommen sah? Die ehrliche Antwort ist: ein wenig.

Bereits bei unserem Mittagessen im Autobahngrill hatte mein Peiniger begonnen, sich in einer Weise für die anderen Mädchen, die dort herumsaßen, zu interessieren, die nichts Gutes verhieß. Doch nennen Sie mich ruhig wieder einmal naiv: Ich hatte *wirklich* geglaubt, er würde nur deshalb davon quatschen, ob ich diese oder jene »F...« am Nachbartisch nicht auch »heiß« fände, um mich zu ärgern. Seit seinem vergeblichen Versuch im Campingwagen von Oudenaarde hatte er mich körperlich in Ruhe gelassen. (Und obwohl mir meine Therapeutin verboten hat, so zu denken: Ich werde die Frage nicht los, wie die Geschichte weiter verlaufen wäre, wenn mein Peiniger sich mit mir begnügt hätte, um seine Gelüste auszuleben. Wie viel Leid und Schmerz wären der Welt erspart geblieben, hätte er nicht nach immer neuen Mädchen Ausschau halten müssen. Meine Therapeutin hat mir zwar erklärt, dass ich mir diese Art von Selbstvorwürfen nicht machen dürfe. Ich hätte *gar nichts* tun können, um zu verhindern, dass sich die Begierde dieses »in höchstem Maße gewalttätigen sexuellen Sadisten« auf immer neue Opfer richtete. Wahrscheinlich hat sie Recht. Trotzdem komme ich darüber nicht hinweg.)

Die Miene jenes pummeligen dunkelhaarigen Mädchens im rotgeblümten Kleid, die so geleuchtet hatte, als sie meinen Peiniger entdeckt hatte, verfinsterte sich, als sie mich am selben Tisch sitzen sah. (Ich finde es abartig, ein Mädchen als »es« zu bezeichnen. Selbst wenn es grammatikalisch natürlich korrekt wäre. Deshalb wundern Sie sich bitte nicht, wenn ich auch in Zukunft jedes Mal, »das Mädchen... *sie*« schreiben werde.) Ihr Name war Geneviève. Sie war achtzehn. Und die einzige Tochter des Patrons der *Auberge de la Tête Noire*. Leider habe sie bis eben im Restaurant helfen müssen. Und sie habe furchtbare Angst gehabt, der »*cher D*...« (nur der Teufel soll den Namen jenes Mannes noch einmal in den Mund nehmen!) – der »*cher D*...« sei schon fort, weil sie sich so verspätet habe. (In Wahrheit war sie keine zehn Minuten nach der Zeit gekommen, die sie vorhin anscheinend durchs Küchenfenster verabredet hatten. Ich wette, die arme Geneviève hat sich in jener Nacht noch tausendmal dafür verflucht, dass sich das schmutzige Geschirr nicht viel höher gestapelt hat.)

Hätte ich eine Möglichkeit gehabt, jenes Geschöpf, das meinen Peiniger so arglos anhimmelte, zu warnen? Jeden meiner Blicke, mit dem ich der Unseligen zu signalisieren versuchte, in welcher Gefahr sie sich befand, jedes Kopfschütteln, jedes hinter seinem Rücken mit stummen Lippen geformte »*non!*« verstand sie komplett falsch. Und selbst wenn ich die Gelegenheit gehabt hätte, ihr ein Briefchen zuzustecken, auf dem in schönstem Französisch gestanden hätte: »*Geneviève, sauve-toi, avant qu'il ne soit trop tard! Ton cher D... est un assassin violent!*« – selbst dann hätte dieses leider nicht sehr schlaue Kind wahrscheinlich weiter an seinem *Swimmingpool* genuckelt, gekichert und geglaubt, *ich* sei eifersüchtig auf *es*. (Nun habe ich doch das Neutrum verwendet. Aber bei »Kind« sieht die Lage auch anders aus.)

Meinem Peiniger bereitete es größten Spaß, der armen Geneviève Unsinn zu erzählen. Zum Beispiel behauptete er, ich sei seine »*nièce*« und meine Eltern leider furchtbare »*crétins*«. Er sei auf der Reise zu seinem neuen italienischen Radsportteam, und seine »Nichte« habe er nur deshalb mitgenommen, damit sie unterwegs ein bisschen Kultur zu sehen bekäme. Die Tatsache, dass ich mitten in der Nacht mit Sonnenbrille herumsaß, veranlasste ihn zu der Bemerkung, ich sei »*gravement pubertaire*«. Irgendwann fuhr ich ihn auf Deutsch an, was der Quatsch solle, doch da lachte er nur und meinte auf Französisch, seine »*nièce*« sei nicht nur »*une petite brute*«, sondern »*terriblement jalouse*«. Was die arme Geneviève dazu brachte, vor Lachen fast ihren Strohhalm zu verschlucken. (Wie gesagt: Ich selbst trinke keinen Alkohol, dennoch erschien es mir merkwürdig, dass ein immerhin erwachsenes Mädchen bereits von diesem einen milchgrünen Cocktail so betrunken sein sollte. (Von Carina war ich andere Mengen gewohnt.) Andererseits glaube ich nicht, dass mein Peiniger der armen Geneviève K.O.-Tropfen oder sonst etwas in den Drink gekippt hat. So aufmerksam, wie ich alles, was am Tisch geschah, verfolgt habe, hätte ich das mitbekommen müssen.)

Nachdem der Kellner die Rechnung gebracht und mein Peiniger einen Zwanzig-Euro-Schein aus der Hosentasche gezogen hatte, fragte er – vor allem in Richtung Geneviève –, was wir mit dieser »*belle nuit*« noch anfangen sollten. Sie wollte tanzen gehen, aber er meinte lachend, dass der »*vieil homme*« aus diesem Alter raus sei. Stattdessen schlug er vor, eine kleine »*pyjama party*« zu feiern.

Als ich dieses Wort hörte, wurde mir kalt. Und selbst Geneviève runzelte zum ersten Mal an diesem Abend die Stirn. Zunächst hatte ich befürchtet, es läge lediglich daran, dass dieses unschuldige Provinzmädchen – oder vielleicht die Franzosen insgesamt – nicht wusste(n), was eine Pyjamaparty ist. Doch im Prinzip schien sie verstanden zu haben, denn plötzlich sagte sie, dass sie vielleicht doch lieber nach Hause fahren solle. Ihr Vater habe mittlerweile sicher gemerkt, dass sie mit seinem Citroën abgehauen sei. Ich nickte heftig, doch meinem Peiniger gelang es, Genevièves Bedenken zu zerstreuen, indem er ihr ausmalte, wie viel *fun* (sprich: »*fönn*«) es sein würde, in einem Hotel gemeinsam auf dem Bett zu sitzen, etwas zu trinken und Canal Plus oder NRJ12 zu gucken. Und schließlich sei seine »*nièce*« dabei, und sie – also Geneviève – würde ihn doch nicht etwa für so »*pervers*« halten, (manche Dinge heißen in allen Sprachen gleich,) dass er in Gegenwart seiner Nichte »*une chose indécente*« versuchen würde.

Muss ich sagen, dass ich in diesem Moment am liebsten in den südfranzösischen Nachthimmel geschrieen hätte? Aus Angst vor dem, was geschehen würde. Und aus Wut darüber, dass dieser Unmensch mich nach allem, was er mir angetan hatte, nun auch noch als Deckmantel benutzte, um seine Absichten zu kaschieren.

Geneviève saß bereits hinten im Fond – mein Peiniger hatte ihr geraten, den Citroën ihres Vaters lieber stehen zu lassen, schließlich sei sie »*un peu pompette*«. Er selbst werde morgen früh zusammen mit ihr zum Patron fahren und alles erklären. (*Wie grausam kann ein Mensch lügen und dabei so unschuldig lächeln!*) Mich wies er an, vorn, auf meiner üblichen Beifahrerseite, einzusteigen, aber ich weigerte mich. Da packte er mich am Oberarm, zog mich einige Meter vom Auto weg und lüftete seine Jacke. Anschließend wollte er wissen, ob ich noch Fragen hätte. Ich spuckte vor ihm in den Staub.

Ich habe gerade noch einmal durchgelesen, was ich bislang über Geneviève geschrieben habe. Und ich fürchte, es könnte der Eindruck entstanden sein, ich wolle Geneviève selbst in irgendeiner Weise Schuld – oder zumindest Mitschuld – an ihrem Schicksal geben. Hiermit erkläre ich ausdrücklich, dass dies nicht der Fall ist. (Bald sollte mein Peiniger auf Mädchen treffen, die ihr Schicksal *tatsächlich* herausgefordert haben.) Die arme Geneviève jedoch war keins dieser »*Porno Paparazzi Girls*«, bei denen der letzte Funken Verstand erlischt, sobald ein Mann ihnen verspricht, sie »groß rauszubringen«. Allenfalls könnte man ihr vorwerfen, dass sie zu gutgläubig war. Dennoch: Die Verantwortung für alles, was in dieser Nacht geschehen ist, trägt einzig und allein jener Mann, der auf ewig in der Hölle schmoren möge.

Immer wieder haben mich Journalisten gefragt, ob wir Mädchen keine Chance gehabt hätten, meinen Peiniger zu überwältigen, als wir zu zweit (oder später sogar zu dritt) waren. Diese Frage beweist einmal mehr, wie wenig sich Journalisten in bestimmte Situationen hineinversetzen können. Deshalb bitte ich Sie jetzt, sich folgende Szenen *genau* vorzustellen und sich *ehrlich* zu fragen, wie Sie handeln würden, sollten Sie sich zu Ihrem Elend in ebensolchen wiederfinden.

Eins: Sie sitzen in einem belgischen Ford auf dem Beifahrersitz und rauschen an der Rhône entlang durch die

Nacht. Am Steuer sitzt ein Mann mit einer Pistole unter der Jacke. Hinter Ihnen sitzt ein armes drômsches Provinzmädchen, das schon ein wenig betrunken ist und die ganze Zeit vor sich hin plappert, wie »*sympa*« sie das neue Lied von den *Pussycat Dolls* (»*Stickwitu*«) fände.

(a) Sie erinnern sich daran, dass Sie übernatürliche Kräfte besitzen, weshalb es Ihnen gelingt, dem armen, leicht betrunkenen drômschen Provinzmädchen durch die Rückenlehne Ihres Sitzes hindurch zu telepathieren, dass Sie beide nur noch eine Chance hätten: nämlich zu versuchen, den Mann mit der Pistole unter der Jacke gemeinsam zu überwältigen, solange er noch am Steuer sitzt. (Das Risiko eines Verkehrsunfalls nehmen Sie in Kauf.)

(b) Sie verharren steif auf Ihrem Beifahrersitz und versuchen sich zu erinnern, wie das Rosenkranzgebet oder wenigstens das »Vaterunser« geht.

(c) *Tertium non datur.*

Zwei: Sie parken vor einem *Campanile*-Hotel. (Das sind die Plastikhotels, die eine grüne Kirche nebst Glockenturm (Campanile eben) als Logo haben.) Der Mann mit der Pistole checkt am Automaten ein. Das arme drômsche Provinzmädchen findet alles »*une grande aventure*«.

(a) Sie verfügen über die Gabe, andere Menschen nach Ihrem Willen fernzusteuern, weshalb sich das arme, leicht betrunkene drômsche Provinzmädchen plötzlich in ein nüchternes, hellsichtiges und beherztes drômsches Provinzmädchen verwandelt, mit dem zusammen Sie sich in Blitzgeschwindigkeit auf den Mann mit der Pistole stürzen, diesen entwaffnen und zu Boden drücken.

(b) Sie trotten dem Mann mit der Pistole und dem

armen, leicht betrunkenen drômschen Provinzmädchen hinterher und versuchen sich zu erinnern, wie das Rosenkranzgebet oder wenigstens das »Vaterunser« geht.

(c) *Tertium non datur.*

Drei: Sie sitzen zu dritt auf einem Doppelbett. Die karierten Gardinen sind zugezogen, die Rollläden heruntergelassen. Der Mann mit der Pistole hat vor Betreten des Zimmers für sich selbst und das arme, leicht betrunkene drômsche Provinzmädchen zwei Bier aus einem Automaten gezogen, der am Ende der langen Holzgalerie steht, von der die Türen abgehen. Der Fernseher hat leider kein NRJ12, dafür läuft eine Show, in der ein Vater seinen Sohn um Verzeihung bittet. (Später werden Vater und Sohn von einem Kamerateam beim Angeln und Kochen begleitet, damit überprüft werden kann, ob sie sich wirklich wieder versöhnt haben. (Nein.)) Auf einem anderen Sender läuft ein Film mit einer Schauspielerin, die Lippen wie eine Forelle hat, schwarze Reizwäsche trägt und sich mit dem Friedhofswärter vergnügt, bis einer der Toten sein Grab verlässt, um mitzumachen. Das arme, inzwischen nicht nur leicht, sondern mittelschwer betrunkene drômsche Provinzmädchen mault über den »*film dégoûtant*« und will wissen, wie es mit Vater und Sohn weitergeht.

(a) Ihre Großmutter war *Superwoman*, weshalb es Ihnen gelingt, mit einer Hand den Mann mit der Pistole ohnmächtig zu schlagen, während Sie gleichzeitig mit der anderen Hand nach dem armen drômschen Provinzmädchen greifen und mit diesem unter dem Arm aus dem Zimmer hinaus und auf und davon fliegen.

(b) Sie versuchen, sich angesichts des in der Tat widerlichen Spielfilms nicht zu übergeben und sich stattdessen daran zu erinnern, wie das Rosenkranzgebet oder wenigstens das »Vaterunser« geht.

(c) *Tertium non datur.*

Ich denke, diese drei Szenen genügen, um Ihnen klarzumachen, dass die Chancen, etwas gegen meinen Peiniger auszurichten, dadurch, dass ich nun nicht mehr das alleinige Opfer war, sondern es ein zweites Mädchen gab, überhaupt nicht gestiegen waren. Im Gegenteil. In der ersten Hälfte der Nacht war Geneviève keine Hilfe, weil sie nicht begreifen wollte, in was für einer Situation sie sich befand. Und in der zweiten Hälfte, als ihr dämmerte, in welche Hölle sie geraten war, war sie keine Hilfe, weil sie sich in einer ähnlich unglückseligen Lage befand, wie ich mich tags zuvor auf dem Campingplatz in Oudenaarde befunden hatte.

Als ich mich entschlossen habe, meine Geschichte aufzuschreiben, war mir von Anfang an klar, dass dieses Buch nicht nur Menschen kaufen werden, die Mitgefühl oder ehrliches Interesse antreibt. Deshalb gebietet mir der Selbstschutz – vor allem aber der Respekt für Geneviève, die ihre Sicht der Dinge nicht mehr selbst darlegen kann –, von den Ereignissen, die sich in jener Nacht im *Campanile*-Hotel bei Montélimar abgespielt haben, nur das Allernötigste zu berichten. Mögen die (sensations-)lüsternen Leser das Buch enttäuscht zur Seite legen. Alle anständigen werden mir dankbar sein, dass ich die Tür zu jenem Zimmer *Numéro 117* nur einen Spalt weit öffne.

Es ist schwer, den genauen Zeitpunkt zu benennen, an dem die arme Geneviève zu ahnen begann, dass ihr »*cher D…*« in Wahrheit ganz und gar nicht »*cher*« war. War es, als mein Peiniger, den ich ab jetzt wohl besser »unseren Peiniger« nenne – war es also, als *unser* Peiniger immer drastischere Kommentare zu dem Softporno abgab, der im Fernsehen lief? War es, als er mich aufforderte, endlich die Sonnenbrille abzunehmen und Geneviève »*mon beau visage*« zu zeigen? Oder war es, als er mir befahl, ins Bad zu gehen und dort eine Wanne einzulassen? (Angeblich, weil ich stinken würde »*comme une pute*«. (Es ist sehr gut möglich, dass meine neue Bluse, die zu exakt hundert Prozent aus Polyester bestand, tatsächlich bereits roch – bei dem Angstschweiß, den ich in den letzten Stunden vergossen hatte, wäre es kein Wunder gewesen.))

Das einfließende Badewasser übertönte für mich – und allem Anschein nach auch für die Gäste in den Nachbarzimmern (wobei man sagen muss, dass die *Campanile*-Wände ohnehin dicker sind als die Wände in den anderen Plastikhotels – wohl einer der Gründe, warum mein Peiniger in dieser Nacht eine »bessere« Absteige gewählt hatte…) – alle anderen Geräusche. Das Rauschen des Badewassers war so laut, dass ich nicht hören konnte, was im Zimmer vor sich ging. (Außerdem wurde im Fernseher noch immer gestöhnt und geschrieen.)

Als die Wanne voll war, schlich ich an die Badezimmertür, um zu lauschen. Ich vernahm ein gedämpftes Würgen und Wimmern, woraus ich schloss, dass mein Peiniger die arme Geneviève als Erstes gefesselt und geknebelt haben musste. (Und *ich* muss mir jetzt endlich angewöhnen, *unser* Peiniger zu sagen!) Meine Lust auf ein Vollbad lag unter null, dennoch begann ich, den Reißverschluss meiner Jeans aufzuziehen. Noch ehe ich die Hose über meine Hüften geschoben hatte, flog die Tür auf und mein – *unser!* – Peiniger zerrte mich aus dem Bad. Die arme Geneviève lag auf dem Bett, ganz so, wie ich es geargwöhnt hatte: In ihrem Mund steckte ein rosa Stofffetzen. (Mit ziemlicher Sicherheit muss es sich dabei um ihren eigenen Slip gehandelt haben – bevor unser Peiniger mich ins Bad geschickt hatte, hatte ich gerade noch mitbekommen, wie er das arme Mädchen damit gelockt hatte, dass er ihr fünfzig Euro zahlen würde, sollte sie ihm ihren Slip überlassen.) Genevièves Hände waren mit den mir wohl bekannten Handschellen auf den Rücken gefesselt. Ihre Beine waren mit dem Gürtel unseres Peinigers fest zusammengeschnürt. Sie zappelte und wand sich, und ich bin sicher, in diesem Moment hätte sie wie die kleine Meerjungfrau *alle* Schmerzen der Welt in Kauf genommen, hätte sie im Gegenzug zwei lauftüchtige Beine bekommen. (Das Bittere ist: Ich fürchte, die arme Geneviève *musste* in dieser Nacht alle Schmerzen der Welt ertragen – ohne dass ihr dafür irgendetwas geschenkt worden wäre.)

Stellvertretend für sie stieß ich einen lauten Schrei aus. Unser Peiniger war blitzschnell bei mir und knallte mir eine, so dass ich mit dem Kopf gegen die Tischkante krachte und für einige Momente das Bewusstsein verlor. Aber so einfach wollte er mich nicht davonkommen lassen. Er spritzte mir kaltes Bier ins Gesicht und zischte mich an: »Schau hin! Schau genau hin!« (Bis zum heutigen Tage habe ich nicht *wirklich* begriffen, warum es ihm so wichtig war, mich als Zeugin bei seinen Untaten dabeizuhaben. Ich kann lediglich vermuten, dass es seine Lust gesteigert hat, nicht nur ein Mädchen zu quälen, sondern ein zweites zu zwingen, ihm dabei zuzusehen.)

Es tut mir leid. Es geht nicht. Es geht einfach nicht. Ich kann über die Dinge, die sich in jenem Zimmer *Numéro 117* abgespielt haben, nicht so berichten, als handele es sich um eine Fahrt auf der nächtlichen Autobahn. Ich finde die Worte nicht, mit denen sich beschreiben ließe, was die arme Geneviève erleiden musste. Von den Qualen, die ich am eigenen Leib erduldet habe, vermochte ich noch irgendwie zu berichten. Aber die Qualen eines fremden Mädchens liegen hinter Glas, das ich nicht durchbrechen kann. Und dennoch wünschte ich, ich könnte die Bilder loswerden, die mich mittlerweile keine einzige Nacht mehr schlafen lassen. Wo ist der Exorzist, der mich zwingt zu sprechen, so wie der Teufel mich in jener Nacht gezwungen hat hinzuschauen?! *Wo?!*

Es war einmal ein Mädchen. Das lebte allein mit seinem Vater in einer Herberge am Wegesrand. Die Herberge war nicht groß und der Vater nicht reich, deshalb musste das Mädchen in der Küche und auch sonst überall helfen. Frühjahr für Frühjahr kam eine Gruppe fahrender Ritter vorbei, um einige Wochen in der Herberge zu verweilen. Das Mädchen machte den Rittern die Betten, fegte die Zimmer, und abends, wenn die Ritter müde und erschöpft von ihren Kämpfen zurückkehrten, servierte das Mädchen das Essen. Ein Ritter aber hatte es dem Mädchen besonders angetan. Und in der Tat war er der stolzeste und prächtigste unter den Rittern.

Eines Frühjahrs machten die Ritter wieder Halt in der kleinen Herberge. Doch jener Ritter, der dem Mädchen so gut gefiel, war nicht dabei. Da fragte das Mädchen, was mit diesem geschehen war, und die anderen Ritter erzählten, dass er im Kampf verwundet worden sei und sie deshalb auf ihren Fahrten nicht länger begleiten könne. Da ging das Mädchen in seine Kammer und wurde sehr betrübt.

So verging die Zeit. Eines Nachts, die Mandelbäume hatten ihre Blüten schon lange abgeworfen, und das Mädchen hatte die Hoffnung begraben, seinen Ritter jemals wiederzusehen – da klopfte es an dem kleinen Fenster, hinter dem das Mädchen stand und schmutzige Teller wusch. Das Mädchen schaute empor – und wen durfte es dort erblicken? Jenen Ritter, von dem es so viele Nächte geträumt hatte!

Der Ritter versprach dem Mädchen, es zu einem lustigen Fest mitzunehmen, wenn es sich in dieser Nacht traute, aus der väterlichen Herberge davonzuschleichen. In Eile wusch das Mädchen die restlichen Teller ab. Dann stahl es sich, wie vom Ritter befohlen, aus dem Haus.

Und wie versprochen hatte der Ritter im nahe gelegenen Dorf auf es gewartet. Da freute sich das Mädchen sehr. Und als es mit dem Ritter in jenem Schloss ankam, in dem das Fest stattfinden sollte, war auch alles schön und heiter. Sie tranken und scherzten, doch als das Mädchen hörte, wie die große Standuhr zwei Uhr morgens schlug, da wollte es lieber wieder nach Hause zu seinem Vater gehen. Aber nun offenbarte der Ritter sein wahres Gesicht: Es war der Teufel, der die Gestalt eines prächtigen Ritters angenommen hatte.

Als das Mädchen seinen Fehler erkannte, weinte es und flehte um Gnade, doch der Teufel kennt weder Mitleid noch Erbarmen. All seine Marterwerkzeuge packte er aus, glühende Spieße, siedendes Pech und beißenden Schwefel, und alle wandte er sie an.

Nein. So geht das auch nicht. Ich dachte, es würde mir helfen, die Ereignisse auf diese Weise zu erzählen. Aber es hilft nicht. Auch wenn ich meinen Peiniger hin und wieder als »Teufel« bezeichne, weiß ich doch, dass es nicht der Teufel war, der mir und den anderen Mädchen all diese Dinge angetan hat. *Sondern ein Mensch.*

Und er nahm die Fernbedienung, die unangeschraubt im Zimmer herumlag, und stieß sie an einen verbotenen Ort, und er kochte Wasser im Wasserkocher, mit dem nichts als Kaffee und Tee gebrüht werden sollte, und er löste die Handschellen, doch nur, um die Gelenke, die darunter waren, besser brechen zu können, und er fasste nach der fremden Kehle, während er selbst einen langen Seufzer ausstieß, und er griff abermals nach den Handschellen und kettete das lebende Mädchen, das sich am Boden zusammengerollt hatte, an das tote, und als er all dies getan hatte, aß er ein Stück weißes Nougat, legte sich neben das tote Mädchen aufs Bett und schlief ein.

Krokodile selbst haben als erwachsene Tiere keine natürlichen Feinde.

Féria du Riz

Ich weiß nicht, ob ich die Seiten, die ich zuletzt geschrieben habe, jemals wieder lesen kann. Aber ich merke, dass es mir besser geht. Als ich heute Morgen aufgewacht bin, hatte ich zum ersten Mal seit Wochen das Gefühl, *geschlafen* und mich nicht nur gewälzt zu haben. Ich habe es sogar geschafft, mir zwei »Schrippen« zu kaufen, diese mit Johannisbeergelee zu bestreichen und tatsächlich zu essen. Tinka ist stolz auf mich.

Natürlich glaube ich nicht, dass Hunde denselben Verstand haben wie Menschen. Dennoch bin ich überzeugt, dass Tinka auf ihre Art begriffen hat, was in der Zeit, die ich fort gewesen bin, geschehen ist. Nach meiner Rückkehr war sie die Einzige, von der ich mich *verstanden* gefühlt habe, weil sie die Einzige war, die mich einfach nur angeschaut hat, ohne Zirkus zu machen. Und ich kann bis heute nicht begreifen, warum ich sie in der Klinik, in der ich die ersten Wochen verbringen musste, nicht rund um die Uhr, sondern nur ein paar Stunden täglich bei mir haben durfte. Tinkas Daueranwesenheit hätte mir mehr geholfen als das ganze Qi Gong und EMDR und »psychodynamisch imaginative« Traumatrallala, das sie mir stattdessen aufgedrängt haben.

Glauben Sie ernsthaft, man kann das, was ich erlebt habe, mit einem »inneren Team« oder der »Baumübung«

verarbeiten? (»Julia, schließen Sie jetzt die Augen und spüren Sie die Kraft, die durch Ihre Fußsohlen hindurch in Ihren Beinen emporsteigt. Spüren Sie die Ruhe, die sich in Ihrem Bauch ausbreitet. Die Kraft, die Ihre Arme durchströmt, bis in die Fingerspitzen hinein. Die Ruhe, die Ihren Kopf ganz schwer und leicht zugleich werden lässt. Stellen Sie sich Ihren Lieblingsbaum vor, eine stolze Eiche oder mächtige Fichte, und spüren Sie, wie stark Ihr Stamm ist und wie Ihre Krone in den Himmel wächst.«)

Ich schwöre Ihnen: Wenn Sie nicht vorher schon eine Macke hatten, haben Sie anschließend eine.

Aber damit es nicht wieder heißt, ich sei »störrisch«, wird die »stolze Eiche« jetzt ganz ruhig und stark in den Himmel wachsen und die Dinge aus sicherer Baumkronendistanz betrachten, so wie es ihr in der Klinik beigebracht worden ist.

Sehen Sie die Stadt dort unten? Das ist Arles. Arles wurde von den Galliern gegründet, von Caesar erobert, und heute gehört es den Franzosen. Sein berühmtester Einwohner war Vincent van Gogh, aber der braucht uns nicht zu beschäftigen, denn er hat nur sich selbst das Ohr abgeschnitten und keine anderen Wesen gequält. In der Mitte von Arles, nicht weit von der Rhône entfernt, liegt das Amphitheater. Falls Sie schwindelfrei sind und sich mit mir ein bisschen weiter aus meiner Krone hinauslehnen wollen, können Sie die sommerlich-festlich gekleideten Menschen sehen, die in die Arena strömen. In Arles beginnt an diesem Freitag die »*Féria du Riz*«, das alljährliche »Reisfest«, bei dem es darum geht, sich über die Reisernte zu freuen und Stiere zu töten.

Falls Sie zu den Leuten gehören, die bislang dachten, französische Stierkämpfe verliefen unblutig und wären lediglich eine Art verschärftes »Hasch mich«, empfehle ich Ihnen, zurückzuklettern und sich in meiner Krone zu verstecken. Diese Kämpfe, bei denen es darum geht, den Stieren bunte Bänder von den Hörnern zu pflücken, gibt es zwar auch, aber Sie denken doch nicht, dass mein Peiniger – den ich einstweilen ruhig wieder *meinen* Peiniger nennen darf – Lust gehabt hätte, mit mir ein solch harmloses Spektakel aufzusuchen.

Denn das kleine rothaarige Püppchen mit der großen schwarzen Sonnenbrille, das in der Arena ziemlich weit oben auf einer der Steinstufen sitzt, bin ich. Und das etwas größere, blonde Püppchen, direkt daneben, in der Jeansjacke, ist er. Gerade kauft er bei einem Getränkeverkäufer eine Dose Perrier und eine Dose Orangina und besitzt sogar die Güte, Letztere an mich weiterzureichen. Da mir die Sonne direkt ins Gesicht scheint und meine Haut sehr empfindlich ist, hätte ich gern einen der Strohhüte, die ebenfalls in der Arena verkauft werden, ich verzichte jedoch darauf, ihn um einen zu bitten.

Die Musik, die Sie selbst, wenn Sie sich tief in meine Krone verzogen haben, hören können, stammt von einer mexikanischen Band, die jetzt aber ihre Gitarren einpackt, da der eigentliche Stierkampf beginnt und dieser von einer Blaskapelle begleitet wird.

Die fünf- oder zehntausend Menschen (ich bin sehr schlecht darin, Menschenmassen zu schätzen) beginnen zu applaudieren, als zwei Männer mit schwarzen Umhängen und wippenden Federhüten in die Arena geritten kommen. Ihre Pferde wollen bei den Dressurfiguren allerdings nicht recht mitziehen, und das Publikum beginnt zu lachen. Der Künstler, der sicher zwei Tage damit zugebracht hat, mit schwarzer Farbe Stierschatten und die Worte »*Fauve d'amour, verité dans l'epée*« auf das riesige Sandoval zu sprühen, dürfte an dieser Stelle das erste Mal weinen. (Nein, auch ich kann ihn nirgends entdecken. Vielleicht ist er zu Hause geblieben, weil er nicht mit anschauen wollte, wie sein Kunstwerk vernichtet wird. (»*Fauve*« bedeutet übrigens »Raubtier«, so dass sich der Spruch am besten als »Raubtier der Liebe, Wahrheit im Schwert« übersetzen lässt. Was uns der Künstler damit sagen will, muss ich Ihrer eigenen Imagination überlassen.))

Hinter den Reitern kommen Männer in die Arena gestapft, die aussehen wie Kölner, wenn sie im Karneval als »Knecht« gehen, und hinter diesen wiederum kommen Männer, die aussehen wie Düsseldorfer, wenn sie sich als »Torero« verkleiden. (Nein, das ist unfair. Ich glaube nicht, dass es einen einzigen Düsseldorfer gibt, der so dünn ist, dass er in eins der bunten Glitzerkostüme passen würde, die dort unten hereinstolzieren.)

Das rothaarige Püppchen, das nie zuvor einen Stierkampf gesehen hat – seine Eltern waren vor vielen Jahren just hier in Arles bei einem gewesen, aber damals hat es sich noch weigern dürfen mitzugehen und war die ganze Zeit auf dem Parkplatz geblieben –, das rothaarige Püppchen also fragt das Jeansjackenpüppchen, warum es so viele Toreros sind, es würde doch nicht etwa jeder einen Stier töten. Das Jeansjackenpüppchen lacht das rothaarige Püppchen aus und erklärt ihm, dass es drei Teams seien, die sich dort unten auf sechs Kämpfe vorbereiten. Auch wenn sie zum Aufwärmen jetzt alle die gleichen pink leuchtenden Umhänge durch den Sand zögen und alle nahezu gleich prächtige Trikots trügen, gäbe es unter ihnen nur drei Matadore, hätten somit nur drei von ihnen das Recht, am Schluss dem Stier ganz allein gegenüberzutreten, um ihn mit rotem Tuch und Degen zu töten.

Jetzt bitte ich Sie, sich gut an meinem Stamm festzuhalten, denn schon kommt der erste Stier in die Arena gedonnert. Es ist ein gewaltiges schwarzes Tier. Einen Moment schaut er sich um – offensichtlich kann er nicht begreifen, wohin er geraten ist –, dann senkt er die Hörner und rennt mit voller Kraft gegen eine der ochsenblutrot gestrichenen Holzverkleidungen. (Die Farbe ist tatsächlich »Ochsenblut«. »Stierblut« ist – zumindest in frischem Zustand – heller und röter, wie Sie gleich selbst feststellen werden.)

Vier Holzverkleidungen gibt es, und hinter jeder hat sich ein Torero verschanzt. Das Spiel gleicht dem, was Sie an jedem Wochenende in jeder beliebigen Teenagerdisco beobachten können: Gestalten in glitzernden Hosen, engen Bolerojacken, flamingofarbenen Seidenstrümpfen und dunklen Ballerinaschühchen locken mit aufreizenden Gesten ein schwerfälliges, deutlich testosterongesteuertes Wesen an, und wenn das Wesen zum Angriff übergeht, bringen sie sich kreischend und lachend in Sicherheit. Natürlich lachen und kreischen die Toreros dort unten nicht, schließlich sind sie keine Mädchen. Doch der Vorgang ist prinzipiell derselbe.

(Sollte sich der eine oder andere »*Aficionado*« in meine Baumkrone verirrt haben, mag er sich gern an den Abstieg machen.)

Der Stier dürfte mittlerweile eine Gehirnerschütterung

haben, so oft ist er sinnlos gegen die Balustraden gerannt, deshalb werden die Toreros jetzt etwas mutiger und trauen sich weiter hinaus. Einer trumpft besonders auf, es ist ein Junge in schneeweißem Kostüm, er kann nicht älter als achtzehn sein, und dennoch scheint er bereits Matador zu sein. Er wirbelt Tuch und Stier um sich herum, als spiele er im Sandkasten. Plötzlich ertönen Fanfaren, zwei Männer kommen in die Arena geritten, aber es sind nicht die vom Anfang mit ihren wippenden Federhüten, sondern diese hier sehen aus wie Don Quijote und Sancho Pansa. Der Stier ist verwirrt, es scheint, als ob er weiter dem Tuch folgen wollte, doch dann senkt er die Hörner, stürmt los und verbohrt sich in einem der Pferde. Der Reiter versucht, den Stier abzuwehren, indem er ihm seine Lanze in den Nacken sticht, doch der Stier lässt sich nicht abschütteln, es gelingt ihm, Pferd und Reiter gegen die Balustraden zu drücken, und das Publikum beginnt zu pfeifen.

(Sie dürfen sich aussuchen, wem Sie in diesem Kampf die Daumen drücken. Falls Sie es von hier oben nicht erkennen, darf ich Ihnen zur Beruhigung mitteilen, dass das Pferd dicke Matten um Bauch und Flanken gebunden hat und auch seine Augen verbunden sind. (Wobei ich zu bedenken gebe, dass Blindheit in dieser Situation kein Geschenk sein muss.))

Endlich ertönt die nächste Fanfare, drei Toreros braucht es, um den Stier mit lauten Rufen und zuckendem Pink vom Pferd wegzulocken. Obwohl ihm zwei rote Bäche den Hals herunterlaufen, sieht er aus wie einer, der gewonnen hat, stolz trabt er eine Runde durch den Sand, den Kopf so weit erhoben, wie der verletzte Nacken es erlaubt.

Falls Ihre Sympathien dem Stier gelten, empfehle ich

Ihnen, ihm zuzurufen, dass er die letzten Momente, in denen er den Kopf noch so hoch tragen kann, genießen soll, denn gleich kommt der weißgekleidete Matador in die Arena getänzelt, um ebenjenen Nacken mit erst zwei, dann vier, dann sechs fransengeschmückten Spießen zu verzieren. Nicht nur mein Peiniger tobt vor Begeisterung, und da wir hier oben so weit weg sind, sage ich Ihnen, dass die anderen fünf- oder zehntausend Leute, die mit ihm toben, aus der Nähe wie ganz normale, freundliche Arlesienner und Arlesiennerinnen aussehen. (Aber er selbst sieht ja auch so aus, als ob er unter seiner Jeansjacke nur eine große Rose verbergen würde.)

Und nun stehen sie sich gegenüber. Auge in Auge, blutender Stier mit Spießen im Nacken und weißgekleideter Matador mit rotem Tuch und Degen in der Hand. Sie wirken nicht, als ob sie sich erst seit zehn Minuten kennen würden. So nah führt der kleine Matador den Stier an seinem Körper vorbei, dass sich sein Kostüm ganz rot färbt. Gelingt ihm eine besonders elegante Drehung, reißt er sein Kinn in die Höhe und stelzt ein paar Schritte in Richtung Publikum. Der Stier in seinem Rücken bleibt stehen. Den Nacken gesenkt, schwer atmend wartet er darauf, dass sein Partner genug vom Jubel hat und ihn in die nächste Umdrehung schickt.

Das Töten gelingt nicht auf Anhieb. Beim ersten Mal prallt der Degen ab und springt in den Sand. Zwei Toreros kommen aus den Holzverkleidungen geeilt und wollen dem Matador helfen, doch der schickt sie mit unwirscher Geste zurück. Es gelingt ihm selbst, den Degen aufzuheben (vom »*Fauve d'amour, verité dans l'epée*« ist nur noch eine schmutzige Wolke im Sand geblieben) und diesen in den schwarzen Nacken zu stoßen, dass er bis zum Heft verschwindet. Das »Raubtier der Liebe« macht ein paar Schritte, als hätte es den Stahl in seinen Eingeweiden noch nicht bemerkt, dann knicken seine Vorderbeine ein. Das Publikum springt in die Höhe, Mützen, Hüte und weiße Tücher werden geschwenkt, doch das Tier findet auf seine Beine zurück. Der kleine Matador muss seinen Triumphmarsch unterbrechen und warten, bis es erneut zusammenbricht, dann schnellt er zu ihm hin, fasst den Griff zwischen den Schulterblättern, um die Klinge noch einmal zu drehen. Ein letztes Zittern durchläuft das Tier, bevor es auf die Seite fällt. Steif in die Luft ragende Beine bezeugen seinen Tod.

Unter den heiteren Klängen der Blaskapelle kommen die »Knechte« mit angeschirrten Pferden in die Arena geeilt. Auch die Reiter mit den wippenden Federhüten sind wieder da, sie salutieren vor einem Mann auf einer Empore, der eine Art Schiedsrichter sein muss, denn dieser gibt ihnen ein Zeichen, und schon hat einer der Toreros dem Stier ein Ohr abgeschnitten, das der Federhut dem siegreichen Töter überreicht. Das Publikum rast, doch etwas scheint ihm gleichzeitig zu missfallen, denn es bewirft den kleinen Matador mit Jacketts, die von den anderen Toreros sogleich in die Reihen zurückgeworfen werden. Den kleinen Matador selbst stört dies nicht, stolz wickelt er sich eine mexikanische Fahne um den Hals, deren Rot sich mit jenem Rot beißt, in das sein Anzug nun gefärbt ist, und reckt das erbeutete Ohr in die Höhe.

Niemand außer dem rothaarigen Püppchen interessiert sich noch für den Stier, der von den »Knechten« jetzt an der Deichsel des Pferdegespanns befestigt und schnell aus der Arena gezogen wird. (Sehen Sie die weißen, eckigen Punkte außerhalb des Ovals? Das sind die Kastenwägen der Metzger.)

Wenn Sie eine gute Nase haben, können Sie es vielleicht riechen: diesen süßlich-fauligen Geruch, der aus der aufgeheizten Arena steigt. Im Wesentlichen riecht Stierblut nicht anders als Menschenblut. Bei den meisten Leuten löst dieser Geruch etwas aus. Doch nur das Jeansjackenpüppchen – das seine Jacke nicht in die Arena geworfen, sondern anbehalten hatte – bringt er dazu, sich nach den Mädchen umzuschauen, die überall in bunten Kleidern sitzen und mit einem Mal aufregender zu sein scheinen als der zweite Stier, der in die Arena prescht.

Das rothaarige Püppchen quetscht in seiner Hand die leere Oranginadose zusammen.

Der zweite Stier, ein braunes Tier, hat wenig Lust zu kämpfen. Kaum hat er seinen Schädel einmal ins Holz krachen lassen, will er schon wieder hinaus. In einer engen Kurve, zu der sein Matador ihn zwingt, stolpert er über die eigenen Vorderbeine und stürzt in den Sand. Das Publikum lacht. Offensichtlich hat sich das Tier beim Sturz ein Bein verstaucht oder gebrochen. Ohne sich für die pinkfarbenen Umhänge zu interessieren, die sein Matador und dessen Helfer schwenken, hinkt es in Richtung jenes Tors, durch das es wenige Augenblicke zuvor hereingestürmt ist. Das Publikum beginnt zu buhen. Und auch das Jeansjackenpüppchen wendet seine Aufmerksamkeit von dem Mädchen im hellblauen Trägerkleid ab, das eine Reihe vor ihm sitzt, steckt zwei Finger in den Mund und pfeift.

Das rothaarige Püppchen fängt an, auf seinem Platz umherzurutschen.

Und da es von hier oben so wirken könnte, als sei ihm bloß der Stein, auf dem es sitzt, zu hart geworden, will ich für Sie ein langes Hörrohr hinunterlassen, damit Sie den Dialog belauschen können.

»Wieso lässt der Schiedsrichter den Stier nicht endlich zurück in den Stall? Der muss doch sehen, dass sich das arme Tier verletzt hat.«

»Gott, bist du bescheuert. *Zurück in den Stall.* Das verdammte Vieh soll weiterkämpfen.«

»Aber wenn es *wirklich* nicht mehr kann?«

»*Wirklich nicht* gibt's nicht.«

»Ich denke, du bist Sportler. Das ist total unfair, was da unten passiert.«

»Stierkampf ist Stierkampf. Und kein Softball.«

»Was hat denn das mit Softball zu tun! Ich wette, du wärst *ausgeflippt*, wenn du bei deinen Rennen so ungerecht behandelt worden wärst wie dieser arme Stier.«

»Schätzchen, *Gerechtigkeit* hat nichts mit dem zu tun, was die Spießer meinen, wenn sie ›fair‹ oder ›unfair‹ brüllen. Worum es geht, ist *höhere Gerechtigkeit*. Und deshalb kann sich dieser verdammte Stier auch nicht einfach drücken. Ich gebe bei einem Rennen ja auch nicht auf, bloß weil ich mir das Handgelenk gebrochen habe. Nur ein feiger Stier lässt sich von seinen Schmerzen einschüchtern. Ein guter Stier braucht den Schmerz, um richtig stark zu werden.«

Eigentlich ist das »Höhrrohr« bei der »Baumübung« nicht erlaubt. Deshalb muss ich es jetzt schnell wieder einholen, bevor meine Therapeutin kommt und mit mir schimpft. (Aber ich kann Sie beruhigen, Sie verpassen nichts. Das rothaarige Püppchen muss seine Erwiderung, dass der

Vortrag zwar beeindruckend geklungen habe, es aber doch einen entscheidenden Unterschied zwischen einem Stier und einem Radler gäbe, nämlich jenen, dass der Radler sich seine masochistische Sportart selbst ausgesucht habe, während der Stier von niemandem gefragt worden sei, ob er in einer Arena zu Tode gequält werden wolle, diese Erwiderung muss sich das rothaarige Püppchen ohnehin verkneifen, da die Arlesienner und Arlesiennerinnen zu allen Seiten böse zu zischen beginnen.)

Die Sonne ist mittlerweile fast hinter dem Arenarand verschwunden. Eins der Bilder, die an den aufragenden Mauerresten befestigt sind und vom selben Künstler stammen mögen, der sein Verslein in den Sand gesprüht hat, wird von einem letzten Lichtstrahl getroffen. Es zeigt einen Torero von hinten zusammen mit irgendeinem Heiligen. Vielleicht hat der Künstler es verdient, dass seine Werke verwüstet werden.

Der verletzte Stier schleppt sich durch den zweiten Akt, die Stimmung in der Arena ist gereizt, von den sechs Spießen, die diesmal nicht der Matador selbst, sondern seine Helfer in den Nacken des Tieres rammen, wollen nur zwei halten, und auch das Finale misslingt. Der Matador flucht und schwitzt, mehrfach gelingt es dem Stier, seinen Töter zu einer kurzen Flucht zu zwingen, das Publikum murrt, und die längliche Beule, die sich schon die ganze Zeit am grün-gold verhüllten Oberschenkel des Matadors abzeichnet, wirkt plötzlich nicht mehr stolz, sondern wie eine eitle Hasenpfote.

Das Jeansjackenpüppchen hat jegliches Interesse an dem, was unten in der Arena geschieht, verloren. Es tippt dem Mädchen mit dem hellblauen Trägerkleid auf die

Schulter, und als dieses sich umdreht, reicht es ihm die Strickjacke, die zu Boden gefallen war, nachdem das Jeansjackenpüppchen selbst sie mit der Fußspitze hinuntergezogen hatte. Das Trägerkleidmädchen lacht und bedankt sich, seine Zähne sind sehr groß und weiß. Und während sich das braune Fell des Stiers immer blutiger färbt, weil der Matador mit seinem Degen stets die falsche Stelle trifft, und das Jeansjackenpüppchen das Trägerkleidmädchen fragt, ob es immer so allein zur »*Corrida*« gehe, ist es dem rothaarigen Püppchen endlich gelungen, die eingedrückte Lasche aus seiner Oranginadose zu fummeln und sich das Metall langsam über den linken Handrücken zu ziehen. Die Augen des Trägerkleidmädchens weiten sich, dann schlägt es die Hand vor den Mund, auch das Jeansjackenpüppchen sieht nun, was das rothaarige Püppchen neben ihm anrichtet. Es will ihm die Metalllasche aus der Hand reißen, bevor noch mehr Blut fließt, aber das rothaarige Püppchen lässt sich nicht abbringen. Rechts und links beginnen die Leute zu tuscheln und wegzurücken, bis das Jeansjackenpüppchen das rothaarige Püppchen an der blutigen Hand in die Höhe zerrt und sich mit ihm in Richtung Ausgang schiebt.

Mindestens hundert Zuschauer verpassen auf diese Weise den Moment, in dem auch der zweite Stier zur Seite fällt und seine Beine gen Himmel streckt.

Das Shooting

Am Samstagmorgen kaufte mein Peiniger einen großen Stapel Zeitungen. (Wir waren noch immer in Arles, die Nacht hatten wir in einem *Première-Classe*-Hotel nahe der Autobahnauffahrt verbracht.) Die beiden Zeitungen, die ich kannte, *Le Figaro* und *Le Monde*, hatte er rasch durchgeblättert und zur Seite geworfen. *L'Equipe* schien eine reine Sportzeitung zu sein, jedenfalls machte er sich kurz über irgendeinen Radfahrer lustig, der einen Schäferhund besaß und bei dem großen Rennen, das gerade in Spanien stattfand, in Führung lag. (Allerdings habe ich nicht richtig verstanden, was so komisch daran ist, dass ein Radler einen Schäferhund besitzt. Es musste irgendetwas mit dessen Namen zu tun haben, denn mein Peiniger meinte, »die sollen den lieben Sowieso doch mal fragen, wie sein Schäferhund heißt«.) Bei *Aujourd'hui en France* handelte es sich um eine der Zeitungen, die mein Vater nicht anfassen würde. (Er hatte mir einmal erklärt, dass er aus Prinzip keine Zeitungen lese, die in der Mitte nicht quergefaltet seien, die man also nicht aufschlagen müsse, um die ganze Titelseite überblicken zu können.) Mit *La Provence* hielt sich mein Peiniger etwas länger auf, offensichtlich war er bei dem Bericht zum gestrigen Stierkampf hängen geblieben. (Der mexikanische Matador schien in irgendeiner Weise »gewonnen« zu haben. Auf der Titelseite war jedenfalls ein großes Bild zu sehen, wie er auf Schultern aus der Arena getragen wurde.)

In *Le Dauphiné Libéré* fand mein Peiniger endlich, wonach er gesucht hatte: Einen Artikel über »*un crime hideux, atroce et lâche*«, das sich in der Nacht von Donnerstag auf Freitag außerhalb von Montélimar zugetragen habe.

Vermutlich fragen Sie sich jetzt, wieso *Le Dauphiné Libéré* von diesem »abscheulichen, schrecklichen und feigen Verbrechen« so schnell Wind bekommen hatte. (Wie ich nach meiner Rückkehr erfahren sollte, hatte das *Campanile*-Hotel zwar gleich am Morgen über die Vandalen geflucht, die ihre Laken (und die Fernbedienung) besudelt hatten – aber ich bin sicher, dass sie zu jenem Zeitpunkt noch nicht ahnten, was sich in ihrem Zimmer *Numéro 117* tatsächlich ereignet hatte.) Die Antwort ist ganz einfach: Mein Peiniger hatte es darauf angelegt. Erinnern Sie sich an seine Rede von der »offenen Rechnung«, und schon können Sie sich selbst zusammenreimen, was in den frühen Morgenstunden des 8. September geschehen sein muss.

(Okay, okay. Ich will beherzigen, was meine Deutschlehrerin mir einmal an den Klausurrand geschrieben hat: »Liebe Julia, Sie können davon ausgehen, dass ich, die ich *Werther* gleichfalls gelesen habe, verstehe, was Sie sagen wollen. Aber formulieren Sie Ihre brillanten Erkenntnisse in Zukunft doch bitte so, dass auch Nichteingeweihte die Chance erhalten, an ihnen teilzuhaben...«)

Zu Beginn meiner Geschichte habe ich erzählt, dass es zahlreiche Spekulationen darüber gegeben hat, worauf es mein Peiniger eigentlich abgesehen hatte: Ob er wollte, dass seine Schandtaten möglichst lange unentdeckt blieben, damit er auf diese Weise ungestört weitermachen konnte. Oder ob er sich insgeheim wünschte, dass »seine« Leichen gefunden würden. Denn ohne Leichen kein Verbrechen. Und ohne Verbrechen keine Schlagzeilen. (Ein paar besonders einfältige Menschen haben sogar vermutet, er habe angefangen, seine Leichen zur Schau zu stellen, *weil er gestoppt werden wollte...* Und morgen kommt der Weihnachtsmann... (A propos: Haben Sie gestern Nacht einen Stiefel vor die Tür gestellt? Obwohl ich hier in Berlin in einem ziemlich coolen Haus wohne, hat die Hälfte meiner Nachbarn diesen Unsinn mitgemacht. Ich wollte meinen Augen nicht trauen, als ich heute Morgen ganz früh mit Tinka raus bin, und im Treppenhaus lauter UGGs und Cowboystiefel mit Schokoladenmännern und Tannengrün herumstanden. (Mir reicht das Päckchen, das meine Mutter mir geschickt hat. Ich weiß nicht, seit wie viel hundert Jahren ich versuche, ihr klarzumachen, dass ich Christstollen *hasse.*))

Den schönsten Satz zu diesem Thema hat die schlaue Journalistin geschrieben, von der auch der Jojo-Vergleich stammt. Sie meint, ein Serienmörder, der alle seine Leichen im Moor versenkt, wäre wie ein Künstler, der seine Bilder vernichtet, anstatt sie auszustellen. Ich denke, mein Peiniger befand sich in einem dreifachen Zwiespalt. (Wie nennt man das dann? »Trispalt«?) Einerseits wollte er in Ruhe weitermorden. Andererseits wollte er aller Welt zeigen, was für ein skrupelloser Bastard er war. (Und leider gibt es genug Leute, die solche Bastarde tatsächlich bewundern.) Drittens schließlich entwickelte er eine immer größere Lust daran, nicht nur Jäger, sondern Gejagter zu sein. Wahrscheinlich hatte es mit dem zu tun, was er mir in der Arena über »höhere Gerechtigkeit« erzählt hatte. Ich will nicht behaupten, dass ich den Zusammenhang vollends begreife, aber die Erfahrungen, die ich in den kommenden Tagen mit ihm machen sollte, beweisen, dass er sich in seiner neuen Rolle als gejagter Jäger gefiel.

Zwar höhnte er an jenem Morgen, der »armselige Fettsack von Patron« habe es verdient, dass die Vergewaltigung und Ermordung seiner Tochter lediglich eine Randnotiz im Lokalteil des *Dauphiné Libéré* wert war. Doch ich schwöre Ihnen: In Wahrheit war er enttäuscht, dass über sein »*crime hideux, atroce et lâche*« nicht im größeren Stil berichtet worden war. Warum sonst war er nach unserem Aufbruch im *Campanile*-Hotel kurz vor Morgengrauen noch einmal zur *Auberge de la Tête Noire* zurückgekehrt, um die Leiche der armen Geneviève dort auf dem Parkplatz abzuladen – anstatt sie in einem der vielen Wälder oder in einer der Schluchten der Vaucluse loszuwerden, durch die er mit mir anschließend (fast wie damals in den Ardennen) gerast ist? Natürlich ist er dieses Risiko in erster Linie eingegangen, um den Patron zu quälen, der laut Zeitungsartikel tatsächlich so unselig war, den »*cadavre de sa petite fille*« selbst zu entdecken. (Anscheinend ist dies nicht nur eine Eigenheit im Deutschen, dass man lieber vom »Leichnam der Tochter« als von der »toten Tochter« spricht. Und irgendwie klingt »Leichnam der Tochter« ja auch wirklich besser. So als ob es die Tochter weiterhin gäbe, und sie jetzt außer einer Lieblingshandtasche und einem Teddybären eben auch noch einen Leichnam hätte.) Trotzdem bin ich sicher, dass mein Peiniger diese Tollkühnheit vor allem deshalb gewagt hat, um in den Medien groß herauszukommen. (Und bald sollte er auf Titelseiten zu sehen sein, aber davon später.)

Nach dem Frühstück kaufte er eine Kamera. Und zwar keine von diesen billigen Knipsschachteln, in denen der Film schon drin ist und die man zum Entwickeln komplett im Laden abgibt, sondern eine richtig teure Kamera mit großem Objektiv, die mich – obwohl sie natürlich digital war – an den altmodischen schwarzen Apparat erinnerte, mit dem meine Mutter früher ihre Sonnenuntergänge fotografiert hatte. (Wie viele Urlaubskräche hatte es zwischen meinen Eltern gegeben, weil meine Mutter am Strand auf den perfekten Sonnenuntergang warten, mein Vater aber bereits essen gehen wollte. Und immer, wenn mein Vater sich durchgesetzt hatte, sprach meine Mutter mindestens bis zum Käse kein Wort mit ihm, weil sie überzeugt war, just an jenem Abend den perfekten Sonnenuntergang verpasst zu haben. In irgendeiner Kiste in Köln-Deutz müssen die dreieinhalb Millionen Sonnenuntergänge meiner Mutter noch herumliegen. Ich glaube nicht, dass sie sich auch nur einen einzigen jemals wieder angeschaut hat.)

Vermutlich wundern Sie sich jetzt ebenso, wie ich mich damals in jenem Fotogeschäft in Arles gewundert habe, was mein Peiniger plötzlich mit einer teuren Digitalkamera wollte. (Sie werden es gleich erfahren. Fürs Erste sei nur verraten: *Sonnenuntergänge* waren nicht sein Motiv.)

Während ich mit Abscheu die Fotos vom gestrigen Stierkampf betrachtete, die im ganzen Laden ausgestellt waren (der kleine Mexikaner sah wirklich wie Schneewittchen aus: Schwarzhaarig wie Ebenholz, weiß wie Schnee, rot wie Blut), ließ mein Peiniger sich so ausführlich beraten, als wolle er eine zweite Karriere – streng genommen wohl eher eine dritte (nach Radprofi und Mädchenmörder) – als Fotograf beginnen. (In gewisser Weise hatte er dies auch vor, aber noch muss ich Sie um ein wenig Geduld bitten.)

An der Kasse zahlte er mit Kreditkarte. Als wir draußen in der Sonne standen und er den kleinen gelben Beleg in seine Hosentasche stopfte, fragte er mich gut gelaunt, ob ich wisse, was er an den Franzosen am meisten liebe. Wahrheitsgemäß antwortete ich: »Nein.« (Woher zum Teufel hätte *ich* wissen sollen, was *er* an den Franzosen am meisten liebte! (Ihren Camembert? Chanel No. 5? Die Tour de France?) Ich *hasse* diese Art Fragen, bei denen es einzig und allein darum geht, sich selbst wichtig zu machen. (Carina ist darin Meisterin: »Weißt du, worauf ich jetzt tierisch Bock hätte…?«)) Da mein Peiniger also ohnehin nicht mit einer Antwort gerechnet hatte, offenbarte er mir unverzüglich, wie wunderbar er es finde, dass hier in Frankreich kein Hahn danach krähen würde, ob der Haken, den man auf einen Zahlungsbeleg kritzelte, irgendetwas mit der Unterschrift auf der Rückseite der Kreditkarte zu tun hätte, und man stattdessen – auch im Jahre 2006 noch – auf jeder Euro-Quittung lieber umrechnete, wie viele französische Francs man soeben theoretisch ausgegeben hatte. Ich brauchte einen Moment, bis ich kapierte, dass dies seine verschrobene Art war, mir mitzuteilen, dass er die teure Kamera mit Genevièves Bankkarte bezahlt hatte. Anscheinend war er endgültig übergeschnappt. (Zumindest wusste ich jetzt, warum er gestern Morgen aus Genevièves Handtasche die Geldbörse herausgenommen hatte, bevor er sie in die *Gorges de la Nesque* geschleudert hatte.) Lachend fügte er hinzu, dass man in Frankreich wohl auch mit der Schwimmbadkarte seiner Nichte bezahlen könne und niemand würde sich wundern. (Hätte er ebenso geredet, hätte er damals geahnt, dass sein leichtsinniger Umgang mit Kreditkarten schon bald die Polizei auf seine Spur bringen würde?)

Ich erzähle Ihnen dieses Detail nur, damit sie einen weiteren Aspekt begreifen, der seinen Charakter ausgemacht hat: Bei aller Abgebrühtheit und Schläue, mit der er zu Werke ging, übermannte ihn immer wieder seine Liebe zum Risiko, so dass er alle Umsicht vergaß und das Schicksal – oder Gott persönlich – herausforderte. Später, in der Sierra Nevada, zog er den Wagen einmal nachts auf die Gegenspur hinüber, als er ein Paar Scheinwerfer auf uns zukommen sah. Hätte der andere das Steuer nicht in letzter Sekunde herumgerissen – wir alle wären tot gewesen. Natürlich kann ich nicht ausschließen, dass mein Peiniger es ebendarauf angelegt hatte. Aber eigentlich glaube ich das nicht. Denn während ich mir schreiend die Augen zugehalten hatte, hatte er nur gesagt: »Der Sack da oben will mich einfach nicht haben.« Und ich erinnere mich, dass seine Stimme weder traurig noch triumphal, sondern lediglich feststellend geklungen hatte, so als hätte er gesagt: »In Frankreich leben die Franzosen.« (Im Philosophieunterricht hatten wir verschiedene Gottesbeweise durchgenommen. Und ich hatte die Frage gestellt, ob alle Philosophen immer nur versucht hätten zu beweisen, dass Gott existiere, oder ob es auch welche gegeben habe, die versucht hätten zu beweisen, dass Gott *nicht* existiere. Unser Lehrer hatte mir daraufhin empfohlen, Nietzsche zu lesen, und tatsächlich habe ich *Also sprach Zarathustra* bei meinem Vater aus der Bibliothek geholt. Auch wenn ich vieles an dem Buch mochte – vor allem den Satz:»Man muss noch Chaos in sich haben, um einen tanzenden Stern gebären zu können« (in der Abizeitung hatte ich ihn sogar als »Motto« angegeben) – auch wenn ich also vieles am *Zarathustra* mochte, fand ich Nietzsches Argumentation in Sachen »Gott ist tot« nicht besonders überzeugend. Die berühmten Sätze lauten ja: »Wenn es Götter gäbe, wie hielte ich's aus, kein Gott zu sein! Also gibt es keine Götter.« Ist das nicht so, wie wenn ich sagen würde: »Wenn es Mädchen gäbe, die dünner sind als ich, wie hielte ich's aus, nicht so dünn zu sein! Also gibt es keine dünneren Mädchen.« Ich denke, Sie verstehen, was ich meine. (Ich bezweifle jedoch, dass mein Peiniger sich solche philosophischen Gedanken gemacht hat. Seine Auseinandersetzung mit Gott war eher blutiger Natur.)

Als letzte Station unseres Shoppingvormittags – zuvor waren wir noch in einer Apotheke gewesen, um Heftpflaster für meinen Handrücken zu kaufen – steuerten wir eine Buchhandlung am Rhôneufer an. Zielsicher ging mein Peiniger in die Abteilung mit den Fotobänden. Wenn Sie jetzt annehmen, er habe sich über Nacht in einen Schöngeist verwandelt, der sich nur noch an Fotos erfreuen und auch selbst nur noch Fotos schießen wollte, liegen Sie daneben. Meine inneren Wachhunde schlugen an, als er mir den Bildband demonstrierte, für den er sich entschieden hatte. (Diesmal riskierte er allerdings nicht, gleich wieder mit Genevièves Karte zu bezahlen. Zumindest in Arles schien er noch an einen Restgott zu glauben.)

Die Aufnahmen stammten allesamt von einem gewissen Jacques Bourboulon, und bereits auf dem Umschlag waren zwei (fast) nackte Mädchen zu sehen, die sich auf einer riesigen Tierfelldecke aneinanderkuschelten. Es war nicht direkt ein Pornobuch, aber die Fotos kreisten sehr um dieses eine Thema. Außer der Tierfellstrecke gab es eine Serie, da lagen die Mädchen nackt an einem schwarzen Sandstrand, im Hintergrund brandete das Meer, manche hatten winzige Tangas und silberne Stiefel an, die meisten jedoch waren komplett nackt, und alle sahen ein bisschen tot aus. (Zumindest hatten sie die Augen geschlossen.) Außerdem gab es Aufnahmen, die offensichtlich älteren Datums waren, denn die Mädchen darauf erinnerten mich an die Fotos, die mir meine Mutter aus ihrer »frauenbewegten Zeit« gezeigt hatte. (Nur dass auf den Fotos, die meine Mutter von sich und ihren Freundinnen gemacht hatte, keine Klapperschlange dabei war, die sich vor ihnen aufrichtete. (»Oben ohne« waren meine Mutter und ihre Freundinnen allerdings auch auf einigen Fotos. Als ich ihr gesagt hatte, wie peinlich ich dies fände, versicherte mir meine Mutter, sie und ihre Freundinnen hätten ihre Brüste ja nicht »zum Spaß« entblößt oder um dem »männlichen Blick« zu gefallen, sondern um zu »protestieren«. Na ja. Vielleicht wollten die Mädchen in dem Bourboulon-Band auch bloß »protestieren«...))

Mein Misstrauen wuchs, als mein Peiniger verkündete, dass wir heute einen »Kulturausflug« machen würden, damit sich meine »Tierschützerseele« ein wenig erholen könne. Ich erklärte, dass ich nicht das geringste Interesse an einem »Kulturausflug« hätte, woraufhin er mich als »arrogante F...« bezeichnete und meinte, ich solle bloß nicht so tun, als hätte ich im Leben schon alles gesehen.

Selbstverständlich habe ich in meinem kurzen Leben

noch nicht *alles* gesehen – aber am *Pont du Gard* bin ich nun tatsächlich schon zweimal gewesen. Die knapp fünfzig Meter hohe, in drei Ebenen gebaute und auf der obersten Ebene fast dreihundert Meter lange Brücke über den Gard ist um Christi Geburt herum von den Römern erbaut worden, und zwar weniger, damit Eselskutschen und anderes Gefährt das Flüsschen überqueren konnten, sondern in erster Linie als Aquädukt, um Nîmes (das damals noch *Nemausus* hieß) mit Quellwasser aus Uzès zu versorgen. (So. Glauben Sie mir jetzt, dass ich schon zweimal dort gewesen bin?) Als Kind hatte ich es lustig gefunden, dass man eine Brücke baute, um *Wasser* über einen *Fluss* zu leiten. Bei unserem zweiten Besuch – der in die Hochzeit meiner Asterix-Begeisterung gefallen sein muss – hatte ich meine Eltern genervt, indem ich alle zwei Minuten »Die spinnen, die Römer!« gerufen hatte. Ruhe war erst gewesen, als meine Mutter sich bereit erklärt hatte, mit mir ganz hinauf, auf die Abdeckung der obersten Brückenetage zu gehen, wo früher unter den großen Steinplatten das Wasser hindurchgeflossen war. (Mein Vater ist nicht schwindelfrei, deshalb war diese Aufgabe an meiner Mutter hängen geblieben.) Und was die römische Baukunst nicht vermocht hatte – angeblich waren die ganzen Brückenbögen aus Muschelkalkstein ohne jeglichen Mörtel errichtet worden, was in der Tat beeindruckend ist –, der Wanderung über die kaum drei Meter breiten Platten in fünfzig Meter Höhe war es gelungen: Ich hatte aufgehört zu krähen und Respekt verspürt.

Umso enttäuschter war ich nun, als wir den schmalen Weg am Flussufer hinaufgestiegen waren, um über die oberste Etage der Brücke zu gehen – und entdecken mussten, dass der Zugang zum Dach mit einem rostigen Tor versperrt war. Mein Peiniger verdächtigte mich, ich hätte nur angeben wollen, und in Wirklichkeit hätte man das Dach nie betreten können. Daraufhin wurde ich wütend – und war plötzlich doch nicht mehr ganz sicher, ob ich mit meiner Mutter wirklich auf *dieser* Brücke herumspaziert war oder ob es sich nicht um irgendein anderes Aquädukt gehandelt hatte. Von dieser Unsicherheit ließ ich meinen Peiniger nichts spüren. Ich bestand darauf, dass wir in den großen Souvenirladen unten beim Parkplatz gingen und uns dort erkundigten, ob die oberste Etage der Brücke früher zugänglich gewesen sei.

Noch bevor wir das Geschäft betreten hatten, konnte ich meinem Peiniger bereits mehrere Postkarten und Poster zeigen, auf denen deutlich zu erkennen war, dass Leute ganz oben auf der Brücke und nicht nur auf der ersten Etage herumturnten. Um meinen Triumph vollständig zu machen, fragte ich eine Verkäuferin, und die bestätigte mir, dass die oberste Etage erst im Jahre 2000 geschlossen worden war. Warum, konnte sie mir allerdings nicht verraten.

Meinen Peiniger schien das Thema »oberste Etage« jedoch schon nicht mehr zu beschäftigen. Viel mehr interessierten ihn jetzt die verschiedenen Fahrten- und Klappmesser, die in einer Vitrine neben der Kasse ausgestellt waren. Obwohl einige der Messer wirklich schöne Horngriffe hatten, wurde ich äußerst nervös, als ich ihn dort stehen und mit der Verkäuferin über Vorzüge und Nachteile diverser Klingen diskutieren sah. Am Schluss entschied er sich für ein Messer, das nicht das allergrößte war, aber angeblich am schärfsten geschliffen.

Die Sonne brannte – »*le soleil brille*«, wie der Franzose

sagen würde. (Auch so ein Kindheitssatz, den ich wohl ewig mit mir herumschleppen werde. Und alles nur, weil ich geglaubt hatte, mit dem »*brille*« (leuchten, strahlen,) was sich ja »*brieje*« ausspricht, sei der Käse gemeint, den meine Eltern oft gegessen haben, und ich es sonderbar gefunden hatte, dass die Franzosen die Sonne an hellen Tagen mit diesem weißen, weichen Käse (den ich bis heute nicht ausstehen kann) verglichen.)

Die Sonne brannte also, als wir das Geschäft verließen. Wäre es nach mir gegangen, hätten wir den ganzen »*Site du Pont du Gard*« sofort verlassen, wären in unseren belgischen Ford gestiegen und meinetwegen in einem Rutsch bis nach Timbuktu durchgefahren. Da meine Wünsche auf dieser Reise aber keine Rolle spielten, zwang mich mein Peiniger, mit ihm noch einmal zur eigentlichen Brücke zurückzugehen – was in der Hitze, mit quietschenden Adiletten an den Füßen kein wirkliches Vergnügen war. Auf der ersten, allgemein zugänglichen Etage, die über den Fluss führte, wimmelte es vor Reisegruppen. Die meisten Leute waren alt und dick und schwitzten und wirkten, als ob sie besser in ihren klimatisierten Reisebussen oder in einem schattigen Eiscafé geblieben wären. Eine Frau schnaufte an uns vorbei, und als sie sich über die Stirn wischte, bekam ich einen Schweißtropfen ab. (Es verblüfft mich immer wieder, wie rücksichtslos die Leute im Alltag sind. Erst heute Morgen habe ich es wieder erlebt. Ich stehe mit meinem Einkaufswagen bei Edeka an der Kasse, die Büchsen mit dem Futter für Tinka habe ich bereits aufs Band gelegt, und bücke mich, um aus dem untersten Regal noch eine Tüte Lakritzschnecken zu nehmen, da rempelt mich so eine – Entschuldigung! – fette alte Kuh von hinten an, als ob ich Luft wäre. Ich richte mich auf und werfe ihr einen finsteren Blick zu, aber sie tut unverändert so, als ob es mich nicht gäbe und packt ihren – Entschuldigung! – Fressscheiß vor meinem Hundefutter aufs Band. Natürlich war es mir zu blöd, Aufstand zu machen. Aber der Kassierer hat alles mitbekommen, mir zugezwinkert und geflachst: »Nett, dass Sie die *junge Frau* hier vorlassen.« (Das mit der *»jungen Frau«* ist übrigens eine Berliner Macke, die mich anfangs ziemlich verwirrt hat – mit *»junger Frau«* meinen die Berliner nämlich nicht etwa Frauen in meinem Alter, sondern welche, die locker meine Großmutter sein könnten.)

Inmitten des Gewusels und Geknipses zückte jetzt auch mein Peiniger seine Kamera und führte sich auf, als ob er – (mir fällt gerade kein berühmter Fotograf ein – Robert Doisneau oder so ähnlich? Ja, ich glaube, so heißt der Fotograf, von dem ein Kalender bei meinen Eltern im Schlafzimmer gehangen hat. (Der mit dem Schwarz-Weiß-Bild, auf dem ein Mann eine Frau mitten auf dem Bürgersteig küsst? (Ich habe jetzt *wirklich* keine Lust, in den Internetladen rüberzugehen und den Namen nachzuschauen!))) – mein Peiniger führte sich also auf, als ob er Robert Doisneau (oder so ähnlich) höchstpersönlich wäre. Und das Allerschlimmste: Er begnügte sich nicht damit, die Steinbögen oder die Mauersegler zu fotografieren, die über der Brücke kreisten. Sondern, nein: Er befahl mir, diese und jene Pose am Geländer zu machen, als wäre ich eins von den Hühnern, die davon träumen, *Germany's Next Topmodel* zu werden. (Carina hatte halb im Scherz vorgeschlagen, wir sollten uns bewerben, falls es eine zweite Staffel gäbe. Und sie hatte erst aufgehört zu nerven, nachdem ich ihr klargemacht hatte, dass erstens Mädchen wie wir, die unter eins siebzig sind, ohnehin keine Chance hätten, zweitens ein Rotschopf wie ich diesen Wettbewerb nie gewinnen könne und drittens ich lieber sterben würde, als irgendeiner Heidi Klum oder sonst wem zu erlauben, mit einem Zentimeterband an mir herumzufummeln. (Im Übrigen halte ich mich nicht für besonders attraktiv. Ohne Wimperntusche und Eyeliner habe ich gar kein Gesicht. (Und wenn ich ehrlich sein soll: Meistens bin ich ganz froh, kein Gesicht zu haben. Ich finde, es passt zu mir. (Solange ich meine roten Haare noch hatte, meinte mein Vater, ich würde ihn von Jahr zu Jahr mehr an »die junge Sissy Spacek« erinnern – daraufhin habe ich mir letzten Winter einen Film mit ihr (»*Badlands*«) ausgeliehen. Und ausnahmsweise muss ich meinem Vater Recht geben. Ein klein wenig sehe ich ihr tatsächlich ähnlich. (Überhaupt fand ich den Film damals nicht so schlecht. Vor allem die Landschaft hat mich fasziniert. Andererseits bezweifle ich, dass ich mir diesen Film nach allem, was passiert ist, noch einmal anschauen werde. Schon damals habe ich die Szene, in der ihr Vater ihren Hund erschießt, fast nicht ertragen.)))))

(Ich muss aufpassen, langsam nimmt mein Klammertick wirklich überhand.)

Ein paar Idioten blieben auf der Brücke stehen und wollten wissen, ob ich »*une actrice*« sei. Ich glaube nicht, dass sie mich mit Sissy Spacek verwechselten, denn die muss heute so alt wie mein Vater sein. Andererseits traue ich den Leuten inzwischen alles zu. Normalerweise kann ich in

Berlin ja unbehelligt herumlaufen, wenn ich mir einen Schal ums Gesicht wickle und die große Wollmütze überziehe, doch gestern hat mich eine Frau angesprochen, ich sei doch das arme Mädchen, das »sie so lange durch Europa verschleppt hätten«. (Ich frage mich, wer »*sie*« sein soll, aber gut.) Ich habe der Frau erklärt, dass sie mich leider – oder glücklicherweise! – verwechsele. Daraufhin ist sie noch dichter herangekommen und hat gemeint: Doch, doch, sie sei ganz sicher. Ich habe ihr zum zweiten Mal erklärt, dass sie mich mit jemandem verwechsele, und da ist sie richtig böse geworden. Sie hat mich beschimpft, und wer weiß, was passiert wäre, hätte Tinka sie nicht in die Flucht gebellt. Es macht mich sprachlos, mit welcher Selbstverständlichkeit die Leute davon ausgehen, dass sie ein Anrecht darauf hätten, einen anzuquatschen, nur weil sie einen im Fernsehen gesehen haben. (Ich stelle mich doch auch nicht bei Judith Holofernes vor die Tür (die wohnt hier nämlich gleich um die Ecke) und sage: »Hallo, du bist doch die von *Wir sind Helden*, ich finde deine Musik cool, und deshalb unterhältst du dich jetzt mit mir.«)

Das Shooting hing mir schnell zum Hals heraus. (Meine Mutter behauptet, ich hätte mich schon als Säugling nur äußerst ungern fotografieren lassen. Was sehr gut möglich ist. Wenn Sie auf irgendwelchen Familienfeier- oder Klassenfotos ein Mädchen entdecken, das den Kopf so gesenkt hält, dass ihr die Haare komplett vors Gesicht fallen, bin ich das.) Meinem Peiniger jedoch bereitete es Vergnügen, mir Unsinn wie: »*Sexy! Sexy! Drama! Drama!*« zuzurufen, und ich versuchte, mich abzulenken, indem ich zu den Jungs hinübersah, die am anderen Ufer des Gard von einem Felsen aus ins Wasser sprangen. Ich bin zwar nicht der Welt größte Schwimmerin, aber gegen eine Abkühlung hätte ich nichts einzuwenden gehabt. Und einer der Jungs sah nett aus, er winkte mir immer wieder zu, bevor er einen besonders halsbrecherischen Sprung wagte. Dies wiederum bereitete meinem Peiniger kein Vergnügen. Er herrschte mich an, ich solle gefälligst ihn beziehungsweise die Kamera anschauen. Ich erlaubte mir, ein bisschen herumzuzicken, ganz so, als ob ich tatsächlich »*une actrice*« wäre, bis – ja, bis ich beim besten Willen nicht mehr ignorieren konnte, dass das nächste Unheil bereits vor der Tür stand.

Streng genommen stand es nicht vor der Tür, sondern saß auf dem gemauerten Brückengeländer und hörte Musik aus einem *iPod*. Die beiden blonden Mädchen waren mit einer größeren Gruppe Jugendlicher angekommen, ein Mann, der (abgesehen von seinem Vollbart) eigentlich ganz gut aussah, hatte einen Vortrag auf Italienisch begonnen – bestimmt ging es darin um die Brückenbögen und den Muschelkalk und das römische Wassersystem (hier muss ich spekulieren, denn dank meines Latinums kann ich zwar ein bisschen Italienisch lesen, aber wenn die Italiener in ihrem Tempo losquatschen, verstehe ich nur noch »*Stazione Termini*«…) – die beiden blonden Mädchen jedenfalls hatten sich gleich einige Meter abseits gesetzt und den *iPod* in die Ohren gestöpselt. (Ich gestehe: Carina und ich haben das bei Wandertagen auch getan.) Zuerst hatte ich geglaubt, es müsse sich um eine Schulklasse handeln, aber dann fiel mir ein, dass in Italien vermutlich noch Ferien waren. (Wenn mein Peiniger es später richtig übersetzt hat, befanden sich Alessia und Gabriella tatsächlich nicht auf Klassenfahrt, sondern waren mit einer katholischen Jugendgruppe unterwegs, in die ihre jeweiligen Eltern sie gesteckt hatten, um ungestört in die Karibik fliegen zu können. In einer Zeitung hatte später doch etwas von einer Klassenfahrt gestanden, aber ich vermute, das liegt daran, dass wieder einmal schlampig recherchiert worden ist.)

In erster Linie waren mir die beiden Mädchen aufgefallen, weil sie jedes Mal kicherten, wenn mir der nette Junge vom anderen Ufer zuwinkte. (Womöglich bildeten sie sich ein, er würde seine Sprünge *ihnen* widmen!) Wie gesagt: Carina und ich hatten uns auch nicht in die erste Reihe gedrängt, wenn es um tote Steine gegangen war – aber solche Dauergackerhühner wie diese beiden waren wir nie gewesen!

Angesichts dessen, was Alessia und Gabriella in den nächsten Stunden widerfahren sollte, ist es natürlich nicht sehr schön, dass ich jetzt so schlecht über sie rede. Aber ich habe versprochen, die Wahrheit zu erzählen. Und die Wahrheit ist leider, dass diese beiden blonden Italienerinnen exakt dem Typus »*Porno Paparazzi Girl*« entsprachen, den Pink in ihrem Lied besingt. Ihre Röckchen hätte ich höchstens als Gürtel getragen, beim Kaugummikauen knatschten sie ihre Zungen zwischen den Zähnen hervor, und ihre rosa Haarspängchen steckten sie so oft um, dass man hätte meinen können, ihre Pferdeschwänze wären wilde Tiere, die gebändigt werden müssten. An den Füßen hatten sie gelbe beziehungsweise rosa Crocs, jene Gummilatschen, in denen seit letztem oder vorletztem Sommer offensichtlich alle Mädchen zwischen Sizilien und dem Nordkap herumlaufen. (Für den Fall, dass Sie mir an dieser Stelle meine eigenen Adiletten vorhalten möchten: Ich habe diese billigen Latschen *nicht* getragen, weil ich es für »angesagt« gehalten hätte. Mein Spaß an weißen Polyesterblusen mit kleinen grünen Punkten drauf und Schlappen für zwei Euro neunundneunzig das Paar ist *echt*. Mit »Ironie« oder »Kult« hat das nichts zu tun.)

Ich vermute, dass mein Peiniger Alessia und Gabriella ungefähr zur selben Zeit entdeckt hat wie ich. Jedenfalls begann er, immer öfter zu den beiden hinüberzulächeln (was diese mit heftigem Gekicher quittierten), bis er schließlich – zunächst nur spielerisch – anfing, seine Kamera auf sie zu richten. (Jetzt verstehen Sie auch, wozu er ein solches Angebergerät brauchte und nicht einfach mit seinem Handy herumknipste, das er zu diesem Zeitpunkt noch bei sich hatte. (Er warf es erst weg, als die Polizei hinter ihm her war, und er (zu Recht) befürchtete, dass sie ihn über sein Handy lokalisieren könnten.))

Die eine (es war Alessia) machte völlig übertriebene Gesten, dass sie nicht fotografiert werden wolle, die andere stieß ihre Freundin in die Seite und begann – ebenfalls völlig übertrieben – zu posen. (Das komplette Repertoire, das Sie aus *Germany's Next Topmodel* kennen: Knutschmund, Schmollmund, Kopf in den Nacken, Hand auf die Hüfte, Brust raus.)

Und ich muss sagen: Mein Peiniger stellte sich dort auf der ersten Etage des *Pont du Gard* wirklich geschickt an. Nachdem er gemerkt hatte, dass die beiden Mädchen angebissen hatten, drängte er sich nicht etwa auf, im Gegenteil, er legte längere Phasen ein, in denen er ihnen keinerlei Beachtung schenkte, sondern sich einzig und allein auf mich konzentrierte – so lange, bis die unglückseligen Geschöpfe ihn mit ihren Blicken regelrecht anflehten, fotografiert zu werden. Kein Wunder also, dass sie sich nur kurz und kichernd beratschlagten, als er schließlich zu ihnen hinüberging und sie fragte, ob sie Zeit und Lust hätten, bei einem Shooting dabei zu sein. Sie seien perfekt für das, was er vorhabe. (*Oh, hätten sie nur geahnt, was er in Wahrheit damit meinte!*) Um ihre letzten Reste von Skrupel und Verstand zu beseitigen, muss er ihnen vorgesülzt haben, wie »*bellissima*« sie seien – den Rest kann ich leider nicht wiedergeben, da ich, wie gesagt, kein Italienisch verstehe. Aber dem reinen Klang seines Wortschwalls (und Alessias und Gabriellas Gekicher) nach muss er ihnen einigen Sülz erzählt haben. (Ohne das Italienische beleidigen zu wollen, fürchte ich, dass es sich zum Sülzen besonders gut eignet.)

Ich war nicht überrascht, als die beiden ein paar letzte unsichere Blicke zu ihrer Gruppe warfen, die sich mittlerweile am anderen Ende der Brücke versammelt hatte, und uns in ihren Babyfarben-Crocs hinterherschlappten.

Um diese armen Mädchen jetzt aber doch ein bisschen zu verteidigen, will ich Ihnen schildern, wie perfide der Plan meines Peinigers tatsächlich war.

Auch wenn ich von dem, was die drei miteinander redeten, nur das Wenigste verstand, wurde mir schnell klar, dass er sich als ebenjener Jacques Bourboulon ausgab, dessen Fotoband er am Morgen gekauft hatte. (Ich bedaure, dass der echte Jacques Bourboulon auf diese Weise erfahren muss, wie schlimm sein Name missbraucht worden ist.) Am Auto angekommen, holte er das Buch aus dem Kofferraum und präsentierte es den Mädchen, die von Sekunde zu Sekunde aufgekratzter wurden. Ich hörte das Wort »*nudo*«, woraus ich schloss, dass zumindest Alessia Bedenken hatte, sich nackt fotografieren zu lassen. Vom anschließenden Schwall meines Peinigers schnappte ich lediglich ein »*molto estetico*« auf. (Einen Moment fragte ich mich, ob dieser Bastard tatsächlich als Fotograf gearbeitet hatte. Dann hielt ich es für wahrscheinlicher, dass er einfach den Heidi-Klum-Quatsch im Fernsehen verfolgt hatte. Dort war ja hinlänglich zu studieren gewesen, welch flaue Argumente genügten, damit »*Stupid Girls*« vor der Kamera nicht nur ihre Kleidung, sondern auch jeglichen Selbstrespekt ablegten…)

Hoffnung flackerte auf, als Alessia – die insgesamt die Hellere der beiden zu sein schien – offensichtlich wissen wollte, wieso ein erfolgreicher französischer Fotograf mit einem abgewrackten braunen Ford, der noch dazu ein belgisches Kennzeichen hatte, in der Gegend herumfuhr. (Zumindest deutete ich die Szene so, in der Alessia erst auf das Auto und dann auf das Nummernschild zeigte und irgendwas von »*belga*« und »*francese*« plapperte. Wie sich mein Peiniger aus dieser Schlinge herausgezogen hat, kann ich Ihnen leider nicht sagen.)

Ein weiteres Detail, das Anlass geboten hätte, Lunte zu riechen, bemerkte dagegen nicht einmal Alessia. Erinnern Sie sich an das *Seventies*-mäßige »Oben Ohne«-Foto mit der Klapperschlange, von dem ich erzählt habe? Fällt Ihnen etwas auf? Richtig! Selbst wenn man nicht exakt wusste, in welchem Jahr mein Peiniger geboren ist – *Sie* wissen es aus den Medien: 1974 –, hätte einem auffallen *müssen*, dass dieser Mann in den Siebzigern unmöglich schon Fotos geschossen haben konnte. (Zumindest nicht solche…) Aber vielleicht bin ich an dieser Stelle ungerecht. Man kann nicht von jedem Menschen verlangen, einen IQ von 130, 140 oder gar 150 zu haben. Allerdings denke ich, dass es auch von einem weniger bemittelten Wesen nicht zu viel verlangt gewesen wäre, stutzig zu werden, als »Jacques Bourboulon« mit drei Mädchen im belgischen Ford vor dem *Etap*-Hotel in Nîmes-Marguerittes hielt, um ausgerechnet dort Fotos zu machen. (Lassen Sie sich von dem klingenden Namen »Nîmes-Marguerittes« nicht in die Irre führen. Wenn dort irgendetwas nicht wuchs, waren es Margeriten.) Bei unseren beiden »*Porno Paparazzi Girls*«, die sich insgeheim wohl schon auf irgendeiner Magazintitelseite sahen: Fehlanzeige. (Später, da waren wir längst wieder zu zweit und auf dem Weg in die Pyrenäen, behauptete mein Peiniger, Alessia *habe* ihn gefragt, wieso er sie in einem so armseligen Hotel fotografieren wolle, doch er habe ihr erklärt, dass er auf der Suche nach einem neuen Stil sei und sich gerade den Gegensatz von schäbigem Zimmer und »*ragazze belle*« als reizvoll vorstelle.)

Der Erste, der roch, dass etwas nicht stimmte, war der Patron ebenjenes *Etap*-Hotels in Nîmes-Marguerittes. Und um jenem wachsamen und klugen Patron – dessen Wachsamkeit und Klugheit das Unheil leider auch nicht abzuwenden vermochten –, aber trotzdem: Um jenem Patron ein würdiges Denkmal zu setzen, will ich die Geschichte ausführlich erzählen.

Als wir am Hotel ankamen, muss es dreizehn oder vierzehn Uhr gewesen sein. Die Rezeptionsrollläden waren so heruntergelassen, wie ich es bereits kannte. (In allen mir bekannten Plastikhotels gibt es eine sehr lange Mittagspause (meistens von elf bis siebzehn Uhr), in der die Rezeption ebenso verschlossen ist wie in der Nacht.) Mein Peiniger schien dies eingeplant zu haben, denn er steuerte abermals direkt auf den Check-in-Automaten zu. Wie gehabt spuckte dieser einen kleinen weißen Zettel mit Zahlencode aus. Zu viert passierten wir die Schleuse zur Eingangshalle und marschierten an den Getränkeautomaten vorbei die Treppe zum ersten Stock hinauf, als hinter uns eine heisere Männerstimme ertönte: »*Monsieur! Excusez-moi! Monsieur! Mais ça ne va pas.*«

Mein Peiniger und auch wir drei Mädchen drehten uns um und sahen einen schwarzhaarigen, lediglich mit beigen Shorts bekleideten Mann am Fuß der Treppe stehen. Bevor ich – von Alessia und Gabriella ganz zu schweigen – kapierte, was los war, brüllte mein Peiniger bereits zurück, dass er von dieser »*putain de surveillance de merde*« die Schnauze voll habe. Der halbnackte Franzose blieb gelassen und erklärte, dass er seine Zimmer maximal an drei, nicht aber an vier Leute vermieten könne. (Zumindest spielten »*trois personnes*« und »*quatre personnes*« in dem Wortgefecht eine zentrale Rolle, ebenso wie die bereits erwähnte »*putain de surveillance de merde*«, aus der mein Peiniger wahlweise ein »*putain de Big Brother de merde*« machte. (Wobei er Letzteres perfekt französisch »*Bihg Brasäähr*« aussprach.))

Je heftiger sich die beiden Männer stritten, desto größer wurde meine Angst, nun sei der Augenblick für das Blutbad gekommen. Mein Peiniger begnügte sich jedoch damit, einmal heftig gegen das Treppengeländer zu treten, noch ein paar Drohungen in Richtung des Patrons auszustoßen – ich verstand lediglich »*regretter*« und »*je vous jure*« –, dann packte er mich am Oberarm und bedeutete auch Alessia und Gabriella, die nach dem ersten Schrecken schon wieder am Kichern waren, das Hotel zu verlassen.

Kaum waren wir draußen – Alessia und Gabriella krümmten sich vor Lachen –, hörte mein Peiniger zu brüllen auf und kehrte zu seinem charmantesten »Jacques-Bourboulon«-Lächeln zurück. Immerhin besaß er die Freundlichkeit, zunächst einmal mir auf Deutsch zu erklären, was eben geschehen war.

Die erste erstaunliche Neuigkeit für mich war, dass selbst Plastikhotels Patrons hatten. Angeblich hatte es damit zu tun, dass alle diese Ketten nach dem *Franchise*-Prinzip funktionieren. Außerdem erfuhr ich, dass es nicht unüblich sei, dass der Patron eines solchen Plastikhotels selbst eins der Zimmer – zumeist gleich das Erste im Erdgeschoss – bewohne. (Stellen Sie sich das vor: Tag für Tag in einer solchen Zelle hausen zu müssen! *Diese* Männer hätten Grund, Amok zu laufen!) Der Grund für die selbst auferlegte Folter war aber weniger, dass der Patron sich kein richtiges Zuhause leisten konnte – vielmehr hockte er in diesem Zimmer, um auch nachts und während der langen Mittagspause mitzubekommen, was sich in »seinem« Hotel tat. Und jetzt verstand ich auch, warum mein Peiniger so viel von der »*merde de Big Brother*« gebrüllt hatte: Im gesamten Eingangsbereich des Hotels und in allen Gängen und Treppenhäusern waren Überwachungskameras installiert, so dass der Patron in seinem Zimmer nur vor den Bildschirmen sitzen und zwischen den verschiedenen Kameras hin und her schalten musste. (Ich kann es nicht genau erklären, aber die Nachricht, dass die Plastikhotels rund um die Uhr von einem Patron überwacht werden, der in seiner Zelle vor einer Wand aus Monitoren sitzt, schockierte mich mehr als meine bisherige Annahme, dass sie sich den halben Tag und die ganze Nacht in Geisterhotels verwandeln würden.)

Wahrscheinlich drängen sich Ihnen dieselben Fragen auf, die ich mir damals gestellt habe.

Erstens: Werden wirklich nur die Flure und Treppen überwacht – oder nicht doch auch die Zimmer?

Zweitens: Warum ist in jener schrecklichen Nacht im *Campanile*-Hotel in Montélimar kein wachsamer Patron dazwischengegangen – auch dann nicht, als mein Peiniger im Morgengrauen die leblose Geneviève vom Zimmer über die lange Galerie zum Auto getragen hat?

Drittens: Warum besaß mein Peiniger ein so detailliertes Wissen darüber, was hinter den Kulissen eines Plastikhotels ablief?

Viertens: Warum hat er sich trotzdem getraut, dort immer wieder zu übernachten?

Die erste Frage können Sie sich eigentlich selbst beantworten: Ich denke, meine Erlebnisse dürften auch den letzten Paranoiker davon überzeugen, dass die Zimmer in Plastikhotels *nicht* überwacht werden. (Es sei denn, Sie sind *so* paranoid, dass Sie es für denkbar halten, dass ein Patron vor seiner Videowand hockt und sich daran ergötzt, wie Mädchen ans Bettgestell gefesselt werden beziehungsweise weit Schlimmeres über sich ergehen lassen müssen.)

Bei der zweiten Frage sieht es schon schwieriger aus: Mit hundertprozentiger Sicherheit kann auch ich sie nicht beantworten, aber mein Peiniger hat behauptet, die *Campanile*-Hotels seien von allen Plastikhotels am wenigsten überwacht – zumindest diejenigen, die an amerikanische Motels erinnern, weil die Gebäude mit den Zimmern ein Stück vom Haupthaus entfernt liegen.

Die Antwort auf die dritte Frage ist lustig. Nachdem mein Peiniger begriffen hatte, dass seine Karriere als Radprofi zu Ende war, hat er selbst mit dem Gedanken geliebäugelt, ein *Etap*-Hotel zu eröffnen.

Ätsch.

Reingelegt.

Er hatte vor vielen Jahren schon einmal eine unliebsame Begegnung mit einem *Etap*-Patron gehabt. Im Anschluss an ein Rennen irgendwo in Südfrankreich hatte er eigentlich zurück nach Aachen fahren wollen. Unterwegs war er plötzlich so müde geworden, dass er doch übernachten musste und nun vor dem Problem stand, wo er sein teures Rennrad, das er im offenen Porsche transportiert hatte, unterbringen sollte. Denn mit dem Rennrad hinter den Sitzen ließ sich das Verdeck natürlich nicht schließen, und den Porsche samt Fahrrad einfach offen stehen zu lassen kam – trotz eingezäuntem Parkplatz – nicht in Frage. Etwas so Banales wie ein Fahrradschloss, das ihm erlaubt hätte, seinen kostbaren Drahtesel neben dem Porsche anzuschließen, besaß er selbstverständlich auch nicht. (Im Grunde kann ich ihm seine Verachtung für Fahrradschlösser nicht verdenken. Mir sind in den letzten Jahren in Köln *drei* Fahrräder geklaut worden, obwohl ich sie *immer* angekettet hatte.) Also hatte er das einzig Logische beschlossen, nämlich sein Rennrad mit aufs Zimmer zu nehmen. Und dieses Kinkerlitzchen hatte genügt, um den *Etap*-Patron mitten in der Nacht aus seiner Zelle zu locken. (Ich will absolut nichts gegen den Patron in Nîmes-

Marguerittes sagen, er hat sich vorbildlich verhalten. Aber sein Kollege scheint mir etwas kleinkariert zu sein.) Jedenfalls kann ich mir das Gefecht, das die beiden gehabt haben, lebhaft vorstellen. Der *Etap*-Patron hatte sich auf die Position versteift, sein Hotel sei »*pas un garage*«. Mein Peiniger hatte darauf beharrt, dass die Schuhe der »*chers clients*« hundertmal dreckiger seien als seine Fahrradreifen, schließlich sei er kein »Crosser« (was immer das ist… offensichtlich mit Schmutz verbunden…) Das Ende vom Lied war, dass mein Peiniger sich dermaßen aufgeregt hatte, dass er wieder wach war, weshalb er sich (samt Rennrad) in seinen Porsche geworfen hatte und bis nach Aachen-Brand durchgebrettert war.

Vermutlich werden Sie langsam ungeduldig, weil Sie wissen wollen, wie es mit Alessia und Gabriella weitergeht. Noch stehen die beiden ja auf einem heißen Parkplatz in Nîmes-Marguerittes und halten sich die Bäuche vor Lachen. (Den aufmerksamen Lesern wird nicht entgangen sein, dass ich eigentlich noch die vierte Frage beantworten müsste – warum mein Peiniger sich getraut hat, in Plastikhotels zu übernachten, obwohl er doch aus eigener Erfahrung wusste, dass sie von Videokameras überwacht werden. Im Interesse der Ungeduldigen bitte ich Sie: Machen Sie sich Ihren eigenen Reim darauf!)

Mitleid ist eine komische Sache. Eigentlich sollte es jeder lebenden, atmenden, leidenden Kreatur gelten, ganz gleich, ob sie ein Stier, ein Pferd, eine brave Serviertochter oder ein »*Porno Paparazzi Girl*« ist. Selbstverständlich war das, was mein Peiniger mit Alessia und Gabriella gemacht hat, nicht weniger verwerflich als das, was er Geneviève angetan hatte. Trotzdem habe ich mit diesen beiden »*Stupid Girls*« weniger gelitten als mit dem drômschen Provinzmädchen. (So wie ich in der Arena mit den Pferden noch mehr als mit den Stieren gelitten hatte. Und ja: Ich schäme mich dafür. Aber so ist es nun mal.) Zum Teil mag mein geringeres Mitleid daher rühren, dass er seine Spielchen mit Alessia und Gabriella nicht in der Weise durchziehen konnte, die er offensichtlich geplant hatte, sondern gezwungen war zu improvisieren. Auch wenn er sich an der Oberfläche nichts anmerken ließ: Der Patron von Nîmes-Marguerittes hatte ihn aus dem Tritt gebracht.

Kurz hatte ich sogar gehofft, mein Peiniger wäre so irritiert, dass er einfach die zehn oder zwanzig Kilometer zum *Pont du Gard* zurückfahren und die beiden Italienerinnen dort absetzen würde. Doch kaum saßen wir im Auto – ich vorn, die anderen Mädchen hinten – wurde klar, dass er andere Absichten hatte. Er wählte nicht die Richtung, aus der wir kurz zuvor gekommen waren, sondern fuhr in Richtung Marseille, also exakt jene Strecke, die wir am Morgen, auf unserem Weg von Arles zum *Pont du Gard*, genommen hatten. Als er die Autobahn verließ und den Schildern »*Parc Naturel Régional de Camargue*« folgte, begann ich zu ahnen, was er vorhatte. (Ponyreiten war es sicher nicht...)

Die beiden Italienerinnen wirkten zum ersten Mal beunruhigt. Wenn ich es richtig verstand, tischte ihnen mein Peiniger das Märchen auf, dass er sich spontan umentschieden habe und das Shooting lieber in der Natur machen würde. Und welch großartigere Kulisse könne es dafür geben, als die Camargue mit ihren weißen Pferden, schwarzen Stieren und pink Flamingos. Auch ihre Sorgen, wie sie je wieder zur Reisegruppe zurückfinden sollten – warum hatten sie sich diese Sorgen nicht früher gemacht! – wischte er mit einem galanten »*Non c'è problema*« beiseite. Gabriella rang sich schnell zu der Einstellung durch, ihre »verdammte Gruppe« und ihre »verdammten Eltern«, die sie zu dieser »verdammten Reise« gezwungen hätten, würden den Schrecken, dass sie beide verschwunden waren, absolut verdienen. Schließlich böte sich die Gelegenheit, ein Shooting mit einem berühmten Fotografen machen zu können, nicht alle Tage. (Ich denke, dies muss der ungefähre Inhalt des Vortrags gewesen sein, den Gabriella ihrer zögerlicheren Freundin hielt.) Und als die ersten Flamingos auftauchten, die tatsächlich wie im Kölner Zoo auf einem Bein standen (jedoch ganz und gar nicht pink waren, sondern eher weiß – ich habe gehört, im Zoo kippen sie den armen Tieren irgendwelche Farbstoffe ins Futter, damit sie pink leuchten) –, als die ersten dieser schlaksigen Vögel in den Tümpeln rechts und links der Straße auftauchten, vergaß auch Alessia ihre Skrupel. Nun schnatterten sie gleichzeitig auf meinen Peiniger ein. Mich sprachen sie ein einziges Mal an. Wenn ich das englische Kauderwelsch richtig entschlüsselt habe, wollten sie wissen, ob ich Model sei. Bevor ich selbst etwas erwidern konnte, hatte mein Peiniger mich zur »*supermodella tedesca*« erklärt. Dem weiteren Verlauf des Gesprächs konnte ich ohne größere Schwierigkeiten folgen. (Und ich garantiere Ihnen, selbst wenn Sie *kein* Wort Italienisch verstehen und auch niemals Latein gelernt haben – auch Sie hätten erraten, worüber gesprochen wurde, wenn jedes dritte Wort »*Vogue*«, »*Versace*« und »*Gisele Bündchen*« war. (Wobei

ich eine Weile brauchte, bis ich begriff, wer mit »*Dschisälä Bundkén*« gemeint war.))
Da ich ohnehin keine Möglichkeit mehr sah, dem Schicksal in die Speichen zu fassen, begann ich, die toten Hasen zu zählen, die am Straßenrand lagen. Irgendwann kam ich zu dem Schluss, dass sie unmöglich *alle* von Autos überfahren worden sein konnten. Die winzige Nebenstraße, die mein Peiniger eingeschlagen hatte und die immer zwischen Sumpf und »*Etang*« (eigentlich »Teich«, in diesem Fall aber eher »Brack«) entlangführte, war nämlich alles andere als dicht befahren. Seit einer ganzen Weile schon war uns kein anderes Auto mehr begegnet. Als ich den großen Raubvogel entdeckte, der neben einem besonders übel zugerichteten Hasenmatsch hockte, war mir die Sache klar.

Das Erste, was mir auffiel, als wir aus dem Wagen stiegen, war der Gestank. Nun stinkt das Mittelmeer immer ein wenig – weshalb ich den Atlantik bevorzuge –, aber der Geruch auf dem schmalen Deich, der die verschiedenen *Etangs* voneinander trennte, war schlimmer als alles, was ich bislang am Mittelmeer gerochen hatte. Das Brackwasser rechts und links der Schotterpiste, die den Deich in seiner gesamten Breite einnahm – ohne zu zögern war mein Peiniger an einer Stelle abgebogen, an der »*Accès Interdit*« stand –, das Brackwasser rechts und links der Schotterpiste war von einer braun-weiß-grünlichen Kruste überzogen, und wenn ich nicht sicher wüsste, dass Wasser keinen Schimmel ansetzen kann, hätte ich gesagt: Genau dies war der Fall. In der Ferne sah man das Meer glitzern, aber die Freude, die üblicherweise aufkommt, wenn man es nach einer langen Reise sieht, wollte sich nicht einstellen. Ich vermag nicht zu sagen, wen der Schuss, der die Stille der »*Réserve naturelle, zoologique et botanique*« zerriss, zuerst aufschreckte: Die hunderte Flamingos, die tausend anderen Vögel, Gabriella oder mich. Als ich mich in Richtung meines Peinigers umdrehte, war das Gekreisch und Geflatter der Vögel so ohrenbetäubend, dass nichts anderes mehr zu hören war. Ich sah Alessia am Boden liegen, ihre Beine waren in einem merkwürdigen Winkel verdreht, ein gelber Croc war ihr vom Fuß gerutscht, ihr viel zu kurzer Rock entblößte einen gleichfalls gelben Slip. Rot hingegen färbte sich ihr blonder Pferdeschwanz, auch der Schotter nahm dort, wo ihr Hinterkopf aufgeschlagen war, diese Farbe an, und ich weiß noch, dass ich dachte: *Dieses leuchtende Rot passt nicht hierher, wo einzig das Meer glitzern darf.* Dann sah ich Gabriellas weit aufgerissenen Mund, sie schrie wie im Stummfilm, gegen die Vögel hatte sie keine Chance. Mein Peiniger stand ganz ruhig da, die Waffe in einer Hand, den Lauf noch immer auf Alessia gerichtet, ich sah, wie er ihn langsam zu Gabriella hinüberschwenkte, ich dachte, er würde ein zweites Mal abdrücken (kann sein, dass ich mir die Ohren zuhielt,) ich sah, wie er mit fünf, sechs Schritten bei ihr war, ich sah, wie er sie an ihrem blonden Pferdeschwanz packte, ich sah, wie er sie zwang, vor ihm auf die Knie zu gehen, ich sah, wie er die Mündung seiner Waffe jetzt direkt gegen ihre Schläfe drückte, ich sah sie flehen (ihre Augen glitzerten fast so sehr wie das Meer), ich sah, wie er sie zwang, die Knöpfe seiner Jeans zu öffnen, und schloss die Augen.

Ich habe es nachgeschlagen: In der Camargue leben dreiunddreißig Vogelarten: Schreiadler, Nachtreiher, Graureiher, Purpurreiher, Rallenreiher, Silberreiher, Seidenreiher, Kuhreiher, Rohrweihe, Zwergdommel, Rohrdommel, Säbelschnäbler, Häherkuckkuck, Stelzenläufer, Cistensänger, Mariskensänger, Bienenfresser, Bartmeise, Schafstelze, Blauracke, Brachpieper, Seeregenpfeifer, Kurzzehenlerche, Weißkopfmöwe, Schwarzkopfmöwe, Dünnschnabelmöwe, Rotflügelbrachschwalbe, Rosaflamingo, Wiedehopf, Kolbenente, Brandente, Graugans, Schwarzmilan. Dreiunddreißig verschiedene Arten zu schreien, zu rufen und zu schnarren, dreiunddreißig verschiedene Arten, die Luft mit den Flügeln zu zerteilen. Ich danke den Vögeln der Camargue, dass sie mich durch jene Momente getragen haben.

Später im Auto fragte ich meinen Peiniger, ob er keine Angst gehabt habe, sich mit der Kugel selbst in den Schwanz zu schießen, oder dass Gabriella – zumindest in jenem Moment, in dem ihr kurzes Leben so jäh beendet worden war – mit letzter Kraft hätte zubeißen können. Seine Antwort war knapp, und ich bin bis heute nicht sicher, ob ich sie verstehe: »Wer bremst, hat schon verloren.«

Die Heilige Jungfrau

Schwere Wolken hingen über den Pyrenäen, als mein Peiniger und ich uns Lourdes näherten. Anfangs, als die Berge zum ersten Mal in den Blick gekommen waren, hatte alles friedlich ausgesehen. Gipfelkette für Gipfelkette hatten sich die Pyrenäen aufgetürmt, in die Ferne hin immer heller werdend – ganz so, wie wir im Kunstunterricht der Unterstufe gelernt hatten, Gebirge perspektivisch richtig zu malen. Doch kaum waren wir von der Autobahn ab- und auf die Berge zugefahren, hatte sich der Himmel verfinstert. Während wir die ersten Ausläufer des Wallfahrtsortes erreichten, brach das Gewitter los. Ich bat meinen Peiniger, am Straßenrand zu halten. Zwar beschimpfte er mich, dennoch fuhr er rechts ran, und ich gönnte mir eine Dusche. Nach der ewig gleichen Hitze der Provence liebte ich den Regen auf meiner Haut. Dann fiel mir jedoch ein, dass ich keine Unterwäsche trug, und da *Wet-T-Shirt-Contests* zum Abgeschmacktesten gehören, was die Welt sich ausgedacht hat, stieg ich wieder ins Auto, bevor ich vollends durchnässt war.

Obwohl die Scheibenwischer mit voller Kraft arbeiteten – endlich wurde der Insektenfriedhof von unserer Frontscheibe gewaschen –, konnte man keine zehn Meter weit sehen. Wir hielten neben einem kleinen, weiß und ochsenblutrot gestrichenen Hotel in der Nähe des Bahnhofs, und ich glaubte, mich verhört zu haben, als mein Peiniger verkündete, dass wir hier übernachten würden. Die ständigen Plastikhotels hatten mich ganz vergessen lassen, dass es auch noch richtige Hotels gab. Die Frau an der Rezeption lächelte mir freundlich zu und nannte mich »*ma pauvre dame*«. (Dreimal dürfen Sie raten, warum sie mich bemitleidete – weil ich *durchnässt* war ... Manche Leute begreifen wirklich *gar* nichts.) Einen Ausweis wollte die nette Dame nicht sehen, dafür versicherte sie uns, dass das Restaurant bis zweiundzwanzig Uhr geöffnet habe und »*très bon*« sei. Sollten wir an der »*Procession Mariale*« teilnehmen wollen, müssten wir uns allerdings beeilen, da diese in einer halben Stunde beginne.

Alles, was mein Peiniger zunächst wollte, war ein großes Steak. (Ich begnügte mich mit einem *Fromage blanc*.) Als ich ihn fragte, ob die Patronne nur deshalb so arglos sei, weil wir uns an einem Wallfahrtsort befänden, sagte er, dass es die französischen Patrons – im Gegensatz zu den belgischen und spanischen – mit der Meldepflicht ihrer Gäste auch an profaneren Orten nicht so genau nähmen.

Eigentlich war ich sehr müde, dennoch stimmte ich sofort zu, als er nach dem Essen vorschlug, etwas für unser »Seelenheil« zu tun. Als wir das Zimmer kurz betreten hatten, um die Sporttasche abzustellen, hatte ich sofort registriert, dass darin lediglich ein Doppelbett stand, sprich: Ich würde die Nacht entweder unter derselben Decke verbringen müssen wie mein Peiniger – oder angekettet an der Heizung.

Mein Vater wäre nie mit mir nach Lourdes gefahren. Wann immer ihn jemand nach seinem Glauben fragt, antwortet er, dass er zwar römisch-katholisch getauft sei, sich heute jedoch allenfalls noch als »skeptisch-katholisch« bezeichnen würde. Bei einem unserer Südfrankreichurlaube – diesmal waren wir unterwegs gewesen, um prähistorische Höhlen zu besichtigen – hatte meine Mutter vorgeschlagen, einen Abstecher zu dem berühmten Wallfahrtsort zu machen. Mein Vater hatte nur geantwortet, dass ihn allenfalls »transmundane Kräfte«, jedoch keine irdische Macht dazu bringen könne, einen Fuß in dieses »Disneyland des Katholizismus« zu setzen.

Mein Peiniger lachte, als ich ihm diese Geschichte auf dem Weg durchs nächtliche Lourdes erzählte. Jedoch meinte er, dass mein Vater mit »Disneyland« nicht ganz das richtige Bild getroffen habe. In seinen Augen sei Lourdes eher mit Las Vegas zu vergleichen. Der einzige Unterschied bestünde darin, dass sich in der amerikanischen Wüstenspielhölle wenigstens manchmal ein Wunder ereigne, während diejenigen, die aus aller Welt anreisten, um hier Heilung zu suchen, mit Sicherheit nur ihr letztes Geld, aber keinen einzigen Nierenstein, geschweige denn ihren Krebs loswürden.

In der Tat schoben viele der Wallfahrer, die trotz der späten Stunde noch zahlreich in Richtung Heiligtum strömten, Angehörige in Rollstühlen vor sich her (auf der Hauptstraße gab es sogar eine eigene, rot markierte Rollstuhlspur), und in der Tat sahen sie nicht so aus, als ob sie sich die weite Reise aus Lateinamerika oder von den Philippinen wirklich leisten könnten.

Da ich weder im Disneyland noch in Las Vegas gewesen bin, vermag ich nicht zu beurteilen, welche der beiden Beschreibungen die angemessenere ist. Tatsache ist, dass in den Geschäften – die alle noch geöffnet hatten – Kitsch vom Feinsten zu kaufen war: Marienschneekugeln, phosphoreszierende Rosenkränze, Papstbuttons und glitzernde Skulpturen der heiligen Bernadette mit ihren Schafen – so hieß nämlich das Bauernmädchen, dem im vorletzten Jahrhundert ein paarmal die Jungfrau Maria erschienen war und dem die Jungfrau die Quelle im Fels gezeigt und damit den ganzen Hype ausgelöst hatte. Vor allem aber gab es Kanister und Flaschen in sämtlichen Größen und Formen. Am lustigsten fand ich die Plastikflaschen in Mariengestalt, weil sie mich an jene künstlichen Grundschulpausengetränke erinnerten, bei denen man zum Öffnen oben den Plastikzipfel hatte abzwirbeln müssen. Ich wunderte mich lediglich, dass die Behältnisse leer waren, weshalb ich meinen Peiniger fragte, ob das berühmte Wasser knapp geworden sei. Lachend sagte er, dass ich dies gleich selbst überprüfen solle. In einem Anfall von guter Laune und Großzügigkeit schenkte er mir einen Glasflakon, der mit einem medaillonartigen Aufkleber verziert war, auf dem eine winzige Bernadette vor einer deutlich größeren Jungfrau Maria kniete.

Der Schuss. Die Vögel.

Als wir das Heiligtum endlich – auf unseren eigenen, mehr oder weniger gesunden Beinen – erreichten, war ich verblüfft. Ich hatte mit einer Anlage außerhalb der Ortschaft, irgendwo im Wald gerechnet, wie ich sie von den prähistorischen Grotten kannte: Ein unscheinbarer Eingang im Fels mit einem Tickethäuschen und einer langen Schlange Touristen davor. Doch die »*Sanctuaires de Notre-Dame de*

Lourdes« lagen mitten im Ort. Hinter einem schmiedeeisernen Tor begann eine vier-, fünfhundert Meter lange Auffahrt, die mit Bäumen und Fahnenmasten gesäumt war. Mein Peiniger, der im Gegensatz zu mir in seinem sauerländischen Dorf eine katholische Kindheit verbracht hatte, klärte mich darüber auf, dass es sich um keine »Auffahrt«, sondern um den »Prozessionsplatz« handele – über den noch immer die von der Patronne angekündigte »*Procession Mariale*« zog.

Nie zuvor hatte ich so viele Lichter auf einmal gesehen. Tausend oder zweitausend (oder gar dreitausend?) Menschen trugen lange, weiße Kerzen vor sich her, deren Flammen mit einer Art Papierlampion geschützt waren. Und obwohl ich wirklich nicht besonders firm bin, was Katholizismus angeht, erkannte ich schnell, was sie beteten:

Ave Maria gratia plena, Dominus tecum,
benedicta tu in mulieribus
et benedictus fructus ventris tui, Jesus,
qui perficiat in nobis caritatem.
Sancta Maria, Mater Dei,
ora pro nobis peccatoribus
nunc et in hora mortis nostrae. Amen.

Als wäre sie selbst ein riesiger Rosenkranz wand sich die Lichterschlange zu der goldgekrönten Kirche hinauf, die über der ganzen Anlage thronte. Wir schoben uns durch die singenden und betenden Pilger, und mein Peiniger meinte, wir müssten uns rechts halten, um zur heiligen Grotte zu gelangen. Als ich ihn (halb im Scherz) fragte, ob er früher an »Wallfahrten junger Christen« teilgenommen habe oder warum er sich sonst so gut auskenne, erklärte er mir ungehalten, dass er lediglich zwei- oder dreimal mit Radkollegen in Lourdes gewesen sei, wenn sein Team in den Pyrenäen trainiert hatte. (Später machte er sich über die »Spinner« lustig, die das Lourdeswasser angeblich großkanisterweise abgefüllt hatten, um es beim nächsten Heimatbesuch ihren Tanten in Kolumbien mitzubringen. (Wie Sie bald noch klarer sehen werden, war sein Verhältnis zu Gott, Religion und Glauben tatsächlich sehr komplex.))

Ich weiß nicht, was ich mir unter dem »heiligen Wasser« genau vorgestellt hatte. (Offensichtlich ist es wie mit »Flussufer«: Gewisse Wörter rufen unweigerlich völlig veraltete Bilder hervor.) Mit dem, was ich sah, nachdem wir es endlich geschafft hatten, uns in Richtung Fluss durchzukämpfen, hatte ich bestimmt nicht gerechnet: Am Fuße der Kirchmauer war ein langes Rohrsystem mit zahlreichen Wasserhähnen installiert. Die Anlage erinnerte mich an die Wasserzapfstellen, wie ich sie von meinem einzigen Kindheitscampingerlebnis in Erinnerung hatte. Als mein Peiniger mich aufforderte, mich an einer der Schlangen anzustellen, die sich an jedem Wasserhahn gebildet hatten, um mein Fläschchen zu füllen, dachte ich, er wolle mich wieder einmal auf den Arm nehmen. Doch tatsächlich war hier jedermann damit beschäftigt, Flaschen und Kanister volllaufen zu lassen, (wobei die wenigsten echte Lourdes-Behälter hatten, sondern bloß mit leeren PET-Flaschen herumhantierten,) oder man bückte sich, um selbst aus den Wasserhähnen zu trinken. Am meisten überraschte mich, wie hektisch und rüpelhaft es zuging:

Das allgemeine Gerempel hätte besser zu Woolworth im Sommerschlussverkauf gepasst als zu den Gebeten im Hintergrund.

> *Ave Maria gratia plena, Dominus tecum,*
> *benedicta tu in mulieribus*
> *et benedictus fructus ventris tui, Jesus,*
> *quem, Virgo, concepisti.*
> *Sancta Maria, Mater Dei,*
> *ora pro nobis peccatoribus*
> *nunc et in hora mortis nostrae. Amen.*

Und so wuchs mein Verdacht, dass dies *irgendeine* Wasserzapfstelle sein müsse, an der sich die armen Pilger nach ihren langen Reisen erfrischten und an der sich die allerärmsten, die sich keine Hotelübernachtung leisten konnten, auch noch mit Wasservorräten für die Rückreise oder die Nacht auf dem Parkplatz eindeckten. Als ich meinen Peiniger ein letztes Mal fragte, ob dies hier *wirklich* das berühmte Lourdeswasser sei, lachte er so laut, dass ihn einer der umstehenden Heiligtumswächter anzischte und auf das Schild deutete, auf dem ein blauer Schattenrisskopf mithilfe eines Zeigefingers das internationale Zeichen für »*Pssst!*« machte.

Wäre alles anders gekommen, hätte ich nicht den theologischen Disput angezettelt, welchen der drei Rosenkränze (»freudenreich«, »glorreich« oder »schmerzhaft«) die Pilger dort auf dem Prozessionsplatz beteten? Hätte mein Peiniger die junge, lateinamerikanische Nonne auch angesprochen, wenn…

Aber diese war es ja gar nicht. Es liefen so viele herum. Im ganzen Heiligtum wimmelte es vor Nonnen.

Musste ich mit meinem katholischen Restwissen prahlen, indem ich behauptete, dass die Pilger den »glorreichen« Rosenkranz beteten, obwohl mein Peiniger darauf bestand, dass es der »freudenreiche« war?

Er wusste doch ohnehin, dass er Recht hatte. Sein Plan stand längst fest.

Ist es meine Schuld, dass ihn die junge, lateinamerikanische Nonne nicht abwies, sondern ihm bereitwillig erklärte, dass samstags der »freudenreiche« Rosenkranz gebetet würde, seit Papst Johannes Paul II. den Rosenkranz um die »lichtreichen« Geheimnisse erweitert habe?

Nein. Julia. DIES ist nicht Deine Schuld. Du ...

Gegrüßet seist du, Maria, voll der Gnade, der Herr ist mit dir, du bist gebenedeit unter den Frauen, und gebenedeit ist die Frucht deines Leibes, Jesus, der in uns die Liebe entzünde.

Der in uns die Liebe entzünde.

Heilige Maria, Mutter Gottes, bitte für uns Sünder – bitte für uns Sünder – bitte –

Mir wird schwindlig. Die vielen Lichter. Der Wald. Ein Wunder.

David.doc

Lieber David!

Geht es Dir gut dort, wo Du bist? Ich versuche, mir Dein Gesicht vorzustellen, würde mein Brief tatsächlich zu Dir vordringen. Ich bin nicht sicher, ob Du Dich freust. Aber ich weiß nicht, wem ich sonst schreiben soll. Du fehlst mir so sehr.

War es Baudelaire, der gesagt hat, dass der Mensch erst dann verblutet, wenn ihm das Messer aus der Wunde gezogen wird? (Aber was frage ich Dich das...)

Ich bin noch ganz neben mir, weil ich erst heute Morgen um vier aus Köln zurückgekommen bin. Dabei hätte ich von vornherein wissen können, dass es ein Fehler sein würde hinzufahren. Aber mein Vater hatte mir zu Ehren beschlossen, Weihnachten »bei der Familie« zu verbringen. Und tatsächlich hat er sich nicht lumpen lassen. Damit ich nie wieder nachts allein an einer Bushaltestelle sitzen müsse (tätäää!), hat er mir einen nagelneuen Golf geschenkt. Und an Heiligabend hat er vor dem Abendessen das Glas erhoben und gesagt: »Wie ihr wisst, hat mich die Vorstellung der Jesusgeburt nie sonderlich bewegt. Aber dass Julia heute bei uns ist, drängt mich, jemandem dort oben danken zu wollen.«

Für solch »bewegende Momente« hat er sogar seine Architektin allein nach Indien fliegen lassen – ein Triumph, den in erster Linie meine Mutter ausgekostet hat. Von morgens bis nachts hat sie sich aufgeführt, als wolle sie die Hauptrolle in irgendeinem *Happy-Housewives*-Film ergattern. Selbst gemachte Kokosmakronen hier und selbst gemachte Knödel dort, und »ist es nicht schön, dass wir alle wenigstens auf diese Weise wieder einmal richtig Zeit miteinander verbringen?«

Natürlich ist mir nicht entgangen, wie sehr sich mein Vater trotz der »bewegenden Momente« beherrschen musste. Dass er im Grunde viel lieber in die kleine Pension gegenüber gegangen wäre, in der er sich einquartiert hatte, sein Aftershave eingepackt und zum Flughafen gefahren wäre. Stattdessen hat er meine Mutter für jeden Küchenfurz in einer Weise gelobt, dass ich vor Scham beinahe versunken wäre. (»Ist es nicht großartig, wie Sonja das hingekriegt hat? Ich glaube, ich habe noch nie ein so ausgezeichnetes Entrecôte gegessen, noch nicht einmal im *La Coupole* in Paris.«) Daran, dass die Beziehung meiner Eltern ein einziger Dreckhaufen ist, habe ich mich ja gewöhnt. Aber wenn sie anfangen, auch noch Zuckerguss drüberzumachen, halte nicht einmal mehr ich es aus.

Den erlösenden Krach gab es, als ich mich am ersten Weihnachtsfeiertag geweigert habe, Gänsebraten zu essen – und mein Vater mir beigesprungen ist, indem er meine Mutter gefragt hat, ob sie eigentlich wisse, wie ungesund diese Mengen an tierischem Fett seien. Seit er mit der Architektin zusammenlebe, würde er darauf achten, höchstens zweimal die Woche tierische Fette zu sich zu nehmen.

Diese Lappalie hat gereicht, um meine Mutter völlig ausflippen zu lassen – dabei hatte mein Vater das naheliegende Argument gegen Gänsebraten (dass meine Mutter in letzter Zeit nämlich ganz schön fett geworden ist) überhaupt nicht ins Feld geführt. Erst hat sie meinen Vater angeschrieen, dann mich, dann hat sie den Gänsebraten genommen und in den Müll geschmissen. Anschließend ist sie ins Schlafzimmer gegangen und hat geheult. Als keiner von uns beiden rübergegangen ist, um sie zu trösten, ist sie selbst wieder ins Wohnzimmer zurückgekommen. Sabbernd und schniefend hat sie mich um Verzeihung gebeten, dass sie mich angeschrieen habe – ich dürfe tun und lassen, was ich wolle, so traumatisiert wie ich sei – aber *er* – und dabei hat sie mit zitterndem Zeigefinger in Richtung meines Vaters gehackt – *er* solle nicht noch einmal wagen, »ihre Gefühle derart mit Füßen zu treten«. Das Ende vom Lied war, dass mein Vater tatsächlich in die kleine Pension gegenüber gegangen ist, sein Aftershave eingepackt und sich ein Taxi zum Flughafen genommen hat, während ich mich samt Tinka in meinen nagelneuen Golf gesetzt habe und in einem Rutsch bis nach Berlin gefahren bin.

Da fällt mir auf: Du weißt ja noch gar nicht, dass ich tatsächlich nach Berlin gezogen bin. Mein Manager hat mir eine Wohnung besorgt. Sie hat nur einundhalb Zimmer, aber dafür sind die Wände fast vier Meter hoch, und der Volkspark Friedrichshain ist ganz in der Nähe. (Natürlich hätte ich mir auch eine größere Wohnung leisten können, ich bin ziemlich reich jetzt, aber ich habe gemerkt, dass ich mich in einer größeren Wohnung nicht wohl fühlen würde.)

Ich kann Dir nicht beschreiben, wie sehr ich mein neues Leben genieße: aufstehen und schlafen gehen, wann ich will. (Spät, früh, mitten in der Nacht, egal.) Staub saugen und Geschirr spülen, wann ich will. (So ziemlich nie.) Essen, was ich will. (So ziemlich nichts.) Keine Mutter, die mich – wenn sie mich nicht gerade zu mästen versucht – dauerbequatscht, dass ich wieder zur Therapeutin gehen soll. (Ich bin sicher, Du hättest viel Freude mit meiner Dr. de Sousa gehabt. Dir müssen die Ohren geklingelt haben, so oft haben wir über Dich und Deine »schwere narzisstische Persönlichkeitsstörung« geredet…) Kein Vater, der mich »auf gar keinen Fall drängen möchte«, aber dennoch enttäuscht ist, weil sein kleines Genie nicht mit dem Studium beginnt. (Was soll ich, nach allem, was *wir* erlebt haben, mit Germanisten-, Anglisten- und Philosophengeschwätz anfangen?! Vor ein paar Wochen habe ich mich spaßeshalber mal in ein Seminar hineingesetzt – nicht zum Aushalten. (Nicht einmal für eine Abifotze wie mich. »Die Poetik des Wassers in der englischen Moderne«…) Der Chef der *Studienstiftung des Deutschen Volkes* hat mir übrigens einen langen Brief geschrieben, dass sie in meinem Fall selbstverständlich eine Ausnahme machen würden und ich jederzeit später an dem Auswahlverfahren für ein Stipendium teilnehmen könne – wann immer ich mich »geistig und seelisch hinreichend gefestigt« fühlen würde… Himmel, ich möchte wissen, in welcher Welt diese Leute leben.

Es ist so viel passiert, seit wir uns das letzte Mal gesehen haben, dass ich gar nicht weiß, wo ich mit dem Erzählen anfangen soll. Außerdem bin ich jetzt doch ziemlich müde. (Die lange Fahrt.) Ich schreibe Dir morgen wieder, versprochen!

Liebe Grüße von
Deiner Julia,

(die Dich schrecklich vermisst...)

PS: Tinka winkt mit der Pfote. Und sagt, dass sie Dich sehr gern kennen gelernt hätte.

Lieber David!

Nun hat es doch ein paar Tage gedauert. (Aber ich denke, dort, wo Du bist, kommt es auf den einen oder anderen Tag nicht an...)
Ich will nicht lange herumreden: Ich bin dabei, unsere Geschichte aufzuschreiben. Deshalb hatte ich die letzten Tage keine Zeit, *Dir* zu schreiben.
Bist Du jetzt böse?
Ich hoffe, nicht.
Wir haben zwar nie ausdrücklich darüber gesprochen, aber ich denke, auch Du hast immer gewollt, dass unsere Geschichte nicht einfach vorübergeht – und sobald die Medien sie ausgeweidet haben, nur noch vergessen wird. (A propos: Wenn Du glaubst, das, was wir am Schluss in Spanien erlebt haben, wäre ein Medienzirkus gewesen, dann hättest Du sehen sollen, was los war, als ich in Köln-Bonn angekommen bin. (Von meinen Interviews und Fernsehauftritten muss ich Dir bei Gelegenheit erzählen, aber jetzt will ich mich auf das Eigentliche konzentrieren.))
Ich habe mich also hingesetzt und angefangen, unsere Geschichte aufzuschreiben. Der Titel soll »*Schwarzer Sommer*« sein – das ist doch gut, nicht wahr? (Jetzt sag bitte nicht, dass Du Dich nicht mehr erinnerst – an jenen kaputten Schriftzug auf der *Auberge de la Tête Noire*... ETE NOIR... Na?)

Und bislang ist alles ganz gut gelaufen. Nur an einer Stelle musste ich ein wenig lügen: Wie wir uns kennen gelernt haben. Für die Öffentlichkeit habe ich geschrieben, dass Du mich mit einem stinkenden Lappen betäubt und gleich bewusstlos in Deinen Porsche gezerrt hättest. (Das habe ich auch der Polizei schon so erzählt.)

Ich hoffe, Du nimmst mir diese kleine Notlüge nicht übel. Du *weißt*, dass ich freiwillig zu Dir in den Wagen gestiegen bin. Weil ich auf Anhieb gespürt habe, dass Du anders bist als alle Männer (von den Jungs ganz zu schweigen), denen ich zuvor begegnet war. Noch nie hatte einer in einem limonengelben Porsche an einer Nachtbushaltestelle gestoppt, das Fenster geöffnet und gerufen: »Linie 132, Dom/Hauptbahnhof, bitte einsteigen!«

In den letzten Monaten musste ich die Geschichte so oft falsch erzählen, dass ich gar nicht mehr weiß, was wir in den ersten Minuten gesprochen haben. Ich kann mich nur noch erinnern, dass Du mich – nachdem ich begriffen hatte, dass Du weder auf den Dom noch auf den Hauptbahnhof, sondern direkt auf die Autobahn zufuhrst – dass Du mich gefragt hast, was ich machen würde, würdest Du mir sagen, dass Du ein Vergewaltiger und Serienmörder seiest. Und dass ich geantwortet habe, ich würde sagen: »Cool.«

Ich war Dir erlegen, bevor Du mich an der Raststätte Frechen im nächtlichen Gras bewusstlos geschlagen hast. Hast Du die tiefe Verbindung zwischen uns nicht sofort gespürt? Dass ich sowieso bereit gewesen wäre, mit Dir ans Ende der Welt zu gehen – auch ohne Schläge, Messer und Pistole?

Was schreibe ich denn da für ein naives Zeug. Es ist doch klar, dass Du mich prüfen wolltest. Habe ich nicht selbst erlebt, wie alle Mädchen Dich angehimmelt haben? Es *musste* Dich langweilen, dass Du jede – fast jede – haben konntest. Und so gesehen habe auch ich Dir keine andere Wahl gelassen, als mich dazu zu zwingen, Dir Widerstand zu leisten.

(Aber dann habe ich meine Sache doch ziemlich gut gemacht, *n'est-ce pas?*)

Ich merke, wie sich ein Knoten in mir löst, endlich so über die Dinge schreiben zu können. Ohne die Angst, dass mich irgendein Journalist, der sich moralisch besonders erhaben fühlt, anschließend wieder als »fragwürdige Figur« bezeichnet. Und ohne die Angst, dass meine Dr. de Sousa ihr besorgtes Dackelgesicht macht.

Auf allen Kanälen wird uns von der *großen Liebe* vorgesülzt, dass sie die mächtigste Kraft auf Erden sei und niemand sich ihr entziehen könne – nur ich, die ich die große Liebe gefunden habe, soll mich ewig dafür schämen? Oder meine Liebe verraten, indem ich mich als »Spielball« betrachte, der zufällig in einen besonders »abgründigen Strudel« geraten sei?

Wem kann ich begreiflich machen, dass ich mit Dir die beste Zeit meines Lebens verbracht habe? Wem???!!!

Lieber David!

Verzeih, dass ich den Brief von heute Vormittag so abrupt beendet habe. Du siehst: In den letzten Monaten hat sich eine Menge bei mir aufgestaut. Doch auch wenn ich die Dinge jetzt wieder etwas gelassener sehen kann, bleibt dasselbe Problem. Ich stecke mit meinem Buch in einer Sackgasse. Bis zu den Ereignissen in Lourdes ist es mir gelungen, unsere Geschichte so zu erzählen, dass ich ganz nah an der Wahrheit bleiben kann und dennoch nicht allzu viel Wasser auf die Mühlen meiner Feinde gieße. (Du glaubst nicht, welche Gehässigkeiten die Medien über mich verbreiten. Vor allem, seit durchgesickert ist, dass die Polizei bei Dir eine Kamera gefunden hat und dass auf dieser Kamera (neben allerlei »Bildern des Grauens«) Fotos seien, die uns beide in »entspannter Touristenpose« zeigen würden. Ich vermute, sie meinen die Aufnahmen, die Du von mir am *Pont du Gard* gemacht hast. (Oder hast Du sonst irgendwelche »Urlaubsfotos« von mir geschossen, von denen ich nichts weiß?) Besonders dreiste Journalisten behaupten sogar, es gäbe ein Bild, auf dem wir beide »herumknutschen« würden. Unfassbar, was für eine billige Phantasie diese Leute haben! Als ob *wir* jemals *herumgeknutscht* hätten!)

Bislang ist somit alles ganz gut gelaufen. Aber jetzt weiß ich nicht mehr weiter. Einerseits will und *kann* ich kein verlogenes Buch schreiben. (Solche Details wie dasjenige, dass ich Dich kein einziges Mal »David«, sondern nur »mein Peiniger« nenne, ist in meinen Augen keine Verlogenheit, sondern eher lustig.) Die volle Wahrheit kann ich jedoch auch nicht schreiben, denn ich wette, die Spießer lauern bloß auf einen Vorwand, um mich endlich nicht nur moralisch, sondern auch juristisch als »Mittäterin« verurteilen zu können.

Wer hat etwas davon, wenn ich in den Knast gehe? Vermutlich würden mein Anwalt und Dr. de Sousa zwar versuchen, mich mit dem Hinweis auf ihr geliebtes »Stockholm-Syndrom« rauszuhauen – aber hundertprozentig kann ich mich darauf natürlich nicht verlassen. Und – ich muss ganz ehrlich sagen: Ich weiß nicht, ob ich einen solchen Gerichtsprozess mit all dem neuerlichen Medientrubel durchstehen würde. (Das Gefängnis selbst macht mir gar nicht so viel Angst. (Obwohl, wenn ich genauer darüber nachdenke: Tinka und die frische Luft würde ich *furchtbar* vermissen. – Und ich glaube auch nicht, dass ich mit den anderen Frauen, die in einem solchen Knast hocken, besonders gut klarkäme...))

Die einfachste Lösung wäre, die Sache mit dem Buch zu begraben. Aber beim Schreiben geht es mir so gut wie schon lange nicht mehr. (Es ist fast so, als ob ich alles noch einmal erleben würde. Und welch größeres Glück könnte ich mir bereiten?) Aufhören kommt also nicht in Frage.

Vielleicht muss ich mich von dem Gedanken verabschieden, die Geschichte der Öffentlichkeit erzählen zu wollen. Reicht es nicht, wenn ich sie für mich (Für *Dich*! Für *uns*!) erzähle?

Aber – jetzt muss ich Dir etwas beichten und kann

nur hoffen, dass Du mich verstehst – es würde mich *sehr* schmerzen, die fünfhunderttausend Euro, die mir der Verlag bereits für das Buch gezahlt hat, zurückerstatten zu müssen. Ich brauche Dir ja nicht zu erklären, was *fünfhunderttausend* Euro bedeuten... Und wenn ich das fertige Manuskript abgebe, würde ich noch einmal dieselbe Summe bekommen! Insgesamt also *eine Million!* Davon könnte ich nach Amerika auswandern und bräuchte bis ans Ende meiner Tage kein Geld zu verdienen. (Na ja, vielleicht nicht ganz. Aber die nächsten dreißig, vierzig Jahre könnte ich bestimmt davon leben. Und außerdem hat mein Manager gemeint, dass die Million noch lange nicht »das Ende der Fahnenstange« sei. Hollywood wolle unsere Geschichte unbedingt verfilmen, es gebe bereits drei verschiedene Anfragen. (Im ersten Moment fand ich das natürlich sehr aufregend. Aber als ich erfahren habe, dass sich ausgerechnet Lindsay Lohan darum reißt, meinen Part zu spielen, bin ich doch skeptisch geworden. Angeblich will sie gleich im Januar nach Berlin fliegen, um mich zu treffen... Ich weiß nicht... Allerdings fällt mir von diesen ganzen Hollywoodhühnern ohnehin keins ein, dem ich ernsthaft zutrauen würde, mich zu spielen. Am ehesten vielleicht Lauren Ambrose. (Du weißt schon, die Rothaarige aus *Six Feet Under.*) Andererseits ist sie fast ein bisschen zu alt für die Rolle. (Ich habe nachgesehen, im Februar wird sie neunundzwanzig.) Außerdem weiß ich gar nicht, ob es überhaupt eine Rothaarige sein sollte, schließlich sind meine Haare immer noch *castaño oscuro*. (Anfang November habe ich nachgefärbt – was bei meiner Mutter zu einem hysterischen Anfall geführt hat. Und auch Dr. de Sousa hat ihr faltigstes Gesicht gezogen, als sie wissen wollte, warum es mir so wichtig sei, mich mit dieser Haarfarbe zu »identifizieren«, zu der mich »mein Aggressor« genötigt habe.)

Die beste Lösung wäre sicherlich, wenn ich mich selbst spielen würde – nicht weil ich plötzlich die Absicht hätte, Schauspielerin zu werden. Aber ich kann mir einfach nicht vorstellen, wer mich spielen soll. (Für Deine Rolle ist angeblich Daniel Craig der heißeste Anwärter. Daraufhin habe ich mir kurz vor Weihnachten den neuen James Bond im Kino angesehen – und ich muss zugeben: *Irgendetwas* hat er. (Vor allem die eine Szene fand ich cool, in der er völlig zermatscht am Tresen auftaucht, und der Barkeeper ihn fragt, wie er seinen Martini möchte, »*shaken or stirred*« und er daraufhin antwortet: »*Do I look like I give a damn?*«. (Jaaaaaa. Diesen Scherz habe sogar ich kapiert… Übrigens habe ich mir neulich diesen Film mit Deinem geliebten Michael Douglas ausgeliehen, von dem Du so viel erzählt hast: »*Falling Down*«. Und ich weiß, es ist ein bisschen unfair, weil Du mir gerade nicht widersprechen kannst – aber sooo toll finde ich diesen Mann wirklich nicht. (Und im *Burger*-Laden richtet er auch kein Blutbad an, sondern schießt bloß in die Decke…)

Doch zurück zu Mr. Craig. Könntest Du Dir vorstellen, von ihm gespielt zu werden? Natürlich gilt für Dich dasselbe wie für mich – eigentlich würdest nur *Du selbst* Dich richtig spielen, aber so wie die Dinge liegen, brauchen wir über diese Variante ja leider nicht weiter nachzudenken.

Jetzt habe ich wegen dieser ganzen Filmgeschichten den Faden verloren… Also, die Frage war, wie ich mit meinem Buch weitermachen soll. Darf ich der Öffentlichkeit erzählen, dass ich diejenige war, die unsere *Hermana Lucía* in dem Toilettenraum in Lourdes angesprochen hat? Ich bin sicher, die Leute würden *nichts* verstehen. Sie würden mich einzig und allein verdammen, ohne zu begreifen, warum ich Dir bei Deinem großen Versuch helfen *musste*. Vielleicht haben wir beide das ewige Höllenfeuer verdient für das, was wir getan haben. Aber wer sagt, dass wir auf der Welt sind, um dem ewigen Höllenfeuer aus dem Weg zu gehen? (Ich weiß, ich weiß, der Papst sagt das zum Beispiel...) Ich habe jedenfalls keine Angst. Denn schließlich wird die Hölle der Ort sein, an dem wir zwei uns endlich wiedersehen...

Wobei, wenn ich es bedenke, halte ich die Sache mit der Hölle für ziemlich fragwürdig. Denn woher soll ein Mann, der zu machtlos ist, in die irdischen Geschehnisse auch nur irgendwie einzugreifen, die Mittel haben, eine ganze Hölle am Laufen zu halten? Hast Du in jenem Bergbuchenwald, in dem Du die arme *Hermana Lucía* so zugerichtet hast, Gott nicht mehrfach aufgefordert, Dich zu stoppen? Und war die einzige Antwort nicht friedliches Bachgeplätscher und Vogelgezwitscher gewesen? Weshalb Du die arme *Hermana Lucía* völlig zu Recht gefragt hast, ob sie nicht endlich einsehen wolle, dass die ganze Geschichte mit ihrem »göttlichen Erlöser« nichts als ein riesiger Schwindel sei?

Ich habe es heute in einem Heiligenlexikon nachgeschlagen: Lucia ist tatsächlich diejenige, die mit Lichtern auf dem Kopf herumgelaufen ist. (Ich wiederhole: *Auf dem Kopf!* Nicht dort, wo Du die Kerze platziert hast...) Was die abgeschnittenen Brüste angeht, muss ich Dich allerdings enttäuschen: Das war nicht die heilige Lucia, sondern die heilige Agatha. (Lucia hatte sich die Augen herausgerissen, weil sie nach ihrem Erweckungserlebnis plötzlich nichts mehr von ihrem Verlobten wissen wollte – und die Jungfrau Maria soll ihr ein neues, viel schöneres Paar Augen geschenkt haben...)

Aber – jetzt halt Dich fest, als ich das gelesen habe, ist es mir kalt den Rücken hinaufgekrochen: Es *gibt* eine enge Beziehung zwischen Lucia und Agatha: Lucia soll wegen ihrer kranken Mutter zu Agathas Grab auf Sizilien gepilgert sein und dort ihr Erweckungserlebnis gehabt haben. Ist das nicht unfassbar? Da verstümmelst Du einer Nonne namens Lucia die Brüste, weil Du irrtümlicherweise glaubst, dies wäre das Schicksal, das ihre Namenspatronin so unbeschadet überstanden haben soll, und dann stellt sich heraus, dass die heilige Lucia selbst es zwar mit den Augen hatte – dass ihr persönliches Idol aber niemand anderes als ebenjene mit den Brüsten gewesen ist? An dieser Stelle muss man doch anfangen, an eine höhere Macht zu glauben, die alle Fäden in der Hand hält und nach Belieben verknüpft.

Auch die Sache mit den Augen ist komplett unheimlich. Ich bin sicher, Du weißt noch, was uns als Erstes aufgefallen ist, als wir nach unserer Spanienrunde in das Waldstück zurückgekehrt sind, wo die arme *Hermana Lucia* unentdeckt herumlag. (Oder sagen wir lieber: Wo die Reste der armen *Hermana Lucia* von *Menschen* unentdeckt herumlagen...) Richtig! *Ihre Augen waren fort!* Natürlich waren es »bloß« die Vögel und Insekten der Pyrenäen gewesen, die sie ihr aus dem Kopf gepickt oder genagt hatten – trotzdem: Dass die ganze Geschichte am Schluss so aufgegangen ist, obwohl Du (wenigstens teilweise) die heilige Lucia mit der heiligen Agatha verwechselt hast, bleibt für mich der endgültige Beweis, dass es das Schicksal gibt.

Und jetzt verrate mir, bitte, wie ich das alles der Öffentlichkeit so erklären soll, dass sie es begreift? Oder weshalb ich, nachdem die arme *Hermana Lucía* endlich von ihrem Martyrium »erlöst« worden war, Dein Messer nehmen und ein Herz mit »D&J« in ihren Bauch ritzen *musste*? (In diesen Bauch, der noch runder und weißer gewesen ist als derjenige der armen Geneviève ...) Wo selbst *Du* mich angefahren hast, was »dieser Quatsch« soll?!

Ich habe es Dir zwar nie gesagt, aber, Himmel, ja, es hat mich verletzt, dass Du mich in diesem Moment nicht verstanden hast. So wie es mich verletzt hat, dass Du mich in der Nacht zuvor noch nicht einmal angefasst hast, obwohl dies unsere erste Nacht zu zweit in einem Doppelbett gewesen ist. Niemand wüsste besser als ich, dass unsere Beziehung mit Knutschen und Kuscheln nicht das Geringste zu tun hat. Doch warum es Dir so gottverdammt unmöglich ist, wenigstens ein einziges Mal den Satz zu sagen: »Julia, Du bedeutest mir etwas.« Denn ich weiß doch, *dass ich Dir etwas bedeute!!!*

Lieber David!

Kannst Du mir meinen Anfall verzeihen? Dafür habe ich wirklich verdient, dass Du mich Kitschfotze nennst. Es soll nicht wieder vorkommen. Aber es ist nicht einfach für mich. Du hast mich zwar stets gelobt, dass ich so großartig schweigen könne – doch jetzt merke ich, wie schwer es mir fällt, niemanden zu haben, mit dem ich die Dinge ernsthaft teilen kann. Carina darf ich von alldem, was in Lourdes und später geschehen ist, *gar nichts* erzählen. Jetzt, wo sie Jura studiert, käme sie womöglich auf dumme Gedanken, und außerdem habe ich sowieso fast keinen Kontakt mehr zu ihr. Mit Dr. de Sousa *will* ich darüber nicht sprechen, sie würde alles nur wieder drehen und wenden und so lange zerreden, bis ich mir am Schluss wie ein dummes kleines Mädchen vorkomme, das sich im finsteren Wald verlaufen hat. Und Tinka ist zwar die beste Zuhörerin der Welt – aber letzten Endes ist sie eben doch nur ein Hund.

Ist es Fotzenkram, wenn man Dinge, auf die man besonders stolz ist, immer und immer wieder erzählen will? (Ich glaube eigentlich nicht. Schließlich hast Du mir die Geschichten, was Du mit den Mädchen vor mir angestellt hast, auch hundertmal erzählt.) Und die Aufgabe, *Hermana Lucia* zu ködern, war wirklich keine leichte gewesen. Deshalb kannst Du von Glück reden, dass mich der Ehrgeiz gepackt hat, als wir an jenem Sonntagmorgen noch einmal an der Grotte und den Bädern vorbeigeschlendert sind und Du mir die junge Latina-Nonne in der weißen Tracht gezeigt hast, die dort mit den anderen »Schwestern vom Göttlichen Erlöser« herumstand und Erinnerungsfotos knipste. (Bei aller Schicksalsgläubigkeit bleibe ich aber dennoch dabei, dass es *nicht* dieselbe gewesen ist, die Du am Abend zuvor wegen des Rosenkranzes angesprochen hast.) Ich habe jedenfalls sofort gespürt, wie sehr Du sie haben wolltest – und dass Du keine Ahnung hattest, wie Du sie von den anderen Nonnen fortlocken solltest. Denn ein »*Porno Paparazzi Girl*«, das auf den Shootingtrick hereingefallen wäre, war unsere *Hermana Lucía* gewiss nicht! (Und so dumm, sie gewaltsam mitten aus dem Pilgergewusel zu entführen, warst *Du* nicht.)

Ich muss heute noch grinsen, wenn ich an Dein verdutztes Gesicht denke, als ich Dir erklärt habe, dass Du zurück ins Auto gehen und alles Weitere mir überlassen sollst. Was für ein Triumph, als Du Dich tatsächlich davongemacht hast! (Allerdings nicht, ohne mir vorher noch einmal zu sagen, dass ich »vollkommen übergeschnappt« sei, es sowieso nicht schaffen würde und Du mir höchstens dreißig Minuten Zeit ließest...)

Jetzt kann ich es ja zugeben: Nachdem Du weg warst, ist mir ziemlich mulmig geworden, schließlich hatte ich nicht die geringste Ahnung, wie ich *Hermana Lucía* dazu bringen sollte, allein mit mir das Heiligtum zu verlassen und zum Auto zu gehen. Die anderen Nonnen flatterten die ganze Zeit um sie herum, als sei sie das Herz der Schar. (Und ich wunderte mich, dass Nonnen ein so lebhafter Haufen sein können.)

Wer weiß, was geschehen wäre, hätte die arme *Hermana* nicht plötzlich ein äußerst irdisches Bedürfnis verspürt und sich deshalb mit eiligen Schritten von ihrer Gruppe entfernt. Hätte ich mich den »Schwestern vom Göttlichen Erlöser« angeschlossen und wäre mit ihnen nach Argentinien oder Chile geflohen, hätte sich mir keine Gelegenheit geboten, sie allein zu stellen? (Es ist merkwürdig, wenn ich mich jetzt zu erinnern versuche, kommt es mir vor, als ob ich tatsächlich mit diesem Gedanken gespielt hätte – ja, fast will mir scheinen, ich wäre einen Moment lang regelrecht *verzweifelt* gewesen, als ich sah, wie sich unsere Nonne in Richtung Toiletten entfernte. Denn war dies nicht ein klares Schicksalszeichen, das mich aufforderte, *nicht* zu fliehen – sondern zu beweisen, dass ich halten konnte, was ich Dir versprochen hatte? (Die Frage hingegen, ob Du angefangen hättest, in Lourdes ein Massaker anzurichten, sobald Dir klar geworden wäre, dass ich mich aus dem Staub gemacht hätte – diese Frage habe ich mir damals nicht wirklich gestellt. (Und ich vermute, es lag weniger daran, dass ich Dir nicht zugetraut hätte, Deine Drohung in die Tat umzusetzen – schließlich hatte ich erlebt, wie Du erst den Hund und später Alessia und Gabriella erschossen hast. Ich glaube, es lag daran, dass ich den Punkt überschritten hatte, an dem mich eine Frage wie »Massaker verschulden oder verhindern?« noch interessierte. Auf der langen Reise von Köln-Marienburg bis Lourdes-Heiligtum hatte die Welt ihr Antlitz verändert, nicht so dramatisch, dass der Himmel plötzlich grün und die Flüsse rot gewesen wären – wobei die Landschaft durch eine Dauersonnenbrille betrachtet, tatsächlich anfängt, ihre Farben zu ändern. Am ehesten lässt sich das Gefühl so beschreiben, dass der Welt die Wirklichkeit abhandengekommen war. Alles war plötzlich möglich, weil nichts mehr bedeutete, was es in der früheren Welt bedeutet hatte. Die neue Welt gehorchte ihren eigenen Gesetzen und nahm keine Rücksicht auf diejenigen, die sich in ihr bewegten, so wie es dem Weltraum gleichgültig ist, dass er Schwerkraftwesen zum Schweben zwingt. Dieses Gefühl – an dem ich zum ersten Mal geschnuppert hatte, als Du mich im Porsche gefragt hattest, was ich sagen würde, würdest Du sagen, dass Du ein Vergewaltiger und Serienmörder seiest – dieses Gefühl überwältigte mich, als ich *Hermana Lucía* auf die Toiletten folgte.)))

In der Sekunde, in der ich mich in der Kabine neben ihr einschloss und an der Wand den gelben Container entdeckte, der für den Spritzenmüll angebracht worden war, den die Lourdes-Siechen bei aller Wundergläubigkeit scheinbar dennoch hinterließen, wurde mir klar, was ich zu tun hatte: Ich begann zu weinen. Zwischen den einzelnen Schluchzern legte ich Pausen ein, um zu hören, was sich in der Nachbarzelle tat. Wenn ich mich bückte, konnte ich einen weißen, krankenschwestermäßigen Schuh mit Kreppsohle sehen, den ich auf Anhieb mochte, weil klar war, dass die Nonne ihn nicht trug, weil er »hip« war. Erst hörte ich es plätschern, dann wurde es still, und plötzlich sprach mich eine freundliche Stimme durch die dünne Wand hindurch auf Spanisch an. Ich vermute, dass sie etwas in der Art von »Brauchen Sie Hilfe?« gefragt hat. Jedenfalls schluchzte ich heftiger, woraufhin mich die Stimme fragte: »*Parlez-vous français?*« – was ich unter Tränen bejahte. Ich ließ *Hermana Lucía* ein wenig Zeit, ihre weiße Robe zu richten und die Spülung zu betätigen.

Nachdem sie dreimal von außen gegen meine Zellentür geklopft hatte, ließ ich sie herein. Einen Moment war ich verblüfft, *wie* jung sie war, sie konnte höchstens Mitte zwanzig sein, kein Alter für eine Nonne. Dann erzählte ich ihr auf Französisch meine ganze traurige Geschichte: Wie ich meinen Vater, dessen linkes Knie so kaputt sei, dass er keine zehn Schritte mehr gehen könne, überredet hätte, mit mir eine Reise in die Pyrenäen zu unternehmen, und dass mein Vater, der leider schon vor vielen Jahren vom katholischen Glauben abgefallen sei, jetzt aber auf dem Parkplatz im Auto sitze, sich trotzig weigere, das Heiligtum zu betreten und mir auch noch Vorwürfe mache, dass ich ihn hinters Licht geführt hätte. Dabei wolle ich doch nur sein Bestes und hätte so hart darum gekämpft, für ihn einen Termin im Bad zu bekommen, und *Hermana Lucía* wisse ja selbst, wie schwierig es sei, überhaupt einen Bädertermin zu ergattern, und wenn es mir nicht in den nächsten dreißig Minuten gelänge, meinen Vater zu überzeugen, würde der Termin verstreichen, und wir hätten die ganze weite Reise aus Köln hierher umsonst gemacht.

Offensichtlich hatte ich den richtigen Ton und die richtige Geschichte getroffen. *Hermana Lucía* zögerte keine Sekunde, mich zum Parkplatz zu begleiten, um mit meinem »Vater« zu sprechen.

Mein lieber David, ich finde wirklich, Du hättest mich für diesen *brillanten* Einfall ein wenig mehr loben können – anstatt mich zu warnen, dass ich nie wieder Witze über Dein Knie machen solle... Mist, jetzt klingelt mein Handy.

Lieber David!

Du glaubst nicht, *wer* mich angerufen hat: mein Vater! (Wie war das mit der Macht, die alle Fäden in der Hand hält und nach Belieben verknüpft...?) Er ist doch nicht nach Indien geflogen. Stattdessen hat er mir angeboten, sich morgen früh ins Auto zu setzen und nach Berlin zu fahren, um Silvester gemeinsam mit mir zu verbringen... Das neue Jahr mit meinem Vater beginnen. Das hätte gerade noch gefehlt... Obwohl wir höchstens fünf Minuten miteinander telefoniert haben, hat er es schon wieder fertiggebracht, mich zum Ausrasten zu bringen.

Was soll man von einem Vater halten, der sich gerade mal mit einem Halbsatz danach erkundigt, wie es seiner Tochter geht, und lieber mit dem Kram loslegt, der ihm so durch den Kopf spukt – was am heutigen Tage zufällig die Hinrichtung von Saddam Hussein gewesen ist. Er hat mir einen endlosen Vortrag gehalten, dass Demokratie sich nicht »mit Mitteln der Diktatur« erzwingen lasse und dass sich die Amerikaner für »dieses Blut, das nun auch noch an ihren Händen klebe«, bis ans Ende ihrer Tage »verfluchen« würden... (Erinnerst Du Dich an das alberne Lied, das in Frankreich im Radio lief: »*Je m'appelle Bagdad*«? Dieser Quatsch mit »*Princesse défigurée*« und »*Shéhérazade m'a oubliée*«?) Ich habe meinem Vater jedenfalls erklärt, dass er sich wie eine französische Schnulzensängerin anhöre und dass seine geliebten Franzosen schließlich auch den einen oder anderen König geköpft hätten, um ihre verdammte Demokratie zu errichten – wenn ich es richtig verstanden habe, ist Saddam Hussein immerhin gehenkt worden –, woraufhin mein Vater erst einmal Luft geholt hat. Aber nicht etwa, um mir Recht zu geben. Sondern nur, um mich weiter zu nerven, und zwar damit, ob ich es mir nicht doch noch einmal überlegen wolle, wenigstens zum nächsten Sommersemester mit dem Studium zu beginnen, er könne mein Sträuben ja verstehen, aber eines Tages würde ich es »bitter bereuen«, wenn ich meine »geistigen Potentiale so verwahrlosen« ließe.

Warum ruft mein Vater nicht George W. Bush an, wenn er jemandem Vorträge darüber halten will, was dieser oder jener bis ans Ende seiner Tage »bitter bereuen« werde? (Schade, dass mir dieser Satz vorhin am Telefon nicht eingefallen ist.)

Manchmal frage ich mich, ob es nicht einfacher wäre, keine Eltern zu haben. Ich weiß, Du bist da anderer Auffassung, aber meinst Du wirklich, Dein Leben wäre »glücklicher« verlaufen, wenn Du Deinen Vater gekannt hättest?

Ich habe Deine Mutter übrigens gesehen, bei *Stern TV*, und sie scheint in der Tat die »*Bitch*« zu sein, als die Du sie immer bezeichnet hast. Ich gehe davon aus, dass Du keine Möglichkeit hattest, das Interview anzuschauen, deshalb darf ich Dir verraten, dass sie sich große Mühe gegeben hat, als die arme Unschuldige dazustehen, die damals »halt eine schwierige Zeit, sag ich mal« gehabt habe und »halt überfordert« gewesen sei, »von der ganzen Situation, sag ich mal, und so«. (Der Jauch war natürlich viel zu soft, um ihr richtig auf den Zahn zu fühlen.) Außerdem schaut sie noch viel fertiger aus, als ich sie mir vorgestellt habe. Mit einer so schlechten, teigigen Haut hätte *ich* mich nicht ins Fernsehen gesetzt! Und man hat auch klar gesehen, dass sie versucht hat, sich für ihren großen Auftritt *schick* zu machen, wobei es natürlich gut sein kann, dass hinter dem schrecklichen pinkfarbenen Kostüm und dieser pseudoseriösen Frisur der Sender gesteckt hat. Ich selbst war ja bei *Beckmann*, und da haben sie mich ganz komisch angeguckt, als ich ihnen mitgeteilt habe, dass ich das schwarze Langarm-Shirt und die alten Jeans, mit denen ich ins Studio gekommen war, während der Sendung anbehalten wolle und dass ich am liebsten gar nicht geschminkt würde. (Du kannst Dir nicht vorstellen, was sie im Fernsehen für ein Theater mit der Schminkerei machen! Am allerschrägsten fand ich die Frage:»Und was darf ich mit Ihren Haaren machen?« Zuerst habe ich überhaupt nicht kapiert, worauf die Make-up-Tante hinauswollte, bis ich endlich begriffen habe, dass sie die herausgewachsenen Stellen meinte – damals hatte ich noch nicht nachgefärbt – und dass sie wohl der Ansicht war, ich könne mich so nicht ins Fernsehen setzen.)

Das Gespräch selbst war übrigens ziemlich lustig. Ich bin sicher, solltest Du dort, wo Du bist, doch fernsehen können, hast Du Dich totgelacht. Einerseits war der Beckmann natürlich versessen darauf, von mir alle Einzelheiten zu erfahren, gleichzeitig hat er die Schleimtour versucht von wegen:»Julia, Sie wissen, wenn es Ihnen zu viel wird, können Sie dieses Gespräch jederzeit abbrechen...« Selbstverständlich habe ich nicht abgebrochen, obwohl mein Manager im Hintergrund ein paarmal wild herumgefuchtelt hat. Richtig schockiert habe ich den Beckmann, als ich ihm auf seine Frage, worunter ich während meiner Entführung am meisten gelitten hätte, geantwortet habe: »Unter dem schlechten Essen.« Da ist ihm erst mal das Kinn runtergefallen. (»Unter dem *schlechten Essen*? Liebe Julia, das müssen Sie den Zuschauern erklären! Bei allem, was Sie *miterleben*, was Sie *durchstehen* mussten, wollen Sie am meisten unter dem *schlechten Essen* gelitten haben?« (Vor lauter Brillezupfen hat er sogar vergessen, mit dem Standardschmonzes zu kommen, dass das Essen in Frankreich und Spanien doch so besonders toll sei …

In ihrem Interview hat Deine Mutter auch noch behauptet, sie würde mich »wahnsinnig gern« treffen, um sich bei mir persönlich für alles zu entschuldigen, was Du mir angetan hast. Mein Manager meint allerdings, dass er bislang kein einziges Wort von ihr gehört habe. Und ehrlich: Richtig scharf bin ich nicht darauf, Deine Mutter kennen zu lernen. Sie sieht Dir ja noch nicht einmal ähnlich. Außerdem würden wir sowieso nur aneinandergeraten, ich kann nämlich nicht begreifen, wieso Frauen Kinder bekommen, wenn sie nicht bereit sind, sich um diese Kinder zu kümmern. Gut, Deine Mutter war gerade mal siebzehn, als sie schwanger wurde. Trotzdem: Dass sie Dich einfach zu ihren Eltern abgeschoben hat, um in Berlin ihr Kifferleben weiterzuführen, war nicht in Ordnung. Und dass sie jetzt überall die verlogene Arie anstimmt »Ich wollte doch immer nur das Beste für meinen David« – und für diese Arie vermutlich auch noch jede Menge Geld kassiert – ist endgültig widerlich.

Sorry. Ich schätze, die Nachricht, dass sich Deine Mutter an Deiner Prominenz bereichert, macht Dich nicht besonders glücklich, aber leider ist es die Wahrheit...

Ich bin müde, und meine Tinka ist auch schon unter dem Tisch eingeschlafen, deshalb:

Gute Nacht!

Deine Julia,

die in dieser Nacht hoffentlich von Dir träumt.

Lieber David!

Ich wünsche Dir einen wunderschönen guten Morgen! So tief habe ich schon lange nicht mehr geschlafen. Ist das nicht ein gutes Zeichen? Dass es am letzten Tag in diesem Jahr noch einmal aufwärtsgeht? Allerdings: Wenn ich daran denke, dass es in weniger als sechzehn Stunden vorüber ist, werde ich ganz trübsinnig. Und noch trauriger werde ich, wenn ich in die Zukunft blicke und die vielen öden Jahre sehe, die vor mir liegen, während unsere zwei Wochen im Rückspiegel immer kleiner werden... Drum schnell zurück nach Lourdes!

Ich hatte Angst, Du würdest womöglich gar nicht im Auto sitzen oder sonst etwas ginge schief, als ich Seite an Seite mit unserer *Hermana Lucia* die steile Straße hinaufstapfte, in der wir am Morgen geparkt hatten. Ich bin sicher, die arme Nonne war ohne jedes Misstrauen, dennoch hättest Du alles verderben können, wenn Du nicht schnell und entschlossen genug gehandelt hättest. Wie hätte ich dagestanden, wenn Du plötzlich die Pfadfinder- oder eine andere Nettigkeitsnummer abgezogen hättest, freudig aus dem Auto gesprungen und uns mit Deinem Sportlergang entgegengekommen wärst? Denn dass Du (was immer Du warst) *nicht* mein Vater sein konntest und dass Du außerdem keine wirkliche Gehbehinderung hattest – dass ich also wild gelogen haben musste –, das hätte *Hermana Lucía* dann auf den ersten Blick begriffen. Zu jenem Zeitpunkt zitterte ich fast so sehr wie später sie.

(Ich weiß, ich darf mich nicht beklagen. Schließlich war es mein Fehler, dass ich Dich überrumpelt habe, anstatt Dich vorher in meinen Plan einzuweihen.)

Hast Du gemerkt, wie trocken meine Kehle war, als wir endlich den Ford erreichten? Die arme *Hermana Lucía* muss weiterhin geglaubt haben, ich sei so nervös, weil ich den Trotz oder Zorn meines Vaters fürchtete. Die Geste, mit der sie mir über den Kopf strich und mich mit ihrem harten spanischen Akzent »*une bonne fille*« nannte, jagt mir jetzt noch Schauer über den Rücken.

Hatte ich in diesem Moment kein Mitleid mit ihr? Habe ich nicht doch noch einmal erwogen, stehen zu bleiben und ihr in letzter Sekunde zu sagen, dass sie um ihr Leben rennen solle?

(Lieber David, ich weiß, Du wirst es als Fotzenkitsch abtun, und es tut mir leid, dass ich Dich damit behellige – aber *ich* muss mich diesen Fragen stellen.)

Im Nachhinein kommt es mir vor, als ob ich in einem Wald auf einen Baum geklettert wäre: Ich bin schon ziemlich weit oben, bis ich merke, dass es vielleicht besser wäre, ich würde im Nachbarbaum sitzen, an dessen Ästen Mitgefühl und Erbarmen und all die anderen schönen menschlichen Regungen wachsen. Von der Ferne betrachtet ist mein Baum gar nicht so weit entfernt von dem anderen Baum. Wenn man selbst darin sitzt, erkennt man, dass man nicht einfach hinüberspringen kann, sondern den ganzen Weg hinunter- und den anderen Stamm wieder hinaufklettern müsste.

Doch ich bin sicher – diese Gedanken mache ich mir jetzt erst, wo ich hier in Berlin an dem alten Kneipentisch sitze (den ich als Schreibtisch benutze) und alles noch einmal Revue passieren lasse. (Vielleicht habe ich mich auch bloß bei meinen Feinden angesteckt.) An jenem Sonntagmorgen in Lourdes wusste ich nichts von einem anderen Baum. Da gab es nur den einen Baum, dessen Krone zu erklimmen ich mich anschickte. Und so wie an einem Nadelbaum nun mal kein Laub wächst, wuchs an meinem Baum kein Mitleid.

Liebe alte Krokodilseele, die Wahrheit ist: Dein Jagdfieber hatte auch mich gepackt. Ich jubelte innerlich, als Du die arme *Hermana Lucía* ins Auto gezerrt und mir befohlen hast, hinten in den Wagen zu springen, den Du bereits mit jaulendem Motor gestartet hattest. Ich war so glücklich darüber, wie alles klappte – es störte mich nicht einmal, dass Du sofort auf Spanisch losgezischt hast und ich kein Wort mehr verstand. Unsere Fahrt ins *Vallée d'Ossoue* erschien mir als das Aufregendste, was ich in meinem ganzen bisherigen Leben gemacht hatte – ja, in gewisser Weise fühlte ich mich zum ersten Mal überhaupt *lebendig*, diese ganzen Zerrissenheiten und Zweifel, die mich Tag und Nacht gequält hatten und die jetzt schon wieder anfangen, waren fort.

Es muss dasselbe Gefühl sein, wie wenn man zu zweit aus dem Flugzeug springt: Das freie Fallen, alle Nervenfasern surren, und man weiß, dass man selbst gar nichts tun kann außer zu hoffen, dass der Mann mit dem Fallschirm die Reißleine im richtigen Moment ziehen wird. Alles rauscht vorbei und gleichzeitig ist alles ein riesiger Stillstand. (So zumindest stelle ich mir Fallschirmspringen vor. Wenn es mir wieder besser geht, will ich es unbedingt einmal ausprobieren.)

Noch nie habe ich Natur intensiver erlebt als in jener kurzen Ewigkeit, die wir zu dritt durch den Buchenwald in den Pyrenäen gestolpert sind: Die Gerüche, die Geräusche, das Gefühl des Nieselregens auf meiner Haut, die plötzlich hundertmal empfindlicher war als sonst, so wie meine Nase und meine Ohren hundertmal empfindlicher waren – alle Grenzen schienen aufgelöst, die Dinge berührten mich direkt. Du und *Hermana Lucia* und ich, wir waren Teil von etwas viel Größerem, und ich hatte keine Angst, Zeugin zu sein, ich empfand weder das Bedürfnis, mir die Ohren zuzuhalten, noch das, die Augen zu schließen, als Du das Messer, das Du am *Pont du Gard* gekauft hattest, aus der Tasche gezogen und damit zunächst das Gewand zerschnitten hast, das den Körper unserer Nonne verhüllte. Ich glaubte sogar, ihr spanisches Flehen – auf das Du keine Rücksicht nahmst – zu verstehen, weil es plötzlich ein Geräusch unter vielen Geräuschen des Waldes war. Alles schien mir seiner natürlichen Ordnung zu folgen, als ich zuerst das weiße Kleid, dann den ebenso weißen Körper unserer Nonne und zuletzt Dich auf den laubbedeckten Boden sinken sah. Ich konnte die Augen nicht abwenden, als sich Dein muskulöser Körper über den anderen larvenweichen Körper hermachte und ihn erschütterte. Mein einziger Gedanke war: Wie hilflos dieses Fleisch doch ist, das im Rhythmus Deiner Stöße schwappte, und wie Recht man daran tut, es zu verachten.

Ob unsere *Hermana* noch mehr gelitten hat, als Du erneut zum Messer griffst? Oder war sie dankbar, dass ihr

Fleisch so schnell bestraft wurde? Sie weinte nicht. Alles, was sie schrie, war: »*Señor*« und »*Piedad*«, und ich vermag auch jetzt nicht zu entscheiden, wen sie damit meinte: Dich oder jenen Herrn, dem sie ihr Leben geweiht und der sie im Stich gelassen hatte.

Und dann haben mich doch ein paar verdammte Zweifel beschlichen: Woher nahm diese Frau ihre Kraft, nicht zu betteln und zu winseln? Hast wirklich *Du* sie besiegt? Oder hat in Wahrheit *sie* Dich besiegt, indem sie zum Schluss hin immer dringlicher verlangte: »*¡Mátame!*« (»Töte mich!«) »*¡Por favor, mátame!*«

In diesen Momenten habe ich sie bewundert. Noch nie hatte ich einen Menschen erlebt, der so tief in den Schmerz eingetaucht war und ihm widerstanden hatte. Und als dann auch noch der Himmel mitspielte, indem er den Regen abstellte und ich das lila Blümchen entdeckte, das neben ihrem Kopf wuchs, und die Ameise, die über ihre Stirn krabbelte – da musste ich zu Euch hingehen und Dir das Messer aus der Hand nehmen, die ganz schlaff neben Deinem Körper lag, so als sei nicht nur unsere Nonne gestorben, sondern auch Du. (Aber ich sah ja, dass Du lebtest, so heftig hob und senkte sich Deine Brust, heftiger noch, als wenn Du schliefst.)

Begreifst Du jetzt, warum ich dieses Messer nehmen und uns in diesem weißen Fleisch verewigen *musste*?

Allerdings war es um die Heiligkeit des Augenblicks ohnehin geschehen, als ich das Schild erspähte, das einige Meter entfernt an eine Buche genagelt war: »Décharge interdite« – »Müllabladen verboten«.

Ich höre mein eigenes Gelächter, nachdem ich die Augen geschlossen und bis zehn gezählt habe, und das Schild immer noch dort hängt. Ich höre Dein Gelächter, das losbricht, nachdem Du Dich umgedreht hast, um zu schauen, was meine Heiterkeit verursacht. Ich höre das Laub rascheln und die toten Zweige knacksen, während wir uns beide vor Lachen wälzen.

Hätte ich ahnen müssen, wie furchtbar alles nur eine Woche später enden würde? Aber an jenem Sonntagmittag fühlte ich den Himmel doch so auf unserer Seite...

Lieber David!

Über wie viele Bergpässe sind wir in den Pyrenäen geflogen? Über fünf? Sechs? Sieben? Leider kann ich in meinem Atlas das *Vallée d'Ossoue* nicht finden, obwohl ich sicher bin, dass es in der Nähe vom *Cirque de Gavarnie* liegen muss. (Es ist mir ein Rätsel, wie Du es geschafft hast, auf unserer ganzen Reise ohne Atlas zurechtzukommen. Ich dagegen habe wohl die peinliche Kartenabhängigkeit meiner Mutter geerbt. Hoffentlich fange ich nicht auch eines Tages an, den Straßenatlas einzupacken, bevor ich von Köln nach Düsseldorf fahre ...)
Erinnerst Du Dich noch, wie ich den *Col du Tourmalet* getauft habe? Richtig. *Col du Tortur-malet*. (Und erinnerst Du Dich auch noch, dass es das erste Mal war, dass Du mich »schlaues Mädchen« genannt hast?)
Ich sehe den steilen Gebirgskamm vor mir, die trostlosen Sessellifte, die Serpentinen und vor allem die weißen Namen auf dem Asphalt. An die Geschichten, die Du mir über Deine ehemaligen Kollegen erzählt hast, erinnere ich mich leider nicht mehr, ich weiß nur noch, dass Du Dich über den Spinner lustig gemacht hast, der fünfzig Mal »ULLE« auf die Straße gepinselt hat, obwohl Jan Ullrich bei dieser Tour de France ja gar nicht hatte starten dürfen. (Und ich könnte vor Scham versinken, wenn ich daran denke, dass ich Dich gefragt habe, ob »ETA« ein be-

sonders beliebter Fahrer sei, weil »sein« Name so oft zu lesen war ... Danke, dass Du mich nicht zu den Schafen am Straßenrand gesetzt, sondern Dich damit begnügt hast, vor Lachen um ein Haar die nächsten Kurve zu verpassen ...)

Das Allerschönste an jenem Pyrenäensonntag war aber, dass ich plötzlich begriffen habe, was Radfahren Dir bedeutet hat, und wieso etwas in Dir kaputt gehen musste, als endgültig klar gewesen war, dass Du nie wieder würdest fahren können. Ich habe mich bei unserer Bergund Talfahrt so stark und frei wie der Geier gefühlt, der über dem *Tourmalet* kreiste (und ich bleibe dabei: es war ein Geier und kein Falke, wie Du gemeint hast – denk daran, in welchem Zustand sich unsere arme *Hermana* so kurze Zeit später befunden hatte ...) – wenn ich mich also schon so stark und frei gefühlt habe, um wie viel stärker und freier musst Du Dich erst gefühlt haben, als Du Dich diese ganzen *Cols* und *Ports* noch aus eigener Kraft hinaufgekämpft hast? Ganz zu schweigen von dem Gefühl, auf diesen schmalen Straßen ins Tal hinabzuschießen. Ich konnte nachempfinden, wie sehr Dich die Scharen von rotgesichtigen Freizeitfahrern reizen mussten, die sich ohne jegliche Anmut *Deine* Anstiege hinaufquälten. Wahrscheinlich hast Du so gelitten, wie Beethoven gelitten hätte, hätte er sich eins unserer Schulkonzerte anhören müssen. Ich kann Dir nur zustimmen: Solche Berge sind nicht dafür gemacht, dass der gemeine Mensch sie auf zwei Rädern erklimmt. Und deshalb sollte der gemeine Mensch seine Finger – oder besser: seine Beine von diesen Bergen lassen.

Wie sehr bedauere ich, dass ich Dich nie habe fahren

sehen. Ich weiß nicht, ob es Bergpanther oder Bergleoparden gibt (in den Pyrenäen sicher nicht) – jedenfalls stelle ich mir vor, dass Du die Berge früher so hinaufgepirscht bist.

Es ist traurig, aber selbst im Internet sind keine brauchbaren Rennfotos von Dir zu finden, sondern immer nur dieses eine Bild, auf dem Du völlig fertig über dem Lenker hängst. (Reg Dich bitte nicht auf: Aber ausgerechnet dieses Foto haben die Medien natürlich am liebsten gedruckt...) Das einzige Bild, das mir gefällt, ist das Foto von Deinem Sieg, wo Du mit gereckten Armen über die Ziellinie fährst und beide Zeigefinger auf Dich selbst gerichtet hast. (Ein paar Zeitungen immerhin haben auch dieses Bild veröffentlicht.) Dort, wo es am besten gedruckt war, habe ich es ausgeschnitten, in einen Rahmen gesteckt und auf meinen Schreibtisch gestellt. (Direkt neben das Fläschchen, das Du mir in Lourdes geschenkt hast.)

Findest Du das Fotzenkitsch? Oder macht es Dich ein kleines bisschen stolz?

Nur eins habe ich an dem Foto auszusetzen, und da ich nun schon seit Tagen und Nächten darauf gucke, muss ich meine Kritik endlich einmal loswerden: Wahrscheinlich bist Du der einzige Mensch auf der Welt, der in diesen Radlerklamotten nicht von vornherein lächerlich aussieht – aber muss die Farbe unbedingt hellblau sein? Ich verstehe schon, warum ein Mineralwasserhersteller auf die Idee kommt, seine Fahrer in hellblaue Trikots zu stecken. (Auch wenn ich in der Natur noch nie hellblaues Mineralwasser gesehen habe, aber egal...) Trotzdem wäre mir Dein »erstklassiges« spanisches Mineralwasserteam noch sympathischer, hätte es Dir ein schwarzes oder wenigstens dunkelblaues Trikot gesponsert. (Und diese gelb-roten Punkte tragen auch nicht dazu bei, den Gesamteindruck zu verbessern... Aber wie pflegte meine Großmutter zu sagen? Das Leben ist kein Wunschkonzert...)

Dieser Sonntag war der glücklichste Tag in unserem Leben. (Und mir fällt gerade auf, dass ich sehr lange suchen müsste, um in meinem Leben einen glücklicheren Tag zu finden – vielleicht war es also der glücklichste Tag überhaupt. (Hat es in Deinem Leben einen glücklicheren Tag gegeben? Ich fürchte: Ja. Ich hoffe: Nein... (Ich weiß, ich weiß: Eifersucht ist *absoluter* Fotzenkitsch...)))

Am liebsten würde ich mich nur noch an unser Glück erinnern, aber es gibt einen Gedanken, der mir keine Ruhe lässt, und dieser Gedanke tut so weh, dass ich kurz davor bin, rüber ins Bad zu gehen, eine Rasierklinge zu nehmen und zur Abwechslung mal wieder an meinen Oberschenkeln herumzuritzen. Wir beide könnten immer noch glücklich sein, wenn Du nur bereit gewesen wärst, mit mir in den Bergen zu bleiben. (So wie Sissy Spaceks Revolverheld in »*Badlands*« bereit war, mit ihr im Wald zu leben, nachdem er ihren Vater erschossen hatte.)

Hoch oben in den Pyrenäen wäre es im Winter vielleicht wirklich zu hart geworden für uns, aber ich habe versucht, die Gegend, in der es mir so besonders gut gefallen hat, jenes waldige Tal, durch das wir am nächsten Tag auf unserer Fahrt von Andorra nach Gerona gekommen sind, auf der Karte zu finden: Es muss die *Serra de Cadí* gewesen sein. (Ich *hasse* diesen Atlas! Warum kann er nicht wenigstens nach nichts riechen, wenn er schon keine Ahnung hat, wie es in einem Gebirgswald am Südhang der Pyrenäen riecht! Warum muss er nach schlechtem Leim *stinken*!) Wir hätten im Fluss Fische fangen können, und Pilze hätte es bestimmt auch jede Menge gegeben und mehr Beeren, als wir beide je hätten essen können. Und sicher hätten wir von den benachbarten Hochalmen ein paar Schafe, Ziegen und vielleicht sogar Wildpferde weglocken können. Auf dem Waldboden mit seinem dichten Langhalmgras hätten wir bequem geschlafen. (Bequemer als in Deinen verdammten Plastikhotels!) Das Einzige, was wir gebraucht hätten, wären ein paar Schlafsäcke, wärmere Klamotten und vernünftige Schuhe gewesen. Aber die hätten wir ja in Andorra kaufen können. Und nicht dieses Kleidchen und diese Babysandalen, die Du mir aufgeschwätzt hast... Mir wird ganz heiß, wenn ich daran denke, dass wir in dieses bescheuerte Andorra hinaufgefahren sind, nur um solch unpraktisches Zeug zu kaufen! Stell Dir vor, was passiert wäre, wenn sie an der Grenze eben doch nicht nur in unseren Kofferraum, sondern auch unsere Ausweise hätten sehen wollen? Du kannst mir hundertmal versichern, dass sie nur Zoll-, aber keine Passkontrollen machen. Überhaupt: Seit wann darf sich ein Tankstellen-Autohändler-Shopping-Center für unabhängig erklären? Da könnte übermorgen ja auch Oberhausen daherkommen und das Fürstentum »CentrO« ausrufen. Und sollte es neben diesem Zigaretten-Abgas-Stau-Andorra tatsächlich ein wildes Bergziegen-Adlerhorst-Andorra geben, wie Du behauptet hast – warum bist Du mit mir nicht *dorthin* gefahren?!

Ich will und will und will nicht begreifen, warum Du Dich so dagegen gesträubt hast, mit mir im Wald zu leben. Klar kann man »Kitsch« sagen und sich lustig machen.

Aber hast Du nicht selbst erzählt, dass Du das Radfahren auch deshalb so geliebt hast, weil Du stets in der Natur, im Freien warst? Und da hatten wir endlich einen Ort gefunden, an dem wir beide es schön fanden – ja, dieser Meinung warst auch Du gewesen, Du hattest die Strecke in der *Serra de Cadí* sogar »Lieblingstrainingsstrecke« genannt – bis ich vorgeschlagen habe, dort für immer zu bleiben.

Mittlerweile glaube ich fast, Du hattest Angst davor, mit mir im Wald zu leben. Denn natürlich muss man sich sehr gut verstehen, um allein zu zweit im Wald leben zu können. Aber habe ich nicht hinreichend bewiesen, dass ich schweigen kann? Dass ich keins von diesen Mädchen bin, die Tag und Nacht unterhalten werden wollen? Dass ich weder Schmerz noch Entbehrungen fürchte? Mal abgesehen von allem, was davor schon geschehen war: Bin ich in der Sierra Nevada nicht bei neun Grad in diesem dämlichen Kleidchen und den Sandalen herumgelaufen, die Du mir in Andorra gekauft hast? Und habe ich mich etwa mit einem einzigen Wort beklagt?

Soll ich Dir die Wahrheit sagen? Du wolltest nur deshalb nicht mit mir im Wald leben, weil ich Dir gestanden habe, dass ich Dich liebe. Habe ich Recht? Aber ich wollte keinen »*auf Lovestory machen*«, wie Du mir unterstellt hast. Ich wollte einfach nur mit Dir im Wald leben! Was ist daran so schwer zu begreifen???!!!

Lieber David!

Nun habe ich es also doch getan. Wirklich schade, dass ich in keinem Jahrhundert mehr lebe, in dem Aderlass eine weit verbreitete Heilmethode und als solche akzeptiert ist. (Kann es Zufall sein, dass »Aderlass« und »Ablass« nahezu gleich klingen...?) Ich vermute, die Erleichterung, die ich verspüre, wenn die Klinge meine Haut durchdringt und endlich das Blut die Beine hinunterläuft, gleicht der Erleichterung, die Du verspürt hast, wenn Dein Messer einen weichen Mädchenkörper geöffnet hat.

Im Bad schaut es gruselig aus, aber darum kann ich mich im nächsten Jahr kümmern. (Es hat wirklich nur Vorteile, allein zu wohnen.) Die letzten Stunden 2006 will ich lieber dazu nutzen, unseren Sonntag zu Ende zu erzählen. Denn jetzt, wo der Druck (wenigstens fürs Erste) weg ist, kann ich mich auch wieder, ohne zu zerspringen, daran erinnern, wie schön es war, als wir beide an jenem Abend in Luchon unter der Dusche standen – und uns die Beine rasierten.

Es tut mir leid, dass ich so lachen musste, als ich auf dem Hotelbett lag – von der ganzen Auf- und Ab-Kurverei war ich ein bisschen seekrank – und sah, wie Du in der engen Duschkabine plötzlich nach Rasierer und Schaum gegriffen und angefangen hast, Dir die Beine zu rasieren. Aber es war um mich *geschehen*, als Du mir erklärt hast, dass Radprofis sich die Beine wegen der vielen Verletzungen, der vielen Verbände und der vielen Massagen rasieren müssten. Zu jenem Zeitpunkt ist doch längst klar gewesen, dass Du Dir nie wieder eine Radlerverletzung zuziehen und deshalb auch nie wieder einen Radlerverband oder eine Radlermassage brauchen würdest. Ich habe Dir dieses Detail nur deshalb nicht vorgehalten, weil ich Dich für Deinen Spleen *liebte*. Oder was hast Du geglaubt, warum ich mich zum ersten Mal in meinem Leben freiwillig ausgezogen und dann auch noch zu Dir in die schäbige Duschkabine gezwängt habe? Auch wenn Du mich angeschnauzt hast, was das jetzt wieder solle – in Wahrheit hast Du das Lachen doch selbst kaum unterdrücken können. Und gib es zu: Als ich zu Dir gesagt habe, dass Du Dich ein wenig beeilen sollst, schließlich müsse ich mich auch noch rasieren, da hast Du mich zumindest *gemocht*. Warum sonst hättest Du Dich auf eine so muntere Rasierschaumschlacht mit mir einlassen sollen, dass die Duschtüren aufsprangen und das bescheuerte Wort »Nasszelle« endlich einmal Sinn bekam? In diesem Moment *hat* zwischen uns das perfekte Verständnis geherrscht, denn welcher andere Mann würde losprusten, wenn ein Mädchen sagt, dass sie sich auch noch rasieren müsse. Dass dieser Satz bei Dir einen noch größeren Lachanfall ausgelöst hat als das »DÉCHARGE INTERDITE« war für mich der endgültige Beweis, dass Du mich so verstanden hast wie noch kein Mensch zuvor. Und wäre ich mir nicht so sicher gewesen, hätte ich nie gewagt, mich auf die Zehenspitzen zu stellen und Dich zu küssen.

Es macht nichts, dass dieser Kuss höchstens zwei Sekunden gedauert hat. Ich spüre ihn immer noch. Hättest Du dies verhindern wollen, hättest Du mich nicht erst in der dritten Sekunde von Dir stoßen dürfen. Oder Du hättest mich so entschieden stoßen müssen, dass ich mit dem Hinterkopf nicht nur beinahe, sondern direkt an den Waschbeckenrand geknallt wäre. Dann wäre ich vielleicht tatsächlich gestorben – wie ich es damals geglaubt hatte, als ich in dem Seifenglitsch lag und es in meinem Kopf so zu flimmern begann, wie der Bildschirm meines ersten Computers geflimmert hatte, kurz bevor seine Festplatte endgültig abgestürzt war. Als Du Dich über mich gebeugt, mich an den Schultern gerüttelt und ein paarmal »Julia« zu mir gesagt hast, war ich endgültig überzeugt, tot zu sein. Denn dass Du mich mit meinem Namen ansprachst, gehörte zu den Dingen, die sich im Diesseits unmöglich ereignen konnten...

Es war also durchaus keine »Show«, die ich abgezogen hätte, um Dich zu erschrecken, als ich reglos am Boden liegen geblieben bin. Allenfalls bin ich bereit zuzugeben, dass ich etwas schneller hätte zu mir kommen können. Aber da warst Du ohnehin schon in die Knie gegangen, hattest mich mit einer Behutsamkeit, die ich Dir nie zugetraut hätte, hochgehoben, aus dem Bad hinausgetragen und ebenso vorsichtig aufs Bett gelegt.

Als Du mir zur Belohnung für Deinen Ausrutscher, der dann leider mein Ausrutscher geworden war – sorry, blöder Scherz –, als Du mir in der schäbigen Nasszelle die Beine rasiert hast, um mir zu zeigen, wie man es richtig macht, hätte ich wimmern mögen – so gut haben sich Deine Hände, der Rasierschaum und die Klinge auf meiner Haut angefühlt.

(Hast Du wirklich nichts bemerkt? Oder *wolltest* Du mal wieder nichts bemerken...?)

Ich habe mir übrigens angewöhnt, mindestens zweimal in der Woche die Beine zu rasieren. (Dabei schließe ich die Augen und denke an Dich...) In den ersten Wochen nach meiner Rückkehr, als sie mich in dieser schicken Privatklinik versteckt haben, weil die Medien sowohl die Wohnung meiner Mutter als auch das Haus meines Vaters belagerten, ist es allerdings gar nicht einfach gewesen, an Rasierklingen heranzukommen. Ich musste hundertmal versichern, dass ich mir wirklich nur die Beine rasieren wollte. Und auch dann haben sie mir nur irgendeinen *Lady-Shave*-Quatsch gegeben, bei dem die Klingen so eine Art Kindersicherung haben. (Natürlich hatten diese Naivlinge Angst, ich würde mir »etwas antun«. Und die ersten Tage ohne Dich waren ja auch die Hölle gewesen. Wenn ich mir also tatsächlich »etwas angetan« hätte, dann nur, weil ich Dich so vermisst habe. Aber das hätte unter Garantie mal wieder keiner kapiert...)

Lieber David!

Es ist etwas passiert. Diese Idioten da draußen haben vor über einer Stunde mit dem Knallen angefangen, und meine arme Tinka ist fast verrückt geworden vor Angst. (Obwohl es ihr elftes Silvester ist, will sie sich an das Gekrache einfach nicht gewöhnen. All die früheren Silvesterabende habe ich sie gestreichelt und an mich gedrückt, bis es vorbei war. Aber ich kann die wenigen Stunden, die mir von diesem Jahr noch bleiben, doch nicht mit der Nase in ihrem Fell verbringen!)

Deshalb habe ich ihr zwei von den Schlaftabletten gegeben, die ich damals in der Klinik heimlich gehortet habe. Ich habe mir wirklich keinen anderen Rat mehr gewusst. Zwei waren doch nicht zu viel, was meinst Du? Immerhin ist sie ein großer Hund, sie wiegt mindestens dreißig Kilo. Da können zwei Schlaftabletten doch nicht zu viel gewesen sein?

Jetzt liegt sie in der Küche und atmet ganz flach. Ich hoffe, dass sie mir nicht böse ist, wenn sie wieder aufwacht. Aber was hätte ich tun sollen? Es fällt mir schwer genug, mich bei dem Lärm da draußen zu konzentrieren, da kann ich nicht noch einen Hund brauchen, der wie ein Verrückter durch die Wohnung rennt und bellt. Und außerdem ist es ja auch für Tinka selbst besser, wenn ihr der Stress in den nächsten Stunden erspart bleibt. Denn wenn diese Spinner jetzt schon so knallen, obwohl noch über drei Stunden Zeit sind – was wird dann erst um Mitternacht los sein?

Lieber David, kannst du mir bitte sagen, dass zwei Schlaftabletten nicht zu viel waren?

So. Jetzt habe ich noch einmal nach ihr geschaut. Ich denke, es ist alles in Ordnung. Ich habe ihren Puls gezählt. Hundertzwanzig Schläge. Das ist ein bisschen zu viel und ihre Atmung ist auch etwas langsamer als sonst. Aber noch kein Grund zur Sorge. Vorsichtshalber werde ich alle zwanzig Minuten nach ihr gucken, und wenn ihr Puls weiter in die Höhe geht und ihre Atmung noch flacher wird, dann fahre ich sie in die Tierklinik. Das ist doch eine vernünftige Lösung, nicht wahr?

Jetzt aber zurück zu uns! Denn der allerverrückteste Teil von jenem Sonntag steht ja noch bevor. Du weißt, was ich meine? Für mich ist die Sache mit dem Casino der letzte Beweis, dass das Schicksal damals auf unserer Seite gewesen ist. Es hat ja schon damit angefangen, dass sie uns überhaupt hineingelassen haben. Ich hätte meine Fingernägel darauf verwettet, dass uns der Türsteher abwimmeln würde, weil zumindest mein – halbschmutziger und seit meinen Schnippeleien in Arles auch ein wenig blutiger Aufzug – beim besten Willen nicht als die »*Tenue correcte*« zu bezeichnen war, die laut Messingschild »*exigée*« sei. Aber Du hattest mal wieder Recht, als Du gesagt hast, dass ich mir keinen Kopf machen solle: Dies hier sei »*fucking*« Luchon und nicht Monte Carlo.

Der nächste Schicksalsbeweis war, dass es Dir gelungen ist, die Frau an der Eingangskasse so zu bequatschen, dass sie sich mit Deinem Ausweis zufriedengegeben hat. Ich bin zwar nach wie vor stolz auf die Vater-Knie-Geschichte, die ich der armen *Hermana Lucía* am Vormittag erzählt habe – dennoch gebe ich zu, dass auch Du Weltmeister bist, wenn es darum geht, anderen Leuten Unsinn aufzutischen. Was habe ich mich zusammenreißen müssen, als Du angefangen hast, dass man unseren Wagen geknackt und all unsere Sachen geklaut habe! »*A Lourdes! Madame, imaginez! En plus à Lourdes!*« Und als Du mit strengem Blick auf mich gemeint hast, Du würdest hoffen, dies sei mir eine Lehre, nie wieder meinen Rucksack samt Papieren im Kofferraum zu lassen, und die Dame Dir daraufhin Deinen Ausweis zurückgegeben und uns mit breitem Lächeln »*bonne chance*« gewünscht hat, da wäre ich fast geplatzt.

Du weißt, dass ich ein bisschen nörgelig geworden bin, weil mich die billigen Spielautomaten im ersten Saal so enttäuscht haben und ich nicht verstehen konnte, wieso es Dir Spaß machte, neben all diesen hässlichen, alten Menschen, die noch schlechter angezogen waren als wir, zu sitzen und sinnlos Münzen in eine Maschine zu füttern. (Nein, ich begreife nicht, wieso Du das Münzgewitterchen, als Du endlich einmal gewonnen hattest, ein »cooles Geräusch« genannt hast. Mich erinnert es nach wie vor lediglich an meine Mutter und ihre Macke, im Parkhaus mit Scheinen zu bezahlen und sich dann stundenlang darüber aufzuregen, dass der Automat ihr achtzehn Euro in Münzen zurückgegeben hat...)

Das Geräusch hingegen, das im nächsten Saal die Kugeln in den Rouletteschalen gemacht haben, würde ich gern noch einmal hören. (Allerdings verspüre ich nicht die geringste Lust, hier in Berlin allein ins Casino zu gehen.)

Ich muss nach Tinka schauen. Die zwanzig Minuten sind vorbei...

...alles in Ordnung. Sie schläft ganz tief.

Im Nachhinein würde ich sagen: Es war ein Glück, dass Du so lange verloren hast. Auch wenn es mir natürlich wehgetan hat mit anzusehen, wie die Croupiers Deine Jetons, die Du so beharrlich auf die 35 gesetzt hast, einen nach dem anderen vom Tisch kehrten. Gleichzeitig habe ich Dich dafür bewundert, dass Du nicht so feige gespielt hast wie die anderen, die immer auch irgendwelche Jetons auf »*Rouge*« oder »*Noir*« gesetzt haben, um wenigstens die Aussicht auf einen mickrigen Gewinn zu haben.

Ich kann mich nicht mehr genau erinnern, wie viel Euro Dir noch geblieben waren, als ich mich zu Dir hinabgebeugt habe – Du hast auf einem Stuhl gesessen, ich habe hinter Dir gestanden –, um Dir ins Ohr zu flüstern, dass Du alle restlichen Jetons auf die 29 setzen sollst, und zwar sofort. Ich nehme es Dir nicht übel, dass Du altes Krokodil mich angefaucht und die Jetons erst recht wieder auf die 35 gesetzt hast. Hättest Du es nicht getan, wäre es nur halb so spannend geworden. Ich muss einen Puls von zweihundert gehabt haben, als der Croupier sein »*Rien ne va plus*« sagte und ich Deine Hand in Richtung Tisch zucken sah und mich deshalb traute, Dir noch einmal ins Ohr zu flüstern. Und als Du den ganzen Stapel tatsächlich mit einer blitzschnellen Bewegung auf die 29 geschoben hast, nachdem der Croupier links von uns schon missbilligend mit der Zunge geschnalzt hatte – »*Monsieur, s'il vous plaît, rien ne va plus*« –, da war ich dem Herzinfarkt nahe. Was für ein unfassbarer Liebesbeweis war es von Dir, dass Du tatsächlich bereit warst, Dein letztes Geld nicht auf das Datum Deines einzigen Sieges, sondern auf jenes zu setzen, das für immer mein privater Feiertag bleiben wird: Der 2. 9., der Tag, an dem wir uns begegnet sind. Du kannst Dir nicht vorstellen, wie ich in jenen Sekunden gelitten habe, in denen ich auf den weißen Kugelblitz starrte, in denen ich hörte, wie das *Ratt-ratt-ratt*, das selbst das Blutstampfen in meinen Ohren übertönte, langsamer wurde – *ratt--ratt---ratt* – in denen ich die Fingernägel in meine Handflächen bohren musste, weil ich nicht mehr hingucken konnte – *ratt----ratt-----ratt* – in denen mir die Bilder vom Mittag durch den Kopf schossen – *ratt------ratt-------ratt* – das weiße Fleisch, das rote Blut, das lila Blümchen – *ratt--------ratt---------ratt* – in denen ich wusste, dass es um viel mehr ging als um Geld – *ratt---------ratt-----------ratt* – in denen die konkrete Wahrscheinlichkeit bei 1:36, oder sogar nur 1:37 lag, wenn man die verdammte Null mitrechnete – *ratt------------ratt-------------ratt* – in denen Statistik aber plötzlich keine Rolle mehr spielte, weil ich wusste, dass Du, dass ich, dass wir gewonnen hatten, noch bevor der Croupier »*Venteneuf*« ausgesprochen hatte.

Ich muss nur über den Rand meines Laptops hinweg Dein Foto betrachten, um wieder vor mir zu sehen, wie Du in Luchon aufgesprungen bist, wie Deine Arme in die Höhe geschnellt sind, Dein Kopf in den Nacken gefallen ist und Deine Augen sich geschlossen haben und wie dummmäulig die anderen Spieler Dich angestarrt haben, düpiert vom schönsten Jubelsieger der Welt. Und als Du Dich nach mir umgedreht und mich so fest an Dich gedrückt hast, dass ich beinahe wie beim Sturz aus der Dusche keine Luft mehr bekommen hätte, da begannen die Kronleuchter sich zu drehen, und die bunten Fenster, die mir bislang überhaupt nicht aufgefallen waren, explodierten in tausend Farben.

Mir will einfach nicht mehr einfallen, wie viel Geld Du in jener Nacht tatsächlich gewonnen hast. Waren es sechstausend Euro? Siebentausend? Mein Gedächtnisloch ist umso merkwürdiger, als ich mich sehr wohl erinnern kann, dass Du die exakte Summe, von der ich nur noch weiß, dass sie einigermaßen krumm war, immer und immer wieder gerufen hast: Im Casino, als Du mich zum Champagner eingeladen hast (der mir zum ersten Mal geschmeckt hat) und ich Dich daran hindern musste, Dein Glas aus Übermut in eine der bunten Scheiben zu schleudern. Im nächtlichen Kurpark, durch den wir Arm in Arm zu unserem Hotel zurückgegangen, ach was: zurückgetorkelt, -gehüpft, -gerannt sind und Du beinahe noch die Statue mit den beiden kleinen Teufeln umgetreten hättest. Und auch in unserem Zimmer, in dem wir uns aufs Bett fallen gelassen und die Bettfedern gequält haben, hast Du jene Zahl gerufen...

Ich kann nicht fassen, dass Du *wirklich* getan hast, was dann passiert ist. (Wenn sie unsere Geschichte verfilmen, will ich, dass sie diese Szene ganz genau, Bild für Bild, erzählen.) Du springst plötzlich auf und verschwindest im Bad. Ich höre es plätschern. Dann: ein lautes »*Fuck*«. Ich springe ebenfalls auf, um zu schauen, was passiert ist. Im selben Moment: ein schrecklicher Knall. Ich stoße die klapprige Tür zum Bad auf. Da stehst Du. Einen Schritt vor der Kloschüssel. Die Pistole in Deiner Hand raucht noch. (Im Film müsste man es zumindest so machen.) Ich denke: *Eine Ratte! Im Klo ist eine Ratte hochgekommen, und Du hast auf sie geschossen!* Ich entdecke das kleine, runde Loch in der Rückwand der Kloschüssel, die Patronenhülse liegt unter dem Waschbecken, die Kugel muss im Boden oder in der Wand stecken, von ihr ist nichts zu sehen. Allerdings ist auch von der Ratte nichts zu sehen.

Keine Ahnung, wie man im Film erzählen kann, dass ich eine Ratte erwartet habe, dann aber gar keine Ratte da ist. Mich irgendeinen billigen Text à la: »Eine Ratte! Oh, mein Gott! War da eine Ratte?!« rufen zu lassen kommt jedenfalls nicht in Frage, denn ich kann mich deutlich erinnern, dass ich es geschafft habe, ruhig zu fragen: »Was war das?« – und Du geantwortet hast: »*C.E.C. Montvert.*«

An dieser Stelle darf der Regisseur gern mein ratloses Gesicht in Großaufnahme zeigen. Und wenn er dann den kleinen grünen Schriftzug »*C.E.C. Montvert*« auf dem weißen Klokeramikrand eingeblendet hat – zu sehen, weil die Klobrille samt Deckel hochgeklappt ist –, dann darf er gern zeigen, wie mein Gesicht noch ratloser wird.

Vielleicht gibt es irgendwelche Schnellmerker, die gleich kapieren, was los ist. Ich habe den Zusammenhang erst durchschaut, als Du gemurmelt hast: »Fünf Jahre. Fünf Jahre bin ich für diese Arschlöcher gefahren.«

Wie man denjenigen Zuschauern, die noch langsamer

von Begriff sind als ich, allerdings klarmachen soll, dass *C.E.C. Montvert* der Sanitärhersteller ist, der ebenjenes »zweitklassige« Radsportteam sponsert, bei dem Du angestellt warst – das weiß ich auch nicht. Einen Dialog können wir nicht mehr einschieben, denn draußen auf dem Flur muss in diesem Moment schon das Türengeklappe und Gequatsche losgehen: »*Qu'est-ce qui s'est passé? Ce n'était pas un coup de feu, non?*« Sätze, wie Leute sie eben sagen, wenn sie mitten in der Nacht von einem Geräusch geweckt werden, das die helleren unter ihnen sogleich als Schuss erkennen. Und Du musst Deine Jeans zuknöpfen, die Pistole hinten in den Hosenbund zurückstecken, Dir die Jacke überziehen und ebenfalls nach draußen auf den Flur gehen, um Dich mit unschuldiger Miene an den allgemeinen Spekulationen zu beteiligen.

(Tinka schläft friedlich, obwohl es draußen zugeht, als wären wir nicht in Berlin, sondern in Bagdad. Hier könntest Du heute Nacht auf tausend Kloschüsseln schießen, und keiner würde sich wundern. (Noch eine halbe Stunde...))

Als Du ins Zimmer zurückgekommen bist – nachdem es Dir gelungen war, die anderen Hotelgäste davon zu überzeugen, dass es auf der Straße eine Fehlzündung gegeben hätte –, habe ich gleich geahnt, dass unser Tag noch nicht zu Ende war. Ich habe Deine Augen gesehen und darin eine Verliebtheit entdeckt, die nie zuvor aus ihnen gesprochen hatte. (Nenn mich ruhig »Kitschfotze«, ich weiß, was ich gesehen habe.) Aber nicht nur Dein Blick hatte sich verändert. Auch mit Deiner Jeans war etwas gesche-

hen. (Dasselbe, was mich bei dem Torero in Arles noch so angewidert hatte.)
 Natürlich hatte ich Angst, weil ich nicht wusste, was jetzt kommen würde. (Wie konnte man bei Dir jemals sicher sein?) Gleichzeitig habe ich mir nichts heftiger gewünscht. Mein Köper tat Sachen, die er noch nie getan hatte. (Ein Ziehen, tief im Innern bis zum Bauchnabel hoch...) Ich kann Dir nicht sagen, warum ich die Augen schließen musste, vielleicht weil ich geglaubt habe, mit geschlossenen Augen wäre ich weniger im Raum, und weil ich gehofft habe, wäre ich weniger im Raum, würde Dir leichter fallen zu tun, was immer Du tun wolltest.

Du wirst jetzt wahrscheinlich sagen, ich lüge, aber es ist die Wahrheit: Bereits am frühen Abend in der Dusche, als ich mich ganz kurz an Dich gedrückt hatte, hatte ich bemerkt, dass sich zwischen Deinen Beinen etwas regte, und ich vermute, dass genau dies der Grund dafür gewesen ist, dass Du mich von Dir gestoßen hast. Ich bin keine Psychologin (auch wenn Dr. de Sousa meint, ich hätte das Zeug dazu), aber im Nachhinein kann ich begreifen, wie geschockt Du gewesen sein musst, als sich Dein Schwanz plötzlich ganz von selbst zu regen begann. Bislang hatte er sich ja immer nur geregt, wenn Du es gewollt hast, Du hattest ihn stets unter Kontrolle gehabt. (Und auf dem Bett in Luchon hatte ich selbst erlebt, wie beängstigend es ist, wenn der Körper Dinge tut, die sich Deinem Willen entziehen und Dich trotzdem von oben bis unten ausfüllen.)
 Deshalb muss ich mich auch jedes Mal zusammenreißen, wenn Dr. de Sousa mit ihrem Unsinn über Deine

»sexuellen Funktionsstörungen« anfängt oder die Medien lästern, Du hättest Dir beim Radfahren offensichtlich nicht nur das Knie kaputt trainiert. Wie soll ich ihnen erklären, dass Du keine Deiner Taten begangen hast, weil Du »normal« nicht gekonnt hättest – sondern einzig und allein, weil Du »normal« allzu gut gekonnt hättest und gerade deshalb nicht *wolltest*?! Auch wenn wir nie darüber gesprochen haben: Ich vermute, irgendwann in Deinem früheren Leben musst Du so zornig darüber geworden sein, dass Dein Schwanz sich selbstständig machte, wann immer ein hübsches Mädchen an Dir vorbeilief, dass Dir gar keine andere Wahl blieb, als ihn so zu erziehen, dass er sich gar nicht mehr regte. Aber »gar nicht mehr« ist auf Dauer eben auch keine Lösung. Und deshalb verstehe ich vollkommen, dass Du Dir eine Methode einfallen lassen musstest, die ihm zwar erlaubte, sich zu regen – aber nur dann, wenn Du selbst es bestimmtest. Und nicht dann, wenn eine billige Schlampe versuchte, Dich anzumachen.

Ich vergaß zu atmen, als ich hörte, wie Du die Pistole auf den Nachttisch legtest. Ich hörte Jeans und Jeansjacke zu Boden fallen, und dann waren Deine Hände auch schon an meinem Körper. Ich rechnete mit allem, auch damit, dass Du mich erwürgen würdest. (Schließlich hatte ich Deinen Schutzwall durchbrochen, ich hatte Dich erregt, ohne dass Du mich getreten, geschlagen, gefesselt oder mir befohlen hättest, alberne Unterwäsche zu tragen und an mir herumzufummeln.) Aber Du hast einfach angefangen, mich auszuziehen. Noch nie hattest Du das getan, ein einziges Mal, im Wohnwagen in Oudenaarde hattest Du mir die Jeans halb heruntergerissen. Jetzt öffneten

Deine Hände die Knöpfe an meiner Bluse, rechter Ärmel, linker Ärmel, zogen den Reißverschluss an meiner Jeans auf, fassten den rechten Saum, den linken, mit einem Ruck war ich nackt, und als ich Deinen ganzen Körper auf mir spürte und Du mir dabei zum ersten Mal das Gesicht zugewandt hast, wusste ich, dass alles gut werden würde. Dein Schwanz drückte gegen meinen Oberschenkel, und ich...

...ich merke, dass es mir schwer fällt, über diese Dinge zu schreiben. Mein Geliebter, Du hast Recht: Ich bin und bleibe eine verklemmte Abifotze. Es ist so lächerlich. Da fiebere ich seit Stunden dem Moment entgegen, in dem ich die Lust jener Nacht endlich noch einmal erleben darf – und jetzt sitze ich da und drucke herum.

Zu meiner Verteidigung kann ich höchstens anführen, dass es vielleicht nicht nur an meiner Verklemmtheit liegt, sondern auch daran, dass die Dinge, die in Wirklichkeit so berauschend gewesen sind, mir restlos gewöhnlich erscheinen, sobald ich versuche, sie in Worte zu fassen. Ich will jetzt keine philosophischen Ausflüchte machen: Aber irgendetwas ist falsch an Worten, wenn sie mich abstoßen, obwohl mich die Dinge, die sie beschreiben sollen, nicht weniger erregen als damals...

Vielleicht muss ich zuerst von Deinen Beinen sprechen, Deinen frisch rasierten Beinen, die an meinen frisch rasierten Beinen rieben. Ich konnte nicht genug kriegen von Deiner Haut, die so weich und glatt war, wie ich es bei einem Mann nie für möglich gehalten hätte. (Nicht, dass ich je zuvor einen Mann so berührt hätte...) Aber Deine

Weichheit war, anders als die Weichheit meines Körpers, nicht schlaff, sondern spannte sich voll Kraft. Mit allen Fingern fuhr ich Deine Muskeln entlang, Berge, Täler, eine Landschaft wie die, durch die wir am Nachmittag geflogen waren. Es überwältigte mich, jene Muskeln, die ich bislang nur zu spüren bekommen hatte, wenn Du mich geschlagen oder getreten hattest, anfassen zu dürfen. Und konnte es wirklich erst einen Tag her sein, dass ich mit Abscheu verfolgt hatte, wozu Du Gabriella in der Camargue gezwungen hattest? Jetzt tat ich es selbst und liebte Dich für das Vertrauen, das Du meinem Mund, meinen Zähnen entgegenbrachtest. Du schmecktest nach Salz, Seetang, Waldboden und einer Spur von Süße, und ich musste über den Ekel lachen, mit dem ich im Sommer reagiert hatte, als Carina mir erzählt hatte, dass sie ihrem Freund zum ersten Mal einen »geblasen« habe. Jetzt stieß mich einzig und allein ab, dass sie dieses kindische Wort dafür benutzt hatte, denn was hatte das, was mein Mund in Luchon tat, mit Blockflöten, Geburtstagskerzen oder Pustefix zu tun? Und ich lachte innerlich, als mir einfiel, wie ich mich stets geweigert hatte, eine der Austern zu versuchen, die meine Eltern bei unseren Frankreich-Urlauben ständig geschlürft hatten, und wie meine Mutter mir erst letztes Jahr an Silvester gestanden hatte, dass auch sie Austern grässlich finde und nur mitgeschlürft habe, um nicht als Spielverderberin dazustehen…

Mein Geliebter. Jetzt haben wir tatsächlich den Jahreswechsel verpasst. Hast Du dort, wo Du bist, ein Glas Champagner, mit dem Du anstoßen kannst? Ich habe mir eine kleine Flasche gekauft, ganz einsam hat sie die letzten

Tage im leeren Kühlschrank herumgestanden. Zur Feier der Erinnerung werde ich sie jetzt aufmachen und einen Schluck trinken.

Allein schmeckt es mir nicht. Sag mir, dass auch Du in diesem Moment ein Glas in der Hand hältst und an mich denkst.

David.

Ich wünsche Dir ein frohes neues Jahr.

In Liebe,
Julia

Lieber David!

Als ich mit Tinka eben Gassi gehen wollte, war sie noch immer ganz benommen. Wir haben es nur bis zur nächsten Ecke geschafft. Es kann natürlich auch an diesen Bergen von Raketen- und Krachermüll liegen. Der Geruch muss ihre Nase furchtbar quälen. Ich hatte jedenfalls Angst, ich müsste sie zurücktragen. (Meine Wohnung ist im vierten Stock, und es gibt keinen Aufzug.)
Hoffentlich kommt sie bald wieder vollständig zu sich! Heute Morgen, als sie mich in der Küche mit ihren verschleierten Augen angeschaut hat, wäre ich am liebsten aus dem Fenster gesprungen, so schuldig habe ich mich gefühlt. Aber dann habe ich ihr erklärt, dass ich gestern keine andere Wahl gehabt hatte, und da hat sie mich angelächelt und meine Hand geleckt. Sie ist der klügste, beste Hund der Welt.

Je länger ich darüber nachdenke, desto überzeugter bin ich, dass die Geschichte mit dem Radfahrer ein schlechtes Omen gewesen ist.
Tu nicht so, als ob Du nicht genau wüsstest, wovon ich spreche. Es geht um jenen schwarz gekleideten Radler, der auf dem *Col* von Luchon nach Spanien hinüber so plötzlich vor uns aus den Wolken aufgetaucht ist, den Du von der Straße gedrängt hast und der tief in eine Schlucht

gestürzt sein muss. Ich kann einfach nicht glauben, dass es ein Unfall gewesen sein soll. Und weißt Du auch, warum nicht? Weil ich schon am Vortag, bei unserer Fahrt über die vielen Pyrenäenpässe ein paarmal befürchtet hatte, Du würdest einen der keuchenden Hobbyradler umfahren. Und weil mir der schlimme Streit, den wir an jenem Montagmorgen im Auto hatten, noch in den Ohren klingt.

Natürlich konntest Du nichts dafür, dass den französischen Zeitungen der »*double meurtre brutal et obscène en Camargue*« mehr Zeilen wert gewesen ist als der fünfte Jahrestag der Anschläge vom 11. September. Aber Deine Bemerkung, dass man gar nicht in zwei »blöde Türme« fliegen müsse, um auf die Titelseiten zu kommen, hättest Du Dir sparen können. Und Du hättest mir auch keinen Vortrag darüber halten müssen, dass ich mir meinen »Mitleidsscheiß« sparen solle, weil die Terroristen in den Flugzeugen zwar sicher »Arschlöcher« gewesen seien, aber immerhin »Arschlöcher mit einem Ziel im Leben«, während die dreitausend »Büroheinis und Tippsen« vollkommen überflüssige Existenzen gewesen seien, für die sich alles nur darum gedreht hätte, dass sie und ihre »fetten Bälger« genug »zum Fressen« bekommen hätten.

Wie hätte ich an dieser Stelle schweigen sollen? Schließlich werde ich jenen Tag, an dem ich bis spät in die Nacht vor dem Fernseher gesessen und das erste Mal in meinem Leben stundenlang geheult habe, nie vergessen.

Ich musste Dich einfach daran erinnern, dass auch Du unausstehlich wurdest, wenn Du nur drei Stunden nichts zu essen bekamst, und ich finde es nach wie vor ungerecht, dass Du mich daraufhin angebrüllt hast, ich solle den Mund halten, weil ich Abifotze nicht die geringste

Ahnung hätte, was körperliche Auszehrung, was Schmerz wirklich bedeute.

Keine Angst, ich fange den Streit nicht noch einmal an. Ich will nur wissen: Bist Du wenigstens jetzt bereit zuzugeben, dass Du nicht aus Versehen, sondern mit voller Absicht aufs Gaspedal getreten bist, als jener schwarze Rücken vor uns aus den Wolken auftauchte?

Lieber David!

Es tut mir leid, dass ich Dich vorhin so angeschnauzt habe. Aber die Sorge um Tinka bringt mich völlig aus dem Gleichgewicht. (Sie liegt noch immer in der Küche und will nicht einmal fressen.) Außerdem hatte diese Geschichte vom *Col du Portillon* noch ein unheimliches Nachspiel. Gleich wirst Du begreifen, warum mich jener Radfahrer so beschäftigt, obwohl er ja wahrlich weder der erste Tote auf unserer Reise gewesen ist, noch derjenige, der am grausamsten zu Tode gekommen wäre.

Irgendwann Anfang Dezember bin ich mit Tinka spazieren gewesen, es war schon spät, ein bisschen neblig war es auch, und viele Leute waren nicht mehr unterwegs, als plötzlich ein von Kopf bis Fuß schwarz gekleideter Fahrradkurier aus einer Seitenstraße angeschossen kam. Tinka war direkt neben mir, sie hatte keinerlei Anstalten gemacht, ihm in den Weg zu springen, trotzdem hat er uns mit einer Wut angebrüllt, wie ich sie bislang selbst auf den Berliner Straßen nicht erlebt hatte. Bevor ich verstehen konnte, was er brüllte, war er auch schon hinter der nächsten Ecke verschwunden. Ich habe nur noch gesehen, wie er eine schwarz behandschuhte Hand vom Lenker nahm, zur Faust ballte und in unsere Richtung schüttelte. Das alles hat mich so verwirrt und erschreckt, dass ich minutenlang gezittert habe und unfähig war, einen einzigen Schritt weiter zu gehen. Ich hatte das Gesicht unter dem schwarzen Helm nicht erkennen können – so wie ich das Gesicht jenes französischen oder spanischen Radfahrers nicht hatte erkennen können –, und je länger ich auf dem kalten Gehweg stand und zitterte, desto sicherer war ich, dass der Berliner Fahrradkurier jener Radfahrer gewesen sein muss, den Du am *Col du Portillon* in den Tod gedrängt hast.

Ich höre Dich lachen. *Abgefahren. Unsere Eins-Komma-null-Abifotze fängt an, Gespenster zu sehen...*
Ich sehe keine Gespenster. Auf unserer ganzen Reise und auch danach nicht habe ich jemals geglaubt, Geneviève, Alessia und Gabriella, *Hermana Lucía* oder eins der Mädchen zu sehen, die Du anschließend noch getötet hast. Nur Fahrradkuriere und Männer auf Rennrädern lassen mich zusammenzucken.

Ich weiß nicht, wie ich Dir beschreiben soll, was ich in solchen Momenten durchleide. Das Herzklopfen, wenn in meinem Blickfeld ein schmaler und dennoch muskulöser Rücken auftaucht, der sich in ein enges Trikot gehüllt über den Lenker krümmt. Das Herzrasen, wenn ich versuche, einen Blick in das Gesicht des Radfahrers zu erhaschen. Die Herzstiche, wenn ich glaube, Dich erkannt zu haben. Die Herzmüdigkeit, wenn mir klar wird, dass ich mich (wieder einmal...) getäuscht habe.

Vielleicht hat mich der schwarze Fahrradkurier in Wahrheit gar nicht erschreckt, weil ich geglaubt habe, in ihm den toten Radfahrer vom *Col du Portillon* zu erkennen, sondern weil ich geglaubt habe, Dich zu sehen: Als fluchenden Tod auf zwei Rädern...

Ich habe mich oft gefragt, ob die Dinge anders verlaufen wären, hätte der Parkhüter in der Camargue die Leichen von Alessia und Gabriella nicht so schnell entdeckt, und hätte es deshalb an jenem Montag noch keine Schlagzeilen gegeben, die uns zwangen, Frankreich auf dem schnellsten Weg zu verlassen. Ich weiß selbst, wie gern ich über dieses Land lästere, dass man es dort keine zehn Tage aushalten könne und so weiter. Dennoch kommt es mir im Rückblick so vor, als ob Frankreich unser Paradies gewesen wäre und unser ganzes Unglück erst in Spanien begonnen hätte.

Jetzt, wo ohnehin alles zu spät ist, kann ich es Dir ja gestehen: Ich habe die zischende, ratternde Sprache auf Anhieb *verabscheut*, das fettige Essen konnte ich *nicht ausstehen*, und die Fahrzeuge der *Guardia Civil*, die überall herumfuhren, haben mich vor Angst halb wahnsinnig gemacht, auch wenn Du mich – zumindest an unserem ersten Tag in Spanien – noch beruhigen konntest, dass diese Fahrzeuge nichts mit uns zu tun hätten, sondern unterwegs seien, weil man der Waffenruhe der ETA nicht traue, jener Terrorgruppe, die für die Unabhängigkeit des benachbarten Baskenlandes kämpft – danke, jetzt weiß ich's ...

Als wir in diesem ersten Ort (mein Atlas sagt, es war Vielha) Halt machten, habe ich das Schicksal *angefleht*, es möge die spanischen Zeitungen ebenso voll sein lassen mit Berichten über den »brutalen und obszönen Doppelmord« wie die französischen, sodass Dein Argument, in Spanien seien wir sicherer als in Frankreich, hinfällig würde. Und ich habe das Schicksal *verflucht*, als ich erkennen musste, dass die Spanier zu sehr mit ihren eigenen Geschichten beschäftigt waren (war es ein Bus, der irgendwo in die Luft geflogen ist?), als dass sie sich für zwei tote Italienerinnen in der Camargue interessiert hätten.

Ich habe ja ernsthaft versucht, mich mit diesem Land, in dem Du die beste Zeit Deines Lebens verbracht haben willst, anzufreunden. Zum Beispiel indem ich mir Mühe gegeben habe, die verlogenen Steinhäuser mit den Schieferdächern, die taten, als wären sie so alt wie die Berge ringsherum, obwohl sie in Wahrheit höchstens so alt sein konnten wie ich, zu ignorieren und mich stattdessen auf meinen ersten *Café con leche* zu konzentrieren, der immerhin ganz lecker war. Aber in Wahrheit habe ich mich nach den Skistationen rund um den *Tourmalet* zurückgesehnt, weil diese wenigstens konsequent und ehrlich hässlich gewesen waren. Auf unserer anschließenden Fahrt die Südseite der Pyrenäen mit ihren weiten Tälern und Feldern entlang habe ich die schroffen Schluchten und Wasserfälle der französischen Nordseite vermisst und selbst dem Granit nachgetrauert, aus dem irgendein rötlich-violetter Fels geworden war, der in staubigen Klumpen auf die Straße bröckelte. Der Geruch, der das Mittelmeer ankündigte, hat mich für den Verlust des echten Gebirgsgeruchs ebenso wenig entschädigt, wie mich der Ginster, der rechts und links der Strecke blühte, aufzuheitern vermochte. Und den Nadelbäumen, die plötzlich aussahen, als ob auch sie nur auf der Durchreise wären und eigentlich ans Meer wollten, hätte ich am liebsten zugerufen: »Seid nicht dumm, bleibt in den Bergen!«

Vermutlich ist es mir gestern wieder nicht gelungen, Dir klarzumachen, wie ich mir unser Leben in der *Serra de Cadí*, jenem schönen Wald zwischen Andorra und Gerona, vorgestellt hätte. Und ich weiß nicht, ob ich heute die Kraft habe, es noch einmal zu versuchen. Mit irgendwelchem Kitsch à la Tarzan und Jane hätte es jedenfalls nicht das Geringste zu tun gehabt.

Warum hattest Du bloß solche Angst, ich würde einen auf »Beziehung« machen wollen? Ich habe Dir doch mehr als einmal versichert, dass ich noch nie mit jemandem »zusammen« gewesen bin (ich *hasse* diese Sprache) und auch nicht die geringste Absicht habe, es je zu sein. Hast Du mir nicht geglaubt? Dabei hätte, so wie es aussieht, eher ich Grund gehabt, daran zu zweifeln, dass Du tatsächlich der Beziehungsverächter bist, als der Du Dich immer gebärdet hast. Oder was hatte der Auftritt dieser Billigblondine, die im Oktober allen Zeitungen erzählt hat, sie sei in der Realschule mit Dir »gegangen«, sonst zu bedeuten?

Eigentlich hatte ich mir ja vorgenommen, diesen Quatsch gar nicht anzusprechen. Denn ich kann unmöglich glauben, dass Du mit einer solchen Schlampe tatsächlich Händchen haltend übers Dorffest gezogen bist oder in der Eisdiele gesessen hast. Wahrscheinlich hat sie einfach das große Geld gewittert und deshalb irgendwelche Schulhofmätzchen zu »Ich war die Freundin des Monsters« aufgepeppt. Oder, was ich für noch wahrscheinlicher halte: Sie hat insgesamt ein Realitätsproblem, sprich: Sie hat sich die Chose von vorn bis hinten ausgedacht. Spätestens die Geschichte, dass Du einmal eine Rose für sie geschossen haben sollst, zeigt doch, dass sie unter Wahnvorstellungen leiden muss.

Bekommst Du dort, wo Du bist, eigentlich mit, wie viele Verehrerinnen Du neuerdings hast? Klar, Du hattest schon immer mehr als genug, aber jetzt, wo Du das »Monster«

bist, sind es sicher zehnmal so viele. (Du brauchst auf Dutroux und seine vielen Heiratsanträge also nicht mehr neidisch zu sein.) Ich frag mich nur, was sich diese Frauen einbilden. Dass Du Dich, sobald sie Dich anschmachten, in einen »liebevollen Schmusekater« verwandeln würdest? Oder ist ihnen tatsächlich so langweilig, dass sie leiden und sterben wollen? Dann wären sie bei Dir allerdings an der richtigen Adresse.

Ich fürchte nur, *Du* würdest Dich ziemlich bald langweilen. Schließlich bist Du ein Raubtier. Und wie schlecht es denen bekommt, wenn sie ihr Futter täglich vor die Füße gelegt bekommen, das konnten wir ja zusammen studieren – nicht wahr, mein liebes Krokodil? So gesehen hat es vielleicht doch *ein* Gutes, dass Du »aus dem Rennen« bist...

Ich hoffe, Du glaubst mir wenigstens jetzt, dass es mir nie um dieses alberne Beziehungsgetue gegangen ist, um das überall so ein Bohai gemacht wird. Und außerdem: Wer war es denn, der mich nach unserer langen Fahrt abends in Gerona seinem alten Kumpel, dem Hotelpatron, als »*mi novia Julia*« vorgestellt hat?

Ich habe es im Lexikon nachgeschlagen, und jetzt weiß ich, dass »*novia*« nicht nur »Freundin« heißt, sondern eigentlich »Verlobte«, »Braut«...

(Es tut so weh. Ich darf nicht weiter daran denken...)

Ich begreife nicht, was mit Dir in Gerona los gewesen ist. Warum bist Du mit mir dorthin gefahren, wenn Du plötzlich doch nur schlechte Laune hattest? Habe ich irgendetwas Falsches gesagt? Habe ich die Altstadt nicht genug gelobt? (Dabei hat sie mir wirklich ganz gut gefallen. (Allerdings könnte ich mich nach wie vor darüber kaputtlachen, dass ein Radfahrer ausgerechnet in einer Mittelalterstadt wohnt, deren »Straßen« im Grunde allesamt Treppen sind…)) Hat Dir diese komisch Pampe, die Du Dir zum Abendessen bestellt hast – wie hieß sie gleich wieder: »*Ollada*«? – nicht geschmeckt? Bist Du beleidigt gewesen, weil Dein Kumpel in seinem Hotel kein Foto oder altes Trikot von Dir ausgestellt hat, sondern überall bloß dieser Amerikaner hing? Ist es Dir plötzlich peinlich gewesen, dass Du mich ihm als Deine »*novia*« vorgestellt hast? Hast Du mich deshalb in jener Nacht zurückgestoßen, kaum dass ich den kleinen Zeh nach Dir ausgestreckt habe?

Lieber David!

Kannst Du mir verzeihen? Ich bin ja so dumm. Es ist fünf Uhr morgens, und vor einer Stunde habe ich endlich begriffen, was Dich in Gerona so gequält hat.

Es ist beim Abendessen passiert, nicht wahr? Aber nicht die »*Ollada*« war schuld, wie ich Idiotin geglaubt habe. Sondern das Mineralwasser. Ich sehe es vor mir: Wie Du plötzlich ganz still und abweisend wirst und Deine Finger zu der Flasche wandern und an dem hellblauen Etikett mit den gelb-roten Punkten herumzupfen. Wieso habe ich damals nicht kapiert, dass es nicht einfach eine nervöse Macke war?

Wenn ich mich richtig erinnere, hast Du mir den Namen Deines spanischen Teams nie verraten, sondern ich habe ihn erst aus den Medien erfahren. Dennoch verkrampft sich mein Herz, wenn ich daran denke, dass ich Dir eine so schlechte »*novia*« gewesen sein muss, dass Du mir die Ursache Deines Kummers nicht anvertrauen wolltest. (Und ich zu blöd war, von selbst darauf zu kommen... Vergiss bitte, was ich gestern über Dein Trikot gesagt habe! Ganz gleich, wie hellblau es ist – Du siehst darin nicht lächerlich aus!)

Kein Wunder, dass Du in jener Nacht nicht schlafen konntest und so schroff zu mir gewesen bist. Deine Gedanken waren bei Deinem früheren Leben! Du hast Dich gefragt, was aus Dir geworden wäre, hätte Dich Dein Knie nicht damals schon im Stich gelassen und hättest Du weiterhin in Deinem geliebten Mineralwasserteam fahren können. Du hast Dir vorgestellt, wie es wäre, wenn Du noch immer in einer kleinen Mittelalterwohnung mit dunkelgrünem Holzrollo vorm Fenster leben würdest. Wie es wäre, noch immer jeden Morgen Dein Rennrad zu schultern und die steilen Treppen erst im Haus, dann draußen hinunterzutragen, bis Du eine befahrbare Straße erreichen würdest. Wie es wäre, noch immer jeden Morgen aus der Stadt hinaus- und durch die Hügel zu radeln, bis in die Pyrenäen hinein oder am Meer entlang, und jeden Nachmittag spät in die Stadt zurückzukehren, Dein Fahrrad wieder zu schultern und es, ohne zu murren, die ganzen Treppenstufen, die Du es am Morgen hinuntergetragen hättest, wieder hinaufzutragen. Wie es wäre, allein zu duschen, die Beine zu rasieren, Dich massieren zu lassen und am Abend in dem kleinen Restaurant, das seine Tische so waghalsig nach draußen auf die Treppenstufen stellte, ein Bier zu trinken, Dich hungrig über Deine *Ollada* herzumachen und Dir anschließend noch ein zweites Bier zu gönnen. Wie es wäre, nicht unruhig neben mir zu liegen und alle Viertelstunde die Glockenschläge der Kathedrale zählen zu müssen, sondern längst zu schlafen, weil Du erschöpft, aber glücklich wärst.

Habe ich Deine Gedanken erraten? Wie traurig macht es mich, dass meine Gegenwart Dich damals nicht zu trösten vermocht hat, sondern dass sie Dir den Verlust Deines früheren Lebens offenbar noch schmerzlicher vor Augen geführt hat. Aber warum hast Du kein Wort zu mir gesagt!

Ich wäre sofort aufgestanden, hätte mich draußen auf dem Balkon eingerollt und Dich mit Deiner Vergangenheit in Frieden gelassen.

Jetzt ist mir auch klar, warum Deine Stimmung am nächsten Morgen in Gerona noch schlechter gewesen ist als am Tag zuvor. Damals habe ich geglaubt, Dein alter Hotelkumpel hätte es verbockt, weil er Dich schon beim Frühstück mit seinem neuen Rennrad genervt hat. (Ich weiß ja nicht, was Du ihm bei unserer Ankunft erzählt hast – dass Du prinzipiell noch Rennen fahren würdest und jetzt bloß im Urlaub wärst? Solltest Du ihm allerdings doch die Wahrheit gesagt haben, war es in der Tat gedankenlos und grausam von ihm, Dich mit seinem Rennrad zu belästigen.)

Und ich habe vermutet, Du wärst wütend, weil die spanischen Zeitungen nichts über Dich berichteten, während Dich die französischen Zeitungen »*Le boucher de la Camargue*« getauft hatten und Du in *Le Figaro* außerdem lesen musstest, dass die Polizei eine erste heiße Spur verfolge, da Touristen die beiden italienischen Mädchen nur wenige Stunden vor ihrer Ermordung in Begleitung eines blonden Mannes und einer rotblonden Frau am *Pont du Gard* in einen braunen Ford mit belgischem Kennzeichen hätten steigen sehen…

Mein Ausraster, als mir klar wurde, dass die Jagd auf uns nun begonnen hatte, mag tatsächlich eine Rolle gespielt haben. Die größte Schuld trägt aber meine Unfähigkeit, Dich mit Deinem neuen Leben zu versöhnen.

Hätte ich diesen Hintergrund damals schon durchschaut, hätte ich nie und nimmer den albernen Streit über die spanischen Autobahngebühren vom Zaun gebrochen (obwohl es genervt *hat*, alle paar Kilometer an einer *Peaje-*Station zu halten und so geisteskranke Beträge wie 0.64 Euro zu zahlen …), sondern ich hätte die ganze *Autopista del Mediterráneo* hinunter stumm neben Dir gesessen und mir Mühe gegeben, eine gute »*novia*« zu sein.

Lieber David!

Was Lloret de Mar angeht, hat sich meine Haltung allerdings nicht geändert. (Ich merke, wie mein Puls beim bloßen Gedanken daran in die Höhe schnellt.) Es *ist falsch gewesen*, dorthin zu fahren. Natürlich hast Du Recht: Meine Vorurteile, die ich von Anfang an gegen diesen Ort gehabt habe, stammten einzig und allein daher, dass ich die Leute von unserer Schule, die nach dem Abitur dorthin gefahren sind, um »richtig fett Party zu machen«, verachte. Und ich bin bereit einzuräumen, dass ich mit einigen meiner Vorurteile gründlich danebengelegen habe: Die Landschaft rund um Lloret de Mar, die Felsküste und die knorzigen Kiefernwälder *sind* einsam, wild und schön. Aber gerade deshalb bin ich ja noch wütender geworden, als wir uns dieser Prollhölle genähert haben: Wäre die Costa Brava so flach und langweilig gewesen, wie ich sie mir vorgestellt hatte, hätten mich die Hotelburgen, Discobunker und Saufhöhlen nicht im Geringsten gestört. Wo die Natur selbst nichts zustande bringt, mag der Mensch seinen Dreck ruhig hinstellen. (Hast Du mich je eine arrogante Bemerkung über ein Autobahnrestaurant oder ein *Centre Commercial* im langweiligen Rhônetal machen hören? – Na bitte.) Mein Hass auf diesen Ort hat also rein gar nichts damit zu tun, dass ich »alte Abifotze« mich »für was Besseres« hielte, sondern einzig und allein damit, dass es mir wehgetan hat zu sehen, was der Mensch der Natur dort angetan hat.

Lach mich ruhig mal wieder aus: Aber ich habe an jenem Vormittag, an dem wir uns zusammen mit den Touristenmassen durch diese Disco-Discount-Meile zum Strand geschoben haben, *hören können*, wie sich die Natur dafür verflucht hat, dass sie an dieser Stelle eine sandige Bucht zugelassen und also den Menschen eingeladen hatte.

Um gleich das nächste Missverständnis auszuräumen: Die Tatsache, dass Du wieder auf Beutezug gehen wolltest, hat mir gar nichts ausgemacht. (Wenngleich ich nicht ganz nachvollziehen kann, warum Du es *so* eilig hattest, nicht nur die französische, sondern auch die spanische Polizei auf den Fersen zu haben ...) Ich habe mich aufgeregt, weil Du an diesem Prollort auf Beutezug gehen wolltest. Wie konntest Du nach unserem großen Erlebnis mit *Hermana Lucía* abermals auf die Idee kommen, den Trick mit der Kamera zu versuchen, auf den doch zwangsläufig nur »*Porno Paparazzi Girls*« hereinfallen? Wobei man sagen muss: Im Vergleich zu den Figuren, die in Lloret de Mar herumhingen, erschienen mir Alessia und Gabriella plötzlich als echte Lichtgestalten. Welches Mädchen, das nur einen Esslöffel Grütze im Kopf hat, läuft freiwillig in einem T-Shirt herum, auf dem »*Life is better blond*« steht? Und welches Mädchen, das nur einen Teelöffel Grütze hat, kreischt vor Freude, wenn ihm irgendwelche Typen eben jenes T-Shirt nass spritzen? Typen, auf deren T-Shirts wiederum steht: »*Spanish Triathlon: Drinking. Eating. Fucking.*« Nie würde ich die Nase darüber rümpfen, dass menschliche Wesen ihre grundlegenden Bedürfnisse im Leben befriedigt haben wollen. Zu gut erinnere ich mich, wie ich in dem Wohnwagen in Oudenaarde lag und selbst an nichts anderes als »*Drinking*« und »*Eating*« denken konnte. (Der dritte Punkt des »*Spanish Triathlon*« hat in dieser Reihe nichts zu suchen...) Aber wieso muss man in solchen T-Shirts herumlaufen? Wieso trägt man Schürzen, aus denen oben Plastikbrüste quellen und unten »*Souvenir de Lloret de Mar*« steht? Wieso geht man zum Mittagessen in eitergelb gestrichene Häuser, über deren Eingang »*Döner Kebab*« steht, obwohl ungenießbare Hot Dogs verkauft werden? Wieso säuft man Sangria aus Eimern? Wieso findet man »Schaumpartys« lustig? Wieso installiert man am Strand Musikanlagen und dreht irgendwelchen Sommerhitmüll so laut auf, dass sich im Umkreis von einem Kilometer keine einzige Möwe mehr vorbeitraut?

Im Grunde Deiner Krokodilseele musst Du all dies doch ebenso verabscheut haben wie ich. Es kann Dir nicht wirklich Spaß gemacht haben, an Hotelbunkern vorbeizuziehen, auf deren siebenhundert gleich aussehenden Balkonen siebentausend gleich besoffene Jungs herumhängen, die sich nur durch die Sprachen unterscheiden, in denen sie sich angrölen – wobei es ab einem gewissen Punkt egal zu sein scheint, ob man Französisch, Italienisch, Englisch, Deutsch oder Holländisch grölt. Wieso hast Du gelacht, als uns einer dieser Gröler von seinem Balkon herab direkt vor die Füße gepinkelt hat, und noch schlimmer: Wieso hast Du geantwortet, als ein anderer wissen wollte, wie viel er zahlen müsse, damit Du mich hinaufschickst? Warst Du an jenem Vormittag mit Deinem Latein wirklich so am Ende, dass Dir, um mich zu quälen, nichts Besseres mehr eingefallen ist, als Dich mit solchen Prolls gemein zu machen?

Vielleicht bist Du mir wenigstens im Nachhinein dankbar, dass ich Dich daran gehindert habe, die beiden besoffenen holländischen Schnepfen in Deiner Sammlung zu verewigen. Welche Herausforderung hätten diese geborenen Opfer noch dargestellt, nachdem Du mit unserer *Hermana Lucia* eine echte Heilige bezwungen hattest? Diese beiden Mareikes, Mariekes oder wie immer sie hießen, waren so hinüber, dass sie von dem, was Du mit ihnen getan hättest, sowieso nichts mehr mitbekommen hätten. Falls doch, hätten sie garantiert ein derart würdeloses Geflehe und Geflenne angestimmt, dass ich beim besten Willen nicht ertragen hätte, Euch zuzuschauen. Erinnere Dich an den Stierkampf, wie ich am allermeisten bei dem einen Stier gelitten habe, der offensichtlich keine Lust hatte zu kämpfen, sondern einfach nur in seinen Stall zurückwollte! Ich bin sicher, die beiden Mareikes/Mariekes wären solche Angststiere gewesen. Und wenn Du es in Ordnung findest, dass ein Publikum Angststiere auspfeift – Du weißt, dass ich es für komplett absurd halte, ein Tier auszupfeifen, aber gut… –, wenn Du es in Ordnung findest, Angststiere auszupfeifen, musst Du auch Verständnis dafür haben, dass ich mit aller Macht verhindern wollte, dass Du Dir zwei Opfer aussuchst, die Dir nie und nimmer würden die Stirn bieten können. (Wenn ich irgendetwas, das auf unserer Reise geschehen ist, bedauere, dann die Tatsache, dass es mir so selten gelungen ist, Dich von unwürdigen Opfern abzubringen.) In jenem Moment, in dem Du die Mareikes/Mariekes tatsächlich so weit hattest, dass sie bereit gewesen wären, ihre heiß umkämpften Strandplätze aufzugeben und zu »*een prikkelende fotosessie*« mitzukommen, *musste* ich also handeln. Und deshalb gestehe ich jetzt, wo Du mich nicht vermöbeln kannst wie damals in der Tiefgarage in Lloret de Mar, dass mir die Frage: »Was willst Du denn mit den fetten Kühen?« keineswegs »einfach so« herausgerutscht ist. Ich habe sie in voller Absicht gestellt und mir selbst die Daumen blau gedrückt, auf dass die Mareikes/Mariekes genug Deutsch verstehen mochten, um meinen Satz zu kapieren. Und ich gestehe weiter, dass die eingeschnappten Gesichter, mit denen sie sich angeschaut haben, bevor sie sich wieder auf ihren Handtüchern ausstreckten und uns die Rücken zudrehten, der einzige Anblick in dem ganzen verdammten Lloret de Mar gewesen sind, an den ich mich gern erinnere.

Lieber David!

Draußen ist es schon wieder dunkel. Vorhin bin ich so kaputt gewesen, dass ich mich noch einmal für ein paar Stunden ins Bett legen musste.

Tinka ist zwar etwas wacher jetzt, aber als ich eben mit ihr eine halbe Runde um den Block gedreht habe, hatte ich den Eindruck, dass sie lahmt.

Kann das sein? Können zwei kleine Schlaftabletten eine solche Wirkung haben? Ich werde die Nacht abwarten. Und beten, dass sie morgen früh wieder ganz bei sich ist.

Was hast Du in Murcia, als Du mich in dem üblen Hotel allein gelassen hast, gemacht? Bist Du wirklich nur ein paar Bier trinken gewesen? Aber warum hast Du dann die Kamera mitgenommen? Doch sicher nicht, um eine lauschige *plaza* oder die Kathedrale zu fotografieren…

Ich gebe es zu: Die Frage, ob Du mich in jener Nacht angelogen hast, hat mich so beschäftigt, dass ich den deutschen Kommissar, der nach meiner Rückkehr für mich zuständig gewesen ist, gefragt habe, ob die spanische Polizei Beweise hätte, dass Du auch die Studentin in Murcia getötet hast. Allerdings habe ich ihm nur die äußerst schwache Bemerkung entlocken können, dass »zumindest vieles dafür spräche«.

Wie gern würde ich Dir glauben, dass Du tatsächlich

bloß in einer Tapasbar gesessen, zwei oder drei *cerveza*s getrunken und irgendwelche frittierten Fischchen gegessen hast. Andererseits: Warum hättest Du mich in jenem Punkt anlügen sollen? Später in der Nacht hattest Du ja auch keine Scheu, mir zu erzählen, dass Du vor vielen Jahren, als Du mit Deinem Team in Murcia Station gemacht hattest, nachts heimlich über den Balkon geklettert bist und eine Kellnerin vergewaltigt hast.

Kannst Du Dir wenigstens heute vorstellen, wie verloren ich mich gefühlt habe, als ich in dem kleinen, nach billigem Raumspray riechenden Hotelzimmer auf dem Bett lag, allein mit der harten Kopfkissenrolle und Deiner Warnung, ich solle nie wieder wagen, Dir in die Quere zu kommen? Die Fenster standen offen, das Holzrollo war heruntergelassen, von der Straße drangen spanische Sprechsalven herauf, und ich lauschte, ob ich irgendwo Deine Stimme heraushörte, obwohl ich eigentlich sicher war, dass Du nicht in die Bar direkt neben dem Hotel gegangen bist. Wärst Du dort gewesen – ich hätte Deine Nähe gespürt. Stattdessen trieb ich hilflos in meiner Angst umher, die mich überkommen hatte, als Du dem Patron Deinen Personalausweis über den Tresen gereicht hattest und dieser nach längerem Palaver – habe ich richtig verstanden, dass er auch meinen Ausweis sehen wollte? –, und dieser in einem Seitenraum verschwunden und wenige Sekunden später das Surren einer Kopiermaschine ertönt war. Ich konnte nicht begreifen, warum Du so leichtsinnig warst, dem Patron Deinen Ausweis zu geben. Ich konnte nicht begreifen, warum wir in einem Land unterwegs sein mussten, in dem man ohne Personalausweis offensichtlich nicht im Hotel übernachten durfte. Und vor allem konnte ich nicht begreifen, warum Du immer noch so böse auf mich warst.

(*Jetzt* verstehe ich, dass es eine Folge meines Versagens in Gerona gewesen sein muss...)

Als ich die Sprechsalven unten auf der Straße, die Stille im Zimmer und das Warten, dass es an der Tür klopfte oder die Polizei, ohne anzuklopfen, gleich das Zimmer stürmte, endgültig nicht mehr ertrug, stand ich auf, um den Fernseher einzuschalten. Die Fernbedienung roch, als ob sie einmal in Suppe gefallen wäre oder als ob sie jemand, der zuvor fettiges Hühnchen gegessen hatte, zu lange in der Hand gehabt hätte. Vergeblich versuchte ich zu verstehen, worum es bei der Spielshow im Fernsehen ging. Der Quizmaster redete auf eine schöne Frau ein, an der alles groß war, der Mund, die Augen, die Hände, die Locken. Die Frau sah aus, als sei sie unmittelbar vor der Sendung aus einem Hochglanzmagazin ausgeschnitten worden. Ich fragte mich, wie es sich anfühlte, so groß und schön und – mir fiel kein besseres Wort ein – so *glatt* zu sein. Ich konnte mir nicht vorstellen, wie so jemand lebte. In einer Küche, die jeden Tag dreimal gewischt wurde? Mit Fensterscheiben, die bis zur Unsichtbarkeit geputzt waren? Mit Kleiderschränken, in denen nur Bügel derselben Art hingen und in denen alle T-Shirts und Blusen zu exakt gleich großen Rechtecken gefaltet und »auf Kante« gestapelt waren – so wie meine Großmutter vergeblich versucht hatte, es mir beizubringen? Dabei wirkte die Frau im Fernsehen noch nicht einmal spießig, ihre großen Augen blitzten, und ihr großer Mund war ständig am Lachen.

Es gelang mir nicht, die Frage zu unterdrücken, was für ein Opfer sie in Deinen Händen wäre. Wie würde sie Dich angucken, sobald sie begriffen hätte, dass sie Dir ausgeliefert war? Würden ihre großen Hände aufhören, mutig die Luft zu zerteilen und sich stattdessen zitternd ineinanderkrallen? Oder würde sie Dich aus ihren großen Augen anblitzen und Dir aus ihrem großen Mund eine Salve Spanisch entgegenschleudern, so wie sie jetzt den Moderator anblitzte, der ihr offensichtlich eine unanständige Frage gestellt hatte? Wie lange würde ihr Körper, der sicher ebenso glatt und unverschwitzt wie ihre Kleidung war, die Dinge, die Du ihm antatest, ertragen?

Und plötzlich erfasste mich eine neue Angst: die Angst, die *Guardia Civil* – oder welche Abteilung der spanischen Polizei auch immer – könnte Dich längst verhaftet haben. Ich spürte, dass etwas nicht stimmte, ich *fühlte*, dass Du in Not warst. (Oder war es der Moment, in dem Du über die Studentin hergefallen bist?) Ich bereute, nicht auf die Uhr geschaut zu haben, als Du weggegangen bist, sonst hätte ich wenigstens gewusst, ob ich schon drei oder vier Stunden allein war. Ich griff nach der ranzigen Fernbedienung und begann zu zappen. Thunfisch in der Dose, Saturn (¡*La avaricia me vicia!*), ein Film mit Brad Pitt, den ich irgendwann gesehen hatte, aber jetzt nicht noch einmal sehen wollte, schon gar nicht auf Spanisch. Ich erschrak, als ich einen Radfahrer in einem orangen Trikot sah, der sich mit verzerrtem Gesicht einen steilen Anstieg hinaufquälte. Und dann hörte ich plötzlich Deutsch und schaute in das Gesicht eines Mädchens, das gequält lächelte, ziemlich langweilig und alles in allem furchtbar aussah, und ich wunderte mich, dass das Mädchen genauso lange, genauso rotblonde Haare hatte wie ich. Und dann erst begriff ich.

Vermutlich ist es ganz normal, dass man sich nicht auf Anhieb erkennt, wenn man sich unerwartet im Fernsehen sieht. In der Klinik, als sie mich jeden Tag eine halbe Stunde (unter Aufsicht von Dr. de Sousa oder einer anderen Therapeutin) haben fernsehen lassen und plötzlich ein Ausschnitt aus meinem Interview bei *Beckmann* gelaufen ist, habe ich mich ebenfalls zuerst darüber gewundert, wie unattraktiv das Mädchen auf dem Bildschirm war, bevor ich erkannt habe: Das bin ja ich. In der Klinik war mir jedoch wenigstens theoretisch klar, dass ich jederzeit mit mir rechnen musste. (In diesen Wochen ist ja kaum ein Tag vergangen, an dem mein Bild nicht über die Mattscheibe geflimmert ist.) In jenem Hotelzimmer in Murcia hingegen war ich im ersten Moment sicher, den Verstand verloren zu haben.

Dann sah ich ein vierstöckiges Mietshaus mit Balkonen, auf denen mickrige Grünpflanzen wuchsen, irgendwo drehte sich ein Windrad, das schon ziemlich kaputt war, und ich dachte wieder: Warum zeigen die so ein gewöhnliches Haus?

Worüber bin ich mehr erschrocken, nachdem es abermals »klick« gemacht hatte? Über die Tatsache, dass jetzt auch noch »unser« Haus im Fernsehen zu sehen war? Oder darüber, dass ich seit Jahren in solch einem armseligen Haus lebte? Was alles an mir und meinem Leben war noch so schäbig, wenn man es plötzlich von außen betrachtete?

Das nächste Bild lieferte die Antwort: Eine hässliche Frau mit strohig herabhängenden Haaren und ein alter Mann mit übertriebenem Strubbelkopf saßen auf einem Sofa. Über ihnen hing ein Ölschinken, der im Fernsehen noch grotesker aussah als in Wirklichkeit.

Ich denke, dass ich anfing zu hyperventilieren oder zu würgen oder in die Kopfkissenrolle zu beißen. Die Ohren kann ich mir jedenfalls nicht zugehalten haben, denn ich hörte meinen Vater mit der Stimme, die er sich während der Trennung von meiner Mutter zugelegt hatte, sagen: »Ich bin sicher, Sie haben Gründe für das, was Sie tun. Aber denken Sie daran, dass Julia ein Mensch ist. Unsere Tochter...« Und dann folgte eine Art Schluckauf oder Schluchzen, das meine Mutter sofort ausnutzte, um sich einzumischen: »Tun Sie meinem Kind nichts an! Ich flehe Sie an! Lassen Sie meine Julia frei!« Und dann wieder mein Vater: »Julia, falls Du das sehen kannst. Wir sind bei Dir. Wir lieben Dich.« Die Kamera muss noch einige Sekunden draufgehalten haben, wie meine Mutter heulte. Danach erklang irgendeine Reporterstimme, allerdings verstand ich kein Wort, weil es in meinem Kopf zu sehr tobte. *Wieso durften meine Eltern im Fernsehen erzählen, dass ich entführt worden war? Was wusste die Polizei? Wussten Sie, dass ich mit Dir unterwegs war? Wussten sie, wo wir waren?*

Als sich mein Tumult so weit beruhigt hatte, dass ich wieder hätte zuhören können, moderierte ein Schnösel in dunklem Anzug schon den nächsten Beitrag an, in dem es um eine Bombenexplosion in der Türkei ging.

Ich wäre wahnsinnig geworden, wärst Du in jener Nacht nur fünf Minuten später zurückgekommen. Auch jetzt fällt es mir schwer, über Dein verblüfftes Gesicht zu lachen, als ich stammelnd auf Dich zugeschossen kam, kaum dass Du die Tür aufgeschlossen hattest. Ich verstehe, dass Du dachtest, ich würde Dir eine Eifersuchtsszene machen, und dass Du darauf absolut keine Lust hattest. Trotzdem hättest Du, so gut wie Du mich damals bereits kanntest, schneller merken können, dass es einen echten Grund geben musste, wenn ich so außer mir war.

Allerdings bewundere ich Dich dafür, wie kaltschnäuzig Du dann reagiert hast. Wäre es nach mir gegangen, wir hätten das Hotel, in dem sie unten an der Rezeption Deinen Personalausweis kopiert hatten, auf der Stelle verlassen. Allein hätte ich es nie und nimmer fertiggebracht, auf dem Bett zu sitzen, die letzte Tüte Nüsse, die wir noch in Frankreich gekauft hatten, zu öffnen und abzuwarten, dass RTL sein Nachtjournal wiederholte. Ich selbst hatte in meiner Aufregung ja noch nicht einmal mitbekommen, dass ich mich im RTL-Nachtjournal gesehen hatte, geschweige denn hätte ich gewusst, dass RTL diese Sendung noch einmal wiederholte.

Obwohl ich vorgewarnt war, traf es mich wie ein Schlag in den Magen, als der Nachrichtenschnösel seine Sendung damit eröffnete, dass scheinbar »ein deutscher Serienmörder« eine »blutige Spur durch Südfrankreich« ziehe und dass ihm dort mindestens drei junge Frauen zum Opfer gefallen seien. Vor wenigen Stunden habe die deutsche Polizei den Verdacht der französischen Behörden bestätigt, dass es sich bei dem Täter mit größer Wahrscheinlichkeit um einen 32-jährigen ehemaligen Radprofi aus Aachen handele, der in den vergangenen Monaten bereits zwei junge Frauen in Deutschland und Belgien missbraucht und ermordet habe. Die Polizei gehe außerdem davon aus, dass sich eine seit zehn Tagen in Köln vermisste Abiturientin in seiner Gewalt befinde.

Es ist mir ein Rätsel, wie Du damals so ruhig bleiben konntest, vor allem als der eigentliche Beitrag mit einer Aufnahme der *Auberge de la Tête Noire* begann und dann kurz hintereinander ein Foto von Geneviève und das schlechte Passbild von Dir eingeblendet wurden. (Hast Du Dir nichts anmerken lassen, um mich zu beeindrucken? Oder bist Du wirklich so cool gewesen?)

Dass meine Eltern Dich für einen kurzen Moment dann doch aus der Fassung gebracht haben und Du herumgebrüllt hast, muss Dir nicht peinlich sein. Beim ersten Mal hatte ich gar nicht gemerkt, *wie* absurd die Aufforderung meines Vaters war, Du sollest daran denken, »dass Julia ein Mensch ist«. (Was zum Teufel hätte ich sonst sein sollen? Ein Meerschweinchen? Ein Rennrad? Eine Mülltonne?) Und die Hinterhältigkeit meiner Mutter, aus »unserer Tochter« flugs »mein Kind« zu machen, war mir beim ersten Mal ebenfalls entgangen.

Leider kann ich Dir immer noch nicht verraten, ob meine Eltern damals wirklich geglaubt haben, ihr jämmerlicher Auftritt würde Dich dazu bewegen, mich »frei zu lassen«? (Woher hat meine Mutter eigentlich die Dreistigkeit genommen, ausgerechnet diese Worte zu verwenden? Soll sie erst mal selbst versuchen, mich »frei zu lassen«!)

Ich bringe es einfach nicht über mich, dieses Thema anzusprechen. (Nur einmal, als meine Eltern mir ausreden wollten, zu *Beckmann* zu gehen, habe ich sie angefahren, dass sie ganz still sein sollten, schließlich hätten sie mit ihrem unsäglichen Auftritt nicht nur sich selbst, sondern in erster Linie mich so blamiert, dass ich ja gar keine andere Chance hätte, als mich nun selbst im Fernsehen zu zeigen.)

Nachdem Dein allzu verständlicher Zorn über meine Eltern verflogen war, hast Du Dich wieder ganz wunderbar benommen. *Ich* hätte mich geekelt, wenn *Du* in jener Nacht das Waschbecken so vollgekotzt hättest, wie ich es getan habe, und dann auch noch der Wasserhahn versagt hätte. Dass Du mir einfach nur ein Handtuch zugeworfen und geblödelt hast, Wasserknappheit sei um diese Jahreszeit in Murcia ganz normal, war sensationell. (Und wie oft habe ich in den vergangenen Monaten, wann immer mich eine meiner Kotzattacken heimgesucht hat, eine solche Geste vermisst...) Deshalb habe ich Dir auch längst verziehen, dass Du mir mit dem Handy dann doch noch einen Schrecken einjagen musstest. Gut, vielleicht wäre es nicht *unbedingt* nötig gewesen, es aus der Sporttasche zu holen, so zu tun, als ob Du es einschalten würdest, und mir grinsend zu verkünden, dass die Polizei nur eingeschaltete Handys orten könne – und so viel sportliche »Fairness« doch gewiss meine Zustimmung finde. (Natürlich hätte ich mir denken können, dass Dein Akku zu diesem Zeitpunkt längst leer war...) Andererseits hätten wir dann nicht die Rangelei gehabt, als ich versuchte, Dir das Handy zu entreißen. Und ich hätte nicht erlebt, wie Du die SIM-Karte herausnimmst, mit einem Lächeln zerbeißt, in den vollgekotzten Waschbeckenabfluss fallen lässt und meinst, jetzt könne ich ganz sicher sein, dass dieses Handy niemand mehr orten würde ...

Jene Momente sind großes Kino gewesen. Und mit diesen Bildern im Kopf gehe ich jetzt ins Bett.

Lieber David!

Hilf mir! Es ist etwas so Entsetzliches passiert, dass ich mich kaum traue, die Worte in die Tasten zu tippen...
Tinka hat einen Tumor...

Heute Morgen bin ich mit ihr beim Tierarzt gewesen, weil ihr Lahmen schlimmer geworden ist. Er hat sie geröntgt, und als er mir auf diesen Phantombildern das Geschwür gezeigt hat, das auf ihre Wirbelsäule drückt, musste ich anfangen zu heulen. Ich habe ihm gestanden, dass ich Tinka an Silvester zwei Schlaftabletten zur Beruhigung gegeben habe, aber er hat mir versichert, die Schlaftabletten könnten unmöglich der Grund für ihr Geschwür sein. Wahrscheinlich sei mir ihr veränderter Gang erst in dem Moment aufgefallen, in dem ich angefangen hätte, sie genauer zu beobachten als sonst. Morgen will er eine Gewebeprobe entnehmen. Vielleicht haben wir Glück, und es ist ein »gutartiges« Geschwür. (Wie kann man etwas als »gutartig« bezeichnen, das meinen Hund offensichtlich quält...)

Ich weiß nicht, was ich tun soll. Wenn ich jetzt auch noch Tinka verliere, bringe ich mich um.

Bitte! David! Wo immer Du bist! Kannst Du eine Kerze für meine Tinka anzünden?

Lieber David!

Du darfst mich jetzt nicht auslachen. Ich habe Tinka das kleine Fläschchen Lourdeswasser ins Futter gerührt. Natürlich glaube ich nicht an ein Wunder. Trotzdem...

Lieber David!

Um mich abzulenken, habe ich vorhin ein bisschen im Spanisch-Wörterbuch geblättert und bin im Atlas weiter unsere Strecke abgefahren. Und dabei habe ich zum ersten Mal kapiert, dass *Cabo de Gata* »Katzenkap« bedeutet. War Dir das bewusst?

(Natürlich ist Dir das bewusst, bei Deinem guten Spanisch... Verzeih, ich bin nicht ganz auf der Höhe...)

Aber ich bin ja auch damals so naiv gewesen zu glauben, wir würden wirklich nur dorthin fahren, um einen VW-Bus zu stehlen.

Nach meiner Rückkehr habe ich »meinen« Kommissar übrigens ein bisschen ausgehorcht, warum sie uns so plötzlich auf die Spur gekommen sind.

Soll ich Dir sagen, warum? Weil Du so ein Leichtsinnsrabe gewesen bist. (Meine Spekulationen sind also ziemlich richtig gewesen.) Alles hatte damit angefangen, dass Du in dem *Campanile*-Hotel in Montélimar mit Deiner Kreditkarte eingecheckt hast. Auf diese Weise hatte der Patron herausgefunden, wer jenes Zimmer *Numéro 117* gemietet hatte. (Für das Folgende kannst Du allerdings nichts, das ist schlicht Pech gewesen.) Offenbar hat er sich so sehr über das verwüstete Zimmer aufgeregt, dass es ihm nicht reichte, die Rechnung für die Reinigung an

Deine Adresse zu schicken, sondern wissen wollte, wie der Übeltäter aussah. Deshalb hat er sich das Band von der Überwachungskamera am Eincheckautomaten angesehen und darauf dummerweise Geneviève erkannt. Als er Geneviève zur Rede stellen wollte, mit was für Leuten sie sich herumtrieb, stattdessen aber erfuhr, dass sie getötet worden war, ist er mit dem Band gleich zur Polizei gegangen. Die französische Polizei hat sich daraufhin bei der deutschen Polizei erkundigt, ob diese etwas gegen Dich »vorliegen« habe, und da ist den deutschen Polizisten eingefallen, dass sie nur wenige Tage zuvor wegen dieser toten Prostituierten bei Dir geklingelt hatten. Das hat gereicht, damit sie die Erlaubnis bekommen haben, Dein Haus in Aachen zu durchsuchen. Hier – wieder Leichtsinn von Dir! – haben sie dann nicht nur Deine Geräte und den Unterwäschekarton im Keller gefunden, sondern auch meinen Rucksack samt Handy und Geldbeutel. Und diesmal haben sie wirklich schnell geschaltet, indem sie gleich erkannt haben, dass das zweite Mädchen auf dem Foto, das die Überwachungskamera im *Campanile*-Hotel in Montélimar aufgenommen hatte, dasselbe sein musste, dessen Foto sie seit Tagen in der Schublade »Vermisstenanzeigen/aufgegeben von einer hysterischen Mutter/nicht so wichtig« liegen hatten.

Ich wäre zu gern dabei gewesen, als die Beamten bei meiner Mutter in der Tür gestanden haben, um ihr mitzuteilen, dass ihre Tochter aller Wahrscheinlichkeit nach in Südfrankreich zusammen mit einem Mann gesichtet worden sei, der aller Wahrscheinlichkeit nach bereits mehrere Frauen getötet habe...

Ob sie da schon denselben Kitsch von »meinem Kind«

abgesondert hat wie im Fernsehen? Eigentlich glaube ich eher, dass sie den Polizisten erst mal einen ihrer typischen Rechthabervorträge gehalten hat, im Stil von: »Sehen Sie! Sehen Sie! Ich hab's ja gleich gesagt! Meine Julia muss entführt worden sein! Aber Sie wollten ja nicht hören!«

Kannst Du fassen, dass meine Mutter es nach meiner Entlassung aus der Klinik tatsächlich fertiggebracht hat, mir tagelang die Ohren vollzujammern, wie schlimm es für sie gewesen sei, dass sie – als es ihr endlich gelungen war, die Vermisstenanzeige aufzugeben – den Polizisten nicht mit Sicherheit hätte sagen können, welche Kleidung ich an jenem Samstag angehabt hatte, an dem ich verschwunden war? So, als ob ich mich extra an ihr vorbeigeschlichen hätte, nur damit sie – für den Fall, dass ich entführt werden sollte – vor den Polizisten als schlechte Mutter dastünde, die nicht weiß, ob ihre Tochter in einer blauen oder schwarzen Jeans aus dem Haus gegangen ist!

(Dass ich von Deiner Mutter keinen allzu guten Eindruck hatte, habe ich Dir ja gesagt. Trotzdem scheint sie wenigstens nicht die Macke zu haben, alles, was auf dieser Welt geschieht, immer nur auf sich beziehen zu müssen...)

Um den Kreis zu schließen: Die französische Polizei hat den Zeugen, die uns mit Alessia und Gabriella am *Pont du Gard* gesehen hatten, Fotos sowohl von Dir als auch von mir vorgelegt, und diese Zeugen haben uns als diejenigen identifiziert, die mit dem braunen belgischen Ford unterwegs gewesen seien.

Kein Wunder also, dass zu diesem Zeitpunkt nicht nur die französischen, sondern auch die deutschen Medien ausgeflippt sind und selbst die spanischen Zeitungen angefangen haben zu spekulieren, ob »*el monstruo alemán*« nicht längst die Grenzen zu ihrem schönen Land überschritten habe...

Eins hätte mich an jenem Morgen, an dem wir in Murcia aufgebrochen sind, stutzig machen müssen: dass Du Dich so auffällig vernünftig benommen hast. Denn bei Lichte besehen hat der Plan, am *Cabo de Gata* ein Wohnmobil zu knacken, um auf diese Weise gleich zwei Probleme zu lösen – den Ford loszuwerden und künftig nicht mehr in Hotels übernachten zu müssen –, bei Lichte besehen hat dieser Plan so gar nicht nach Dir geklungen.

Vermutlich habe ich einfach keine Lust gehabt, schon wieder Unheil zu wittern. Ich war nämlich gerade dabei gewesen, mich mit der Landschaft anzufreunden. (Und es hat mich genug Anstrengung gekostet, mir die Laune nicht von diesen endlosen Plastikgewächshäusern verderben zu lassen, die rechts und links der Straße standen.) Ich *liebe* nun mal nicht nur Gebirge, sondern auch Wüsten, und deshalb ist jene Halbinsel mit ihren zerklüfteten Felsen und Buchten, die wir schließlich erreicht haben, die erste Gegend seit dem schönen Wald hinter Andorra gewesen, in der ich mich wohlgefühlt habe.

Ich sehe die Geisterwälder aus abgestorbenen Agaven vor mir. Und höre Dein Lachen, wie ich Dir erkläre, dass die armen Pflanzen ihr ganzes Leben darauf warten zu blühen, und wenn es endlich so weit ist, vor Scham sterben, weil sie erkennen, dass ihre Blüten leider ziemlich gewöhnlich und ziemlich hässlich sind...

Ein paar Mal habe ich wirklich gedacht, unser Ford würde auseinanderbrechen, als Du ihn mit viel zu hohem

Tempo über die staubigen, ungeteerten Wege gejagt hast. Aber ich kann verstehen, dass es Dir Spaß gemacht hat, den Wagen noch einmal zu schinden, bevor wir ihn endgültig stehen lassen mussten.

Letzte Woche habe ich Dir ja geschrieben, dass ich meine Haare im November nachgefärbt habe. Aber was ist dieses Nachfärben für eine lästige, trostlose Angelegenheit gewesen im Vergleich zu dem Spaß, den wir an jenem Mittag am »Katzenkap« gehabt haben. Du weißt, dass ich wahrlich kein Spanisch-Fan bin, aber allein schon »*Castaño oscuro*« hat viel aufregender geklungen als »Dunkelbraun«. Und auch wenn der Schnitt, den Du mir in der kleinen grauen Sandbucht verpasst hast, in den Augen der meisten Menschen keine Frisur, sondern eine »Verstümmelung« gewesen ist – was wissen diese Spießer schon darüber, wie befreit ich mich gefühlt habe, als Du Dein Messer aufgeklappt und tatsächlich angefangen hast, meine Haare abzuschneiden. (Sind den öden Zotteln tatsächlich ein paar Möwen hinterhergeflogen, oder bilde ich mir das bloß ein?) Und als wir uns gegenseitig die braune Färbepampe im Haar verteilten und der Wind uns einzelne, frisch gefärbte Strähnen ins Gesicht geschlagen hat, ist es noch einmal fast so schön gewesen wie in Luchon. (Und gut, dass Du auf die Idee gekommen bist, die braunen Flecken mit Sand fortzurubbeln, bevor sie sich endgültig in unsere Haut gefressen hatten – Lepralook wäre sicher die falsche Strategie gewesen, um uns zu tarnen...) Dass das Mittelmeerwasser trotz seiner üblichen Plörretemperatur nicht ganz so »*lukewarm*« gewesen ist, wie es die Gebrauchsanweisung empfohlen hatte, und wir zum Ausspülen auch kein richtiges Shampoo dabeihatten, hat mich nicht gestört.

Das Einzige, was mir unser Friseurvergnügen im »*Salon Nature*« (Du erinnerst Dich?) ein wenig getrübt hat, war die Tatsache, dass ich am Morgen in diesem riesigen Shoppingcenter bei Murcia so stur gewesen bin und mir von Dir keine Unterwäsche habe kaufen lassen. (Ich war halt sauer gewesen, dass Du Dir so eine schicke neue Lederjacke und Jeans gekauft hattest und ich weiterhin in dem Andorrakleidchen herumlaufen sollte. Aber natürlich hast Du Recht gehabt: Die Zeugen vom *Pont du Gard* hatten mich in einer »hellgrünen Bluse« und »dunklen Hosen« gesehen, sprich: Niemand rechnete damit, dass ich plötzlich ein grell gemustertes Kleid anhatte.)

Ich wundere mich, dass Du mich am »Katzenkap« wegen meiner Verklemmtheit nicht aufgezogen hast. Denn natürlich habe ich das Kleid *nicht* angelassen, weil mir kalt gewesen wäre. Und als ich ins Wasser gegangen bin, um meine Haare auszuspülen, habe ich es nicht deshalb anbehalten, um es »gleich mitzuwaschen«, sondern weil ich mich geschämt habe, nackt vor Dir herumzuspringen.

Dass Du hingegen schon vor dem Färben Deine neue Lederjacke und Dein neues T-Shirt ausgezogen hattest, war mir überhaupt nicht unangenehm, im Gegenteil. (Hast Du nicht mitbekommen, *wie* ich Dich angestarrt habe, als Du dann auch noch Deine Jeans ausgezogen hast und komplett nackt ins Wasser gerannt bist?) Und als Du nach zehn oder fünfzehn Minuten wieder zurückgeschwommen kamst und Dich auf dem großen Felsen zum Trocken ausgestreckt hast, da habe ich es einfach nicht länger ausgehalten, Dich nur anschauen, aber nicht anfassen zu dürfen. (Mit den dunklen Haaren hast Du mir noch besser gefallen als zuvor ...)

Doch nie wäre ich den Hang, den ich erklommen hatte, um mich von Deinem Anblick abzulenken, so aufgeregt wieder hinuntergelaufen, um Dir von dem einsamen VW-Bus oben an den Klippen zu berichten, hätte ich damals schon gewusst, was Dich an diesem Bus eigentlich interessieren würde. Und über Deine Bemerkung, dass ich mit meiner neuen Frisur wie eine »richtige Hippiebraut« aussehen würde, hätte ich auch nicht gelacht, hätte ich geahnt, worauf Du hinauswolltest.

Um es ein für alle Mal klarzustellen: Mir ging es nicht darum, Dich zu einem Zootier zu machen, das sich mit der Beute begnügt, die ein Wärter ihm hinwirft. Ich wollte nur verhindern, dass Du solche *Lowlifes* jagst.

Und dass »Doro« und Petra *Lowlifes* gewesen sind, hättest Du in der ersten Sekunde erkennen können. Oder fallen Dir andere Lebensformen ein, die heutzutage noch *Dreadlocks* tragen? Die in viel zu weiten Tops herumlaufen, aus denen alles heraushängt? Die sich nach dem Baden lediglich ein Batiktuch um die Hüften wickeln, ohne sich die Mühe zu machen, wenigstens in eine Bikinihose zu schlüpfen? Denen all dies noch nicht einmal peinlich ist, selbst wenn fremde Menschen sich nähern? Sondern die in einer solchen Situation pseudolässig die Hand heben, um »*Peace*« zu machen?

Der Joint ist nicht das Problem gewesen. Im Gegensatz zu Dir habe ich ja sogar daran gezogen. (Obwohl ich höchstens dreimal im Jahr kiffe!) Aber spätestens als Du angefangen hast, den Unsinn vom »Achsbruch« zu erzählen, und dass die Wege hier von Jahr zu Jahr schlimmer würden, und dieses grünhaarige Rastamonster Dir auch noch beigepflichtet hat, dass es in der Tat immer »krasser« würde, aber das »halt das Coole« an der Gegend sei – spätestens da war mir klar, dass ich nichts mehr zu melden hatte. Dass ich mir die Kommandozentrale wenigstens ein bisschen zugenebelt habe, ist das Klügste gewesen, was ich an diesem Nachmittag tun konnte. Und wahrscheinlich hätte ich noch einmal kräftig ziehen sollen, dann wäre mir nämlich erspart geblieben, den Blödsinn mit anzuhören, den Ihr gequatscht habt.

»Und was macht ihr so?«

»Chillen halt, ist alles so spirituell hier.«

»Nur diese Parkhüter sind echt 'ne Pest. Vor denen müsst ihr euch in Acht nehmen. Die lassen einen keine Nacht in Ruhe, und dann machen die so lange Stress, bis man auf einen dieser sauteuren Campingplätze geht.«

»Faschos.«

Und Dein Spruch »Keine Macht den Drogen«, den Du losgelassen hast, nachdem »Doro« Dir den Joint mit ihrem Dalai-Lama-artigen Lächeln hingehalten hatte, ist ebenfalls nicht lustig gewesen, sondern komplett abgedroschen, und man muss schon so zugedröhnt gewesen sein wie die beiden Rastamonster, um darüber fünf Minuten lachen zu können.

Der Fairness halber gebe ich zu, dass Petra nicht ganz so hinüber gewesen ist wie ihre Freundin. Immerhin hat sie genug Anstand besessen, sich dafür zu entschuldigen, dass sie uns keinen Stuhl anbieten könne, da sie nur die beiden Campingsessel hätten. Dass Du keine Lust gehabt hast, im Bus nach einem »Kissen oder so« zu suchen, verdenke ich Dir nicht. Aber musstest Du wirklich sagen, dass die »gute alte Mutter Erde« noch immer »der beste Ort zum Sitzen« sei? Es ist mir wirklich schleierhaft, auf was für einem Trip Du an diesem Nachmittag gewesen bist.

Sollte es Dich interessieren, auf was für einem Trip ich gewesen bin – ich habe Möwen gezählt. Nein, das stimmt nicht. Zunächst habe ich mir vorgestellt, wie es wäre, die Landschaft am »Katzenkap« zu überfliegen, ob die krüppeligen Zwergpalmen aus der Luft überhaupt noch wie Palmen aussähen und ob die Felszungen, die ins Meer ragten, genauso rasch im Dunst verschwinden würden wie von hier aus betrachtet.

Mit dem Möwenzählen habe ich erst begonnen, als Petra mit ihrem Geschrei begonnen hat. (»Ey, Scheiße, tu die weg!«) Und als »Doro« dann auch noch zu kichern anfing und ihr albernes »Peng! Peng!« machte, ist es wirklich kompliziert geworden. Trotzdem, ich habe mich nicht ablenken lassen. (Meine Angst, von der Polizei gefasst zu werden, hatte sich beruhigt wie das Meer, das unter uns lag. Und meine Angst vor dem, was bald geschehen würde, trieb dahin wie ein Ölfleck, der nur langsam wächst.) Erst in dem Moment, in dem Du erklärt hast, dass wir nun alle einen Ausflug in die Berge machen würden, weil es in den Bergen noch viel schöner sei, habe ich mit dem Zählen von vorn anfangen müssen. Deshalb habe ich so gemault, als Du mich am Arm gepackt und in den stinkenden Campingbus gezerrt hast.

Im Nachhinein erscheint es mir unfassbar, dass wir an jenem Nachmittag überhaupt heil in den Bergen angekommen sind. Selbst wenn Petra weniger zugedröhnt gewesen ist als »Doro«, dürfte auch sie nicht mehr ganz fahrtauglich gewesen sein. Und ob ihre Fahrtauglichkeit dadurch erhöht wurde, dass sie ununterbrochen geflucht und geheult hat und Du sie ständig angebrüllt hast, sie solle keine Dummheiten machen, ihre Freundin hier hinten sei schneller tot, als sie bremsen könne, wage ich zu bezweifeln… Dass Du bei dem katastrophalen Geruckel und Gehüpfe nicht aus Versehen abgedrückt hast, gleicht einem *Weltwunder*.

Nicht weiter erstaunlich hingegen war es, dass ich mich auf unserer Fahrt schon wieder übergeben musste. Vielleicht hätte ich mir den stinkenden Fetzen nicht übers Gesicht legen sollen, den ich mir, gleich nachdem Du mich auf das Matratzenlager gestoßen hattest, irgendwo gegriffen hatte. (Aber ich hatte wirklich nicht mit anschauen können, wie Du »Doro« in bekannter Manier die Pistole an den Kopf gehalten hast und dieses arme Kifferchen trotzdem weiterlachte.) Vielleicht hätte ich, nachdem ich mir den Fetzen vom Gesicht gezogen hatte, die Übelkeit im Griff behalten können, wenn die braunen Vorhänge nicht gewesen wären, die ringsherum wie in Seenot tanzten. Und als ich bei dem einen Schlagloch mit dem Kopf gegen die unverschalte Metallwand geknallt bin, musste ich einfach um einen Kotzstopp bitten.

Es wäre mir wirklich lieber gewesen, wenn »Doro« in diesem Augenblick nicht kichernd ergänzt hätte, dass sie »pullern« müsse und es dadurch zu dieser merkwürdigen »Mädchensolidarität« zwischen uns gekommen ist. Ich kann verstehen, dass Du geflucht hast, »jetzt drei so bescheuerte Fotzen« am Hals zu haben. (Andererseits: Wer hat Dich gezwungen, den VW-Bus *mit* den beiden Hippies zu entführen... Ich *hatte* vorgeschlagen, in aller Ruhe noch einmal zum Ford zurückzugehen, einen Apfel zu essen und zu warten, bis die beiden wieder verschwunden waren.) Jedenfalls bin ich froh, dass Du Deine Drohung, es sei Dir egal, wenn wir den Bus »vollkotzen und -pissen« würden, nicht wahr gemacht, sondern Petra aufgefordert hast anzuhalten.

Auch wenn mich meine Mutter im Verdacht hat, »bulimisch« zu sein: Ich genieße es keineswegs, mich zu übergeben. Am »Katzenkap« ist es mir sogar fast noch unangenehmer gewesen als in dem Hotelzimmer in Murcia. Die armen Agaven hatten es nun wirklich nicht verdient, von mir auch noch vor die abgestorbenen Stauden gekotzt zu bekommen. Aus irgendwelchen Gründen habe ich an die Agave denken müssen, die ich vor Jahren an der Côte d'Azur ausgegraben hatte und die seither auf meinem Fensterbrett in Köln-Deutz stand. (Nach meiner Rückkehr habe ich natürlich vergessen, ihr zu sagen, dass sie nicht traurig darüber sein sollte, dass sie nie blühen würde. (Vielleicht hätte ich sie doch nach Berlin mitnehmen sollen.))

Von außen betrachtet, müssen wir ein ziemlich lustiges Bild geboten haben: Ein heulendes Rastamonster am Steuer eines Göttinger VW-Busses, in der offenen Schiebetür ein Mann mit Pistole im Anschlag, im rötlichen Sand davor ein zweites Rastamonster, das kichert, es »könne« nicht, wenn einer zuschaue, und in der toten Botanik ein kotzendes Mädchen mit frisch gefärbter Sturmfrisur. (Ich frage mich, was Du den Parkhütern erzählt hättest, wenn sie in diesem Moment vorbeigekommen wären...)

Als es in meinem Rücken zu plätschern begann, habe ich versucht, etwas von jener Hochstimmung wiederzufinden, die ich empfunden hatte, als wir mit unserer *Hermana Lucía* ins *Vallée d'Ossoue* gefahren sind. Es ist mir nicht gelungen. Und als ich Dein Gesicht betrachtete, während Du die Tür zugeworfen und Petra befohlen hast, sie solle weiterfahren, konnte ich darin ebenfalls nichts von dem wilden Leuchten entdecken, das ich in den Pyrenäen gesehen hatte. Nur Dein Stolz und Deine Wut zwangen Dich, zu Ende zu bringen, was Du begonnen hattest.

Warum hast Du mich nicht erschossen, als ich in den Bergen davongerannt bin? War das, was diese beiden Hippies auf Deinen Befehl hin taten, wirklich so aufregend, dass Du noch nicht einmal Zeit hattest, mich zu erschießen?

David, es ist kein leeres Gerede: An jenem Nachmittag in der *Sierra Alhamilla*, deren Namen ich in keinem stinkenden Atlas nachschlagen muss, weil ich Zeit genug hatte, auf den Schriftzug »*Sierra Alhamilla Agua Mineral*« zu starren, der auf der Wand der alten Mineralwasserfabrik schon fast verblasst war, wollte ich sterben. Wie konnte ich Dich weiter bewundern, wenn es Dir gefiel, dabei zuzuschauen, wie eine heulende Schlampe mit einer sinnlos kichernden Schlampe Dinge tat, die sie sonst vielleicht auch tat, aber bei denen ich ganz gewiss nicht dabei sein wollte? Warum konntest Du Deinen Hunger nicht einfach stillen, wie Du ihn in der Camargue gestillt hattest? Warum wolltest Du mich zwingen, bei diesem unwürdigen Schauspiel mitzumachen? Ich *musste* aus diesem VW-Bus rennen, in dem es nach Dope und

Schweiß stank, und wenn Du mich in diesem Moment erschossen hättest, wäre es mir vollkommen recht gewesen.

An jenem Nachmittag hat mich einzig gerettet, dass Du, um alles, was zwischen uns gewesen ist, so sinnlos zu zerstören, wenigstens ein Gelände gewählt hattest, auf dem genügend zerbrochene Fensterscheiben und Flaschen herumlagen.

Nie zuvor hatte ich mir die Oberschenkel mit Glas geritzt. Der Schmerz war anders: Weniger klar und scharf, als wenn ich mit meinen üblichen Rasierklingen schnitt. Dennoch begrüßte ich das Gefühl wie den guten Freund eines alten Freundes.

Vom ungewohnten Schmerz wurde mir schwindlig, ich musste mich gegen die Wand lehnen, deren hellblaue Farbe nur noch zu erahnen war. Wenn ich den Kopf zur Seite drehte, spürte ich den warmen Stein an meiner Wange. Ich blickte in eine Art Canyon, von der ich bislang geglaubt hatte, dass es sie nur in Amerika geben würde. Oben an der Plateaukante brach der Fels senkrecht ab, wie mit dem Lineal gezogen schichtete sich gelbliches auf rötliches Gestein, nach unten hin liefen die Wände in grünliche Geröllkegel aus. Zwei oder drei Jahre ist es her, dass ich alle meine Kindheitsposter zum Altpapier getan hat. Nur das Grand-Canyon-Plakat, das mir mein Onkel von seiner Amerikareise mitgebracht hat, durfte hängen bleiben.

Für einen kurzen Moment war ich froh, noch am Leben zu sein, weil ich ungern von dieser Welt gegangen wäre, ohne den Grand Canyon gesehen zu haben. Aber dann hörte ich eine Frau schreien und eine andere aufheulen. Den Schmerz, den diese Geräusche verursachten, konnte ich nur bekämpfen, indem ich nach einer neuen Glasscherbe griff und diese quer über meinen anderen Oberschenkel zog.

Unten im Canyon war eine Oase mit hohen, dichten Palmen, und ich fragte mich, ob dort jemand wohnte und ob dieser jemand nicht hörte, wie elend es in der alten Mineralwasserfabrik schrie. Ich merkte, dass ich kurz davor war, ohnmächtig zu werden. (Normalerweise macht mir ein bisschen Ritzen nichts aus, doch die Hitze, die Übelkeit und der ungewohnte Schmerz setzten mir zu.) Bevor meine Beine endgültig nachgaben, ließ ich mich freiwillig auf den Boden sinken. Ich drehte meinen Kopf zur anderen Seite und freute mich, in der Ferne das Meer zu sehen. Doch dann begriff ich, dass es nicht das Meer war, das glitzerte, sondern das Plastik der endlosen Gewächshäuser. Und dann wurde es schwarz.

Jetzt weißt Du also, wie es mir in der Mineralwasserfabrik ergangen ist. Was Du dort im Einzelnen getrieben hast, will ich gar nicht wissen.

(Wenn es wenigstens eine Fabrik Deines ehemaligen Sponsors gewesen wäre… Oder hattest Du auch mit »*Sierra Alhamilla Agua Mineral*« eine »offene Rechnung«, von der ich nichts weiß?)

Immerhin hast Du die Höflichkeit besessen, die Spuren Deines Nachmittags zu beseitigen, bevor Du mich in den VW-Bus zurückgetragen hast. (Nur ein Laken mit rostbraunem Fleck hast Du übersehen – allerdings hätte der Fleck auch gut älteren Datums sein können.) Und wenn ich daran denke, dass Du Dir während meines Blackouts tatsächlich die Mühe gemacht hast, meine Oberschenkel mit Whisky zu desinfizieren und zu verbinden, kann ich Dir schon fast nicht mehr böse sein.

Damals habe ich es nicht wirklich realisiert, weil ich Dich nicht so leicht davonkommen lassen wollte – aber wie sehr hatte sich Dein Verhalten mir gegenüber seit Arles verändert! Nach dem Stierkampf hättest Du mich lieber umgebracht, als auch nur ein Viertel Auto nach einem alten Verbandskasten zu durchwühlen...

Den Rat, den Du mir auf unserer Fahrt in die Sierra Nevada gegeben hast, habe ich übrigens beherzigt: Hier in Berlin habe ich mir eine Massagebürste gekauft, mit der ich meine Wunden jetzt immer aufschrubbe, sobald sich der erste Schorf gebildet hat. Sie verheilen wirklich viel schneller so. (Ich frage mich, weshalb mir nie ein Arzt oder eine Krankenschwester diesen Trick verraten hat, sondern weshalb ich dazu erst einen *Radfahrer* treffen musste...)

Ohne die Sache mit den Hippies entschuldigen zu wollen: Wer weiß, ob unsere Nacht in der Sierra Nevada so schön geworden wäre, hättest Du mich am Nachmittag nicht so leiden lassen. (Von wem stammt der blöde Spruch, es sei das Schöne am Schmerz, wenn er nachlässt?)

Wieder einmal musste ich Dich dafür bewundern, wie gut Du Dich in den verschiedensten Gegenden auskanntest – ich hätte das winzige Sträßchen zu dem stillgelegten Elektrizitätswerk garantiert übersehen. Und was für ein Glück, dass Du auf der Suche nach dem Verbandskasten auch eine Kiste mit Lebensmitteln entdeckt hattest. Zusammen mit den Kräutern, die ich gesammelt habe, sind die Spaghetti und Dosentomaten das beste Essen auf unserer ganzen Reise gewesen. Nur schade, dass die Kastanien noch nicht ganz reif gewesen sind und dass wir kein Lagerfeuer machen konnten. (In der Nacht habe ich in meinem Kleid tatsächlich gefroren.) Aber natürlich hast Du Recht gehabt, es wäre viel zu riskant gewesen. Am frühen Abend waren wir schließlich an einem Waldbrand vorbeigekommen, und ich kann verstehen, dass die spanische Polizei deshalb mit Lagerfeuern keinen Spaß versteht. (Die Geschichte, die Du mir beim Kochen erzählt hast, wie Ihr bei einem Rennen ganz in der Nähe beinahe von einem Feuer eingeschlossen worden wärt, weil irgendein Rennleiter zu spät informiert worden sei, verursacht mir immer noch Gänsehaut.)

Auch wenn es nichts mehr bringt, das Thema noch einmal anzuschneiden: Hat Dir jene Nacht nicht bewiesen, dass wir wunderbar zu zweit in der Wildnis hätten leben können? Ich hätte absolut nicht erwartet, dass Du Dich immer so rührend um mich kümmern würdest wie nach dem Essen, als Du meine Verbände gewechselt und mich »verrücktes Huhn« genannt hast. Es hätte mir voll und ganz genügt, in eine Wolldecke gewickelt im Gras zu liegen, den Eukalyptusgeruch einzuatmen, den bewölkten Himmel zu betrachten, einem schimpfenden Nachtvogel zu lauschen und Dich zu fragen, ob Du nicht auch fändest, dass er wie eine keifende Ehefrau klingen würde, die ihrem heimkehrenden Mann eine Szene macht. Und so wie ich in jener Nacht nur ein bisschen traurig gewesen bin, als Du Dich zum Schlafen in den VW-Bus verzogen hast, hätte ich Dich auch in all den anderen Nächten nie zu bedrängen versucht, sondern wäre einfach glücklich gewesen, in der Natur zu sein und Dich in meiner Nähe zu wissen.

Lieber David!

Tinka ist der tapferste Hund der Welt. Heute Morgen hat ihr der Arzt mit einer Nadel in den Rücken gestochen, und sie hat noch nicht einmal gewinselt. Er meint, dass wir mindestens drei, vier Tage Geduld haben müssen. Das Labor könne leider nicht schneller arbeiten. Ich habe ihn angefleht, alles zu versuchen, und er hat mir versprochen, »Druck« zu machen. (Manchmal hat es sein Gutes, »Promi« zu sein.)

Allerdings habe ich anschließend einen heftigen Streit mit meiner Mutter gehabt. Seit Tagen quatscht sie mir die Mailbox voll, sie mache sich Sorgen, weil ich mich in diesem Jahr noch nicht gemeldet habe. Vorhin habe ich sie also endlich angerufen – und glaubst Du, dass sie mich in irgendeiner Weise ernst genommen hätte? Sie hat nur gelabert, ich solle abwarten, ich würde schon sehen, bestimmt sei alles ganz harmlos, und wenn nicht, dann müsse ich mir vor Augen halten, dass Tinka eben nicht mehr die Jüngste sei und doch ein schönes Leben gehabt habe.

Wie sie sich wohl fühlen würde, wenn sie einen Tumor hätte, und ich würde über sie sagen, dass sie »eben nicht mehr die Jüngste« sei und »doch ein schönes Leben« gehabt habe... Wobei Letzteres in ihrem Fall gelogen wäre, denn wenn sie eines Tages einen Tumor kriegen sollte, wäre dies nichts anderes als das angemessene Ende eines völlig beschissenen Lebens.

Ich glaube, ich muss sie noch einmal anrufen und diesen Punkt klarstellen...

Lieber David!

So. Jetzt geht es mir besser. Und Tinka benimmt sich wie ein Engel. Fast habe ich das Gefühl, *sie* würde versuchen, *mich* zu trösten. Mist. Jetzt muss ich schon wieder heulen.

An dem Morgen, an dem wir in der Sierra Nevada aufgebrochen sind, habe ich gleich gemerkt, dass es Dir nicht gut geht. Und anders als in Gerona habe ich auch geahnt, wieso. Seit den Pyrenäen wusste ich ja, was es bedeutete, wenn überall auf dem Asphalt weiße Namen auftauchen. Als ich später in der Zeitung das Bild dieses weißblonden Radfahrers entdeckt habe, der sein goldenes Trikot küsst, und darunter das Wort »Granada« gelesen habe, vermutete ich zum ersten Mal, dass es Dir wehtat, nicht mit den Männern in ihren goldenen, orangen und hellblauen Trikots unterwegs zu sein, sondern mit mir. Und ich erkannte, dass ich nur eine Chance hatte, Dich aufzumuntern: indem ich Dich ungestört jagen ließ.

Erinnerst Du Dich an die rothaarige Frau, die an dieser Autobahnraststätte irgendwo zwischen Granada und Málaga aus dem Berliner Kombi gestiegen ist und die beim Frühstück zwei Tische weiter gesessen, die tropfenden Schinken über dem Tresen angestarrt und in ihr kleines schwarzes Notizbuch gekritzelt hat? (Wirklich schade, dass Du keine Lust auf das Spiel hattest, das ich früher so gern mit meinem Vater gespielt habe. Zu gern hätte ich mit Dir darüber spekuliert, was sie hier trieb. Ob sie die Reise ursprünglich mit ihrem Freund geplant hatte, dann aber allein gefahren war, weil der sie im letzten Moment sitzen gelassen hatte. Oder ob sie eine Reiseschriftstellerin war, die ein Buch über andalusische Spezialitäten schrieb ...)

Natürlich wäre sie ein bisschen zu alt für Dich gewesen. (Trotzdem bin ich sicher, dass Du mit ihr mehr Spaß gehabt hättest als mit dem zerrupften Vogel, den Du in diesem Yachthafen an Land gezogen hast.) Und als ich von den Klos zurückkam und Du verschwunden warst, habe ich auch gedacht, Du hättest Dein Desinteresse nur vorgetäuscht und sie Dir in Wahrheit doch geschnappt, während ich mir in diesem ekligen Waschbecken die Haare gewaschen hatte. Ich muss wie eine Idiotin ausgesehen haben, als ich mit meinen tropfenden Haaren auf den Parkplatz hinausgerannt bin und »David! *DAVID!*« geschrieen habe. Und wie panisch bin ich erst geworden, als ich feststellte, dass der Berliner Kombi nicht mehr unter dem Sonnendach stand und sich auch in unserem VW-Bus nichts regte, obwohl ich mit beiden Fäusten dagegengetrommelt habe.

Umso größer ist meine Erleichterung gewesen, als ich Dich endlich vor dem Blechcontainer am Eingang des Parkplatzes entdeckte. Aber als mir dämmerte, dass Du dort standest, um Dich über Fähren nach Marokko zu informieren, ist mir der nächste Schrecken in die Glieder geschossen.

Hast Du wirklich mit dem Gedanken gespielt, nach Afrika zu gehen? Hättest Du riskiert, an der Grenze verhaftet zu werden? Wärst Du wirklich ohne mich gefahren? (Was frage ich, inzwischen weiß ich es ja ...)

Im Nachhinein muss ich Dir also dankbar sein, dass Du mir wenigstens noch drei, vier gemeinsame Tage geschenkt hast.

Selbst wenn ich Deinen Lebensschmerz heute begreife, verstehe ich nicht, was Dir an jenem Vormittag durch den Kopf gegangen ist. Die Tage zuvor hatten wir uns einen Spaß daraus gemacht, jedes Mal, wenn wir unter einer der Anzeigetafeln hindurchkamen, auf denen das spanische Verkehrsministerium die aktuelle Zahl der Toten in diesem Jahr verkündete, zu schauen, ob die Zahl gestiegen war. Als wir uns kurz vor Málaga wieder einer solchen Tafel näherten, und ich mit dramatischer Filmstimme vorlas: »*Since January 1st, 1499 killed*«, hast Du nicht wie sonst geantwortet: »*It wasn't me*«, sondern mich angefaucht, was ich eigentlich von Dir wolle.

Was ICH von DIR wollte?

Frag den Schatten, was er von der Sonne will!

Und außerdem: *Du* hast *mich* entführt – auch wenn ich freiwillig zu Dir in den Porsche gestiegen bin. Warum hast Du plötzlich so getan, als ob *ich* mich *Dir* aufgedrängt hätte? Warum hast Du mich mehrere tausend Kilometer durch Europa geschleppt, wenn Du Dich am Schluss doch nur aus dem Staub machen wolltest?

Manchmal habe ich den Verdacht, dass – bei aller Entschlossenheit und Stärke, die Du an den Tag gelegt hast – im Grunde *Du* derjenige gewesen bist, der nicht genau wusste, was er wollte. (Verzeih, wenn ich Dir das sage, obwohl ich so viel jünger bin...)

Noch nie habe ich einen solchen Hass auf Reklame entwickelt wie zwischen Málaga und Marbella. (Lächerlich, dass ich mich tags zuvor noch über die schwarzen Cognac-Stiere aufgeregt hatte.) Die riesigen Werbungen für Schnellboote nach Tanger oder Ceuta ließen alle paar Kilometer meinen Puls in die Höhe sausen. Und kaum hatte ich mich an dieses »Hau den Lukas« gewöhnt, begannen kreischende Plakate, Luxusimmobilien und andere Etablissements zu preisen, in denen man ebenfalls viel Geld loswerden konnte.

Wenigstens brauchte ich mich nicht zu beklagen, dass ich nicht vorgewarnt gewesen wäre, was mich in diesem degenerierten Hafenstädtchen neben Marbella erwarten würde. Und als Du versucht hast, unseren VW-Bus direkt am Yachthafen abzustellen und der Parkwächter beinahe seinen Schnurrbart verschluckt hätte, ereilte mich sogar ein Anflug von guter Laune. (Ich bin noch nicht einmal sicher, ob er Dir erlaubt hätte, Deinen limonengelben Porsche dort zu parken...) Die Idioten allerdings, die diese Ferrariparade anglotzten, als hätten sie noch nie fünf Autos nebeneinander gesehen, haben mich erschüttert. (Und ein bisschen beeindruckt bist Du von diesen affigen Schlitten auch gewesen, gib es zu... Immerhin warst Du nicht so peinlich, Deine Kamera herauszuholen und Fotos zu machen...)

Vielleicht hätte es mich mit Puerto Banalus – oder wie immer der Name dieser Edelkloake gewesen sein mag – vielleicht hätte es mich versöhnt, wenn es Dir wenigstens gelungen wäre, eins von den zwei Meter neunzig langen Models zu greifen, die sich in ihren winzigen Bikinis auf den Yachten räkelten. Oder eine von den Schleiereulen, die aus den zahllosen *Gucci-Pucci*-Läden gehuscht kamen, um mit ihren siebzig Tüten sogleich in verdunkelten Dubai-Limousinen zu verschwinden. Angesichts der halbnackten Hühner auf der einen und der wandelnden Hauszelte auf der anderen Seite habe ich mich wirklich gefragt, ob die Welt es nicht verdient hatte, demnächst unterzugehen.

Für das *Bild*-Interview, das mir an jenem Nachmittag den Rest gegeben hat, kann Puerto Banalus allerdings nichts. Dieser Ärger geht einzig und allein auf das Konto meiner Mutter. »Julia ist immer ein fröhliches, aufgewecktes Kind gewesen... und Paprikahühnchen mag sie besonders gern...« Wie kann ein Mensch, der irgendwelche Reste von Ver- oder Anstand besitzt, solches Zeug reden! Nur weil meine Mutter im Sommer einmal ein Paprikahuhn gemacht hat, von dem ich gemeint hatte, dass es nicht völlig missraten sei, heißt das noch lange nicht, dass Paprikahühnchen mein Lieblingsessen ist... Und selbst wenn – welches Recht hat sie, solche Dinge über mich zu verbreiten!

Da fällt mir ein: Ich habe ganz vergessen, meinem Vater zu danken, dass wenigstens er den Leuten von *Bild* die Tür vor der Nase zugeknallt hat. (Na ja, dafür hat er genug anderen Mist gebaut. *Denken Sie daran, dass Julia ein Mensch ist...*)

Hätte unsere Banalus-Episode einen glücklicheren Ausgang genommen, wären wir in den teuren Nachtclub hineingekommen? Ich bezweifle es... (und staune immer noch darüber, dass Du den Türsteher nicht einfach abgeknallt hast. Dabei hätte es jener arrogante Schuppen verdient, dass Du in ihm Dein lange angekündigtes Blutbad angerichtet hättest.)

Zumindest wären uns dieses finstere Pubviertel, die besoffenen Briten und das *Lady Marmalade* erspart geblieben. Himmel, was für ein armseliger Ort! (Klar, dass wir dem Türsteher dort nicht zu schäbig gewesen sind...) Diese Plüschbänke hätten noch nicht einmal in dem Video mitspielen dürfen, zu dem Pink sich vor ein paar Jahren hat hinreißen lassen. Ganz zu schweigen von den Frauen, die so taten, als säßen sie *gaaaanz* zufällig herum...

Meine Atemnot in dem Augenblick, in dem die Tante oben auf der Bühne anfing, mit ihrem BH herumzuwedeln und sich um die Stange zu wickeln, *war* nicht gespielt. Und ich könnte schon wieder kotzen, wenn ich an den fetten Araber denke, der mich die ganze Zeit angestarrt und dann auch noch begonnen hat, diese widerlichen Bewegungen mit seiner Zunge zu machen. Wieso bist Du nicht zu ihm hingegangen und hast ihm eine reingehauen, obwohl ich Dich darum gebeten hatte? Du kannst nicht wirklich gemeint haben, dass ich »scharf« darauf gewesen wäre, »in einem Harem« zu landen... (Ich bin sicher, Deine Radsportkumpels hätten sich über diesen Witz schlapp gelacht. Sorry, dass ich ihn nicht lustig fand.)

Ich habe ja versucht nachzuvollziehen, was Dich an diesem Mitleid erregenden Geschöpf, das sich von Dir einen Champagner nach dem anderen ausgeben ließ, gereizt hat. War es ihr Name gewesen? *Marisol...* Das Silikon im

BH? Oder der Leberfleck über ihrer Lippe, von dem ich anfangs geglaubt hatte, er sei nur aufgemalt?

Selbst wenn Euer Spanisch an mir vorbeigezischt ist wie ein ICE auf offener Strecke, habe ich mitbekommen, dass sie mich plötzlich angeschaut und den Kopf geschüttelt hat. (Habe ich richtig aufgeschnappt, dass sie wissen wollte, wie alt ich bin?) Muss ich ihr etwa auch noch dankbar sein, weil *sie* sich geweigert hat, einen »flotten Dreier« oder etwas in der Art zu machen?

Inmitten der ganzen Schäbigkeit gibt es in dieser Nacht dennoch ein Bild, das mir nicht mehr aus dem Sinn geht: Zu dritt hatten wir das *Lady Marmalade* verlassen, und ich genoss es, endlich wieder an der frischen Luft zu sein. Eine Möwe, deren linker Fuß verkrüppelt war, hüpfte zwischen zwei aufgerissenen Müllsäcken herum. Offenbar konnte sie sich nicht entscheiden, womit sie ihr Abendessen beginnen sollte. Ich schloss die Augen, legte den Kopf in den Nacken und versuchte, so viel Meerluft wie möglich in die Lungen zu bekommen, auch wenn es nur Mittelmeerluft war.

Als ich Deine Hand plötzlich in meinem Nacken spürte, hätte ich beinahe einen Schrei ausgestoßen. Aber Du hast plötzlich sehr nett getan und erklärt, Marisol habe Dir angeboten, eine Spritztour in ihrem Cabrio zu machen, und leider sei in ihrem Wagen nur für zwei Personen Platz. Wenn es mir nichts ausmachte, würdest Du mir die Schlüssel vom VW-Bus geben, dann könne ich Euch hinterherfahren.

Im Licht der Straßenlaterne schaute ich Dich an. Dein Gesicht verriet nicht die Spur eines Hinterhalts. Ich war überwältigt, wie schön und grausam Du sein konntest.

Hast Du Dich jemals gefragt, wie es mir auf meiner einsamen Fahrt in die nächtlichen Berge ergangen ist? Wahrscheinlich hat es Dich ebenso wenig interessiert wie mein Einwand, dass ich meinen Führerschein erst seit einem halben Jahr hatte und in den letzten Monaten, wenn überhaupt, dann nur mit dem Automatik-Golf meiner Mutter gefahren war. Obwohl ich das Fahren in einem Wagen mit Gangschaltung gelernt habe, habe ich den VW-Bus an jeder Ampel und jeder Kreuzung abgewürgt, an der wir halten mussten. Marisol hat ja keinerlei Rücksicht darauf genommen, dass ich ihr mit diesem schwerfälligen Auto folgte, und Du wirst sie nicht ermahnt haben, den Fuß vom Gas zu nehmen...

Ich hatte keine Ahnung, wohin wir fuhren, anfangs ging es steil bergauf, und ich wusste nie, ob ich in den zweiten oder dritten Gang schalten sollte. In den vielen Serpentinen verlor ich die runden Rücklichter von Marisols Cabrio ständig aus den Augen, andererseits wurde es einfacher, Euch zu folgen. Nachdem wir die Wohngebiete verlassen hatten, gab es keine Kreuzungen oder Abzweigungen mehr. Irgendwann wurde ihr Wagen langsamer und geriet ins Schlingern. Hatte sie begonnen, misstrauisch zu werden, warum Du mit ihr so weit in die Berge hineinfahren wolltest? War dies der Moment, in dem Du ihr zum ersten Mal Deine Pistole gezeigt hast?

Der Himmel war klarer als in der Nacht zuvor, der Mond schien so hell, dass die Pinien oder Kiefern, die rechts und links immer spärlicher standen, Schatten auf die Straße warfen. Als wir das Hochplateau erreichten, wuchsen gar keine Bäume mehr. Hätte ich wie üblich neben Dir gesessen, hätte ich die Fahrt durch diese nächtliche Mondlandschaft vielleicht genossen. Ohne zu blinken, bog Marisol in eine schmale Nebenstraße ein, bis sie ihr Cabrio wenige Kilometer später auf einem ungeteerten Parkplatz zum Stehen brachte.

Hat es Dir Spaß gemacht, sie zu vergewaltigen? Eine Frau, die Dir so viel Widerstand geleistet hat wie ein Stück Butter dem Messer?

Mir hat das Autokino, das Du mir in meinem VW-Bus geboten hast, keinen Spaß gemacht. Die ganze Zeit habe ich überlegt, was die Tiere von jenem anderen Tier halten mochten, das »*sí, ah sí*« und allerlei anderen spanischen Unsinn in die Nacht kreischte und glaubte, damit sein erbärmliches Leben zu retten. Haben sie Mitleid empfunden? Oder haben sie gelacht?

Ich bin müde. Nur eine Frage habe ich noch: Als Du verschwunden bist, um Marisols Leiche hinter einem Felsen zu verstecken, und ich den Motor des VW-Busses angelassen habe – hast Du da wirklich geglaubt, ich würde ohne Dich abhauen? (Dabei ist mir doch nur kalt gewesen, und ich habe nicht gewusst, wie die Standheizung funktioniert ...)
Warum hat Dich der Gedanke so erschreckt, dass Du mit gezückter Pistole angerannt kamst? Du hattest doch sicher längst beschlossen, den Bus stehen zu lassen und die Reise im Cabrio fortzusetzen ...

Lieber David!

Ich spüre, wie unsere gemeinsame Zeit dem Ende entgegengeht. Ich fürchte mich vor der Leere, die danach kommt.

Vielleicht hat mein Vater Recht, und ich sollte anfangen zu studieren. Aber was? Ich *kann* mich nicht in überfüllte Hörsäle setzen und mir Vorträge über »Die Poetik des Wassers in der englischen Moderne« anhören ...

Wenn überhaupt, müsste es etwas Praktisches sein. Tiermedizin zum Beispiel, dann könnte ich wenigstens Tinka helfen. (Noch immer keine Neuigkeiten.) Aber der bloße Gedanke an den Papierkram, den ich erledigen müsste, um mich um einen Studienplatz zu bewerben, lähmt mich.

Meine Haut fühlt sich an wie ein Luftballon kurz vor dem Zerplatzen. Wenn ich über meinen Handrücken streiche, könnte ich schreien vor Schmerz. Ich habe Magenkrämpfe, mein Bauch ist hart und aufgebläht und gleichzeitig bekomme ich Fressanfälle. Letzte Nacht habe ich sogar den ekligen Christstollen, den meine Mutter mir zu Nikolaus geschickt hat, in mich hineingestopft. Danach musste ich mich eine Stunde lang übergeben.

Obwohl ich mir jetzt täglich die Oberschenkel ritze, lässt der Druck nicht nach. Ist es denkbar, dass ich so sehr mit Tinka leide, dass auch in mir ein Geschwür wächst?

Ich weiß, ich sollte zum Arzt gehen. Aber ich will nicht. Ich kann nicht ertragen, wenn sie an mir herumdrücken und -klopfen und mit ihren Instrumenten in mich hineinschauen. Damals, nach meiner Rückkehr, wollten sie mich in der Klinik auch gleich untersuchen. Aber ich habe mich geweigert. Wie es in mir aussieht, geht niemanden etwas an. Schlimm genug, wenn sie jetzt Tinka röntgen und in ihr herumstochern.

Mir sträuben sich die Nackenhaare, wenn ich an die Tierquälerei denke, deren Zeugin ich in Sevilla zum zweiten Mal geworden bin. Den Spießern darf ich das natürlich nicht sagen – aber in Wahrheit habe ich bei diesen Stierkämpfen mehr gelitten als bei Deinen Taten. Ist es nachts ganz still, höre ich bisweilen das Geräusch, mit dem die Stiere, wenn sie das erste Mal in die Arena stürmen, gegen die Holzplanken krachen.

Natürlich kannst Du sagen: Wenn sich ein Stier von ein paar roten Lappen in den Tod locken lässt, ist er genauso dumm wie die »*Porno Paparazzi Girls*«, die sich von Deiner Kamera haben locken lassen. Aber der Stier kann nichts dafür, dass er auf die rote Farbe reagiert. Es ist seine Natur. Wohingegen sich ein Mädchen sehr wohl entscheiden kann, auf Deinen bescheuerten Trick mit der Kamera *nicht* hereinzufallen. Andernfalls müsste man ja bereits als »*Porno Paparazzi Girl*« geboren werden, und das glaube ich nicht.

Aber warum habe ich dann kein Mitleid mit der stolzen *Hermana Lucía* gehabt? Sie ist doch mindestens ebenso unschuldig an dem, was ihr widerfahren ist, wie die Stiere in der Arena... Ich kann es mir nur so erklären: Sie war ein Opfer. Ein Opfer meiner Liebe zu Dir. Aber was vielleicht noch wichtiger ist: Ihr Tod war nicht einfach nur schäbig und sinnlos, ein Schluckauf im Weltgeschehen, sondern ihr Tod hat bewiesen, dass es das Schicksal gibt, aber keinen Gott. Natürlich ist ihr Tod damit noch lange nicht gerechtfertigt. Dennoch erscheint er in einem anderen Licht...

Und in diesem anderen Licht erscheint auch der Tod von Carla Rincón. Schon in Arles hatte ich mir gewünscht, dass ein Vertreter dieser Zunft am eigenen Leib erfahren möge, wie es ist, über zwanzig, fünfundzwanzig Minuten zu Tode gequält zu werden. Aber ich hatte es für aussichtslos gehalten, Dir vorzuschlagen, zur Abwechslung einen Torero zu töten. Deshalb habe ich meinen Augen nicht getraut, als ich auf den Plakaten in Sevilla entdeckte, dass an jenem Nachmittag nicht nur die üblichen Toreros in der Arena stehen würden. Sondern außer ihnen eine *Torera*.

Ohne es zu wissen, hast Du von Anfang an in meinen Plänen mitgespielt. Als Du gelästert hast, dass sie auf dem Plakat einen Druckfehler gemacht haben müssten, es *könne nicht sein*, dass sie jetzt auch Fotzen in die Arena ließen, habe ich meine Chance gewittert. Und als Carla Rincón dann mit ihrem zweiten Stier so große Mühe hatte, dass sie auf der Flucht sogar einen Schuh verlor und ein anderer Torero ihr zu Hilfe eilen musste, und Du anfingst, sie auszupfeifen und zu höhnen, jetzt wüsstest Du endlich, was eine Fotze in der Arena verloren hat: ihre Schuhe... –

da war mir endgültig klar, dass Du es tun würdest, wenn ich es nur richtig einfädelte.

Und habe ich Dich nicht klug gereizt, indem ich Carla Rincón in Schutz nahm und Dich daran erinnerte, dass der eine Torero in Arles noch viel größere Probleme mit seinem Stier gehabt hatte?

In Wahrheit ist es mir völlig egal, ob ein Mann oder eine Frau die armen Stiere quält. Hätte ich Dich nicht anstacheln wollen, hätte ich Dich endlos quatschen lassen, dass es nur eins gebe, was lächerlicher sei als eine Frau auf einem Rennrad – eine Frau in der Stierkampfarena. Deshalb habe ich auch bloß gelacht, als Du wieder mit dem Blödsinn kamst, ob ich jetzt einen auf »Emanze« machen wolle, und habe ganz ruhig gesagt, dass es doch eine einfache Methode gebe herauszufinden, ob die »Fotze« tatsächlich nichts tauge. Allerdings hätte ich Zweifel, dass Du Dich an eine echte Matadora herantrauen würdest. In letzter Zeit hätte ich eher den Eindruck, Du würdest es nur noch mit zugedrogten Hippies oder besoffenen Huren aufnehmen.

Dass Du mir in diesem Moment am liebsten ins Gesicht geschlagen hättest – einzig der Umstand, dass wir in einer Arena mit zehntausend anderen Leuten saßen, hielt Dich davon ab, es zu tun –, empfand ich als Triumph. Ich sah, wie es in Deinem Gesicht zuckte, ich hörte, wie das *»hey, hey, toro«*, mit dem Carla Rincón den Stier herausforderte, immer herrischer wurde, und ich wusste, dass ich heute Nacht einen großen Kampf erleben würde.

Ich kann wirklich nicht glauben, dass Du nie *Carmen* gesehen oder irgendeinen der *Don Juans* von Molière bis

Max Frisch gelesen haben willst. Aber egal. Über *unser* Sevilla ist in diesen Stücken und Büchern ohnehin nichts zu erfahren. Zwar erinnere ich mich an die engen Gassen, durch die noch nicht einmal in Marisols albernem Cabrio richtig hindurchzukommen war, an die Kathedrale mit ihrem markerschütternden Glockenlärm, an die Springbrunnen und gekachelten Bänke, an die Sonnensegel über den Straßen, die Zitronenbäume, die geflochtenen Bastrollos und all den anderen Kram. *Unser* Sevilla wird jedoch für immer das verkommene Ufer des Guadalquivir bleiben.

Durch die Ereignisse in jener Nacht habe ich begriffen, wie wir uns das Leben vorstellen müssen. Als riesiges Spinnennetz in der Finsternis, in dem wir uns alle blind vorwärtshangeln, ohne zu ahnen, auf was wir am nächsten Knoten stoßen. Es wäre Kinderzeug zu glauben, dass in diesem Netz eine fette Spinne hockt, die alle Fäden in der Hand hält. Dennoch muss es in diesem Netz etwas geben, das unsere Bewegungen beeinflussen kann. Ich sage absichtlich: *kann.* Denn ich bin überzeugter denn je, dass sich die höhere Macht nicht immer und nicht für jeden von uns interessiert.

Vielleicht ist es so: Wenn mir ein Marienkäfer auf die Hand fliegt, versuche ich, ihn ins Grüne zurückzulotsen, indem ich ihm den Weg meinen Arm hinauf mit der anderen Hand versperre. Natürlich lässt sich der Marienkäfer von mir nicht einfach so dirigieren, es gibt Exemplare, die partout ihren ursprünglichen Weg beibehalten wollen, sodass es letzten Endes nur noch hilft, sie abzuschütteln. Doch nicht einmal der willige Marienkäfer hat ein Bewusstsein, dass ich ihn steuere. Könnte er sprechen, würde er vermutlich nur sagen: Die Tatsache, dass ich meine Richtung geändert habe, hat nichts damit zu tun, dass mir jemand gesagt hätte, ich solle meine Richtung ändern, sondern einzig und allein damit, dass plötzlich ein Hindernis im Weg gelegen hat. Nur in äußerst seltenen Fällen, die mich deshalb stets berühren, habe ich den Eindruck, der Marienkäfer würde ahnen, dass ich ihn steuere, und sich also nicht stumpf von mir leiten lassen, sondern weil er spürt, dass das Richtige mit ihm geschehen wird, wenn er sich mir überlässt.

Auf der anderen Seite kommt es vor, dass ich keine Lust habe, den Marienkäfer zu lotsen. Dann schüttle ich ihn gleich ab oder lasse ihn seines Weges krabbeln, und wenn er ins Grüne zurückfindet, ist es gut. Wenn nicht, ist es mir auch egal.

In jener Nacht in Sevilla *muss* sich jemand für uns interessiert haben, so wie wir zugelassen haben, dass dieser Jemand sich unser annimmt. Anders wäre es uns nicht gelungen, Carla Rincón zu überwältigen.

Heute sehe ich, wie klug es gewesen ist, nach dem Stierkampf erst einmal in diese Tapasbar zu gehen. Wie hätte uns das Schicksal sonst die beiden alten Sevillaner an den Tisch schicken sollen, die seit fünfzig Jahren keine einzige *Corrida* verpasst hatten und uns verrieten, in welche Bar Carla Rincón nach ihren Kämpfen zu gehen pflegte?

(Ich bin sicher: Sollte die Matadora an einem Ort sein, an dem das Fluchen gestattet ist – *sie* verflucht das Schicksal dafür, dass es ihre Schritte in jener Nacht nicht direkt ins Hotel, sondern in ihre Stammkneipe gelenkt hat...

Gab es einen Moment, in dem sie überlegt hat, gleich ins Bett zu gehen? Hat einer ihrer Freunde sie überredet, doch noch mitzukommen?)

Mir erscheint es, als ob wir Stunden im Kreis umhergeirrt wären, bis wir endlich vor der kleinen Tapasbar mit dem billigen Neonlicht und dem Fernseher in der Ecke standen. Und selbst als Du mir das Mädchen gezeigt hast, das umringt von einer kleinen Gruppe Männer ganz hinten am Tresen lehnte und Rotwein trank, wollte ich immer noch nicht glauben, dass wir die Matadora tatsächlich gefunden hatten. In ihrer Jeans und dem schlichten hellblauen Oberteil sah sie *so* gewöhnlich aus... Erst als sie eine Bewegung machte, mit der sie den Männern offensichtlich eine bestimmte Episode irgendeines Kampfes demonstrieren wollte, habe ich erkannt, dass sie es sein musste. Und in diesem Moment haben mich doch noch einmal Zweifel befallen, ob es richtig war, dieses Mädchen, das sich so aufrecht hielt und so ernst und feierlich wirkte – obwohl sie nicht viel älter sein konnte als ich –, zu Deinem nächsten Opfer zu machen.

An welchem Faden musste das Schicksal in jener Nacht zupfen, um Carla Rincón von ihrem Begleiter, mit dem sie die Bar weit nach Mitternacht verlassen hatte, zu trennen? Ihr Begleiter ist doch jener ehemalige Torero gewesen, den wir am nächsten Tag im Fernsehen gesehen haben und bei dem Carla in die Lehre gegangen ist? Hatte sie früher eine Affäre mit ihm gehabt – und gefürchtet, er könne sie in jener Nacht wieder bedrängen? Ihrer beider Körpersprache hatte klar ausgedrückt, dass er sie lieber bis ins Hotel begleitet hätte und sie ihn zurückgewiesen hat.

Ich frage mich, ob dem Torero bewusst geworden ist, dass seine ehemalige Schülerin ihm in dieser Nacht durch ihre Schicksalsempfänglichkeit das Leben gerettet hat. Denn ich bin sicher: Hätte sich Carla Rincón nicht am Guadalquivir von ihm verabschiedet, um allein über die Brücke zu gehen – Du hättest ihn als Ersten getötet.

Ihre hohen Schuhe hämmern einen gleichmäßigen Rhythmus auf den Asphalt. Du rufst »*Señora Rincón*«, aber sie bleibt nicht stehen, sondern dreht nur kurz den Kopf. Wir müssen rennen, um sie einzuholen, bevor sie die große Straße überquert, die an der Kaimauer entlangführt. Du entschuldigst Dich auf Spanisch, dass Du ihr Angst gemacht hast. (Hast Du ihr zu diesem Zeitpunkt bereits Angst gemacht? Ich glaube nicht.) Deine »*novia*« wolle unbedingt ein Autogramm. Die Matadora blickt mich mit einem kurzen Lächeln an, und als sie ihre Handtasche öffnet, um nach einer Autogrammkarte zu suchen, ziehst Du die Pistole und schlägst ihr den Griff einmal kräftig in den Nacken. Ohne einen Laut bricht sie zusammen. Du fängst sie auf. Zu zweit tragen wir sie die Stufen zum Fluss hinab. Keiner der Autofahrer, die vorüberbrausen, hat etwas bemerkt.

Im Schatten der Kaimauer hausen zwei Penner. Als sie zu grölen beginnen, drohst Du ihnen mit der Pistole. Sie verschwinden in der Nacht.

Meine Augen brauchen eine Weile, um sich an die Finsternis zu gewöhnen. Der schmale Grasstreifen, auf den Du die Matadora bettest, ist mit zerbrochenen Flaschen und Sperrmüll übersät. Die Sevillaner scheinen ihr Flussufer nicht zu lieben.

Sie ist noch immer bewusstlos, als Du anfängst, ihre Kleidung aufzuschneiden. Mit einem Fetzen des hellblauen Oberteils knebelst Du sie. Mit einem aufgeschlitzten Jeansbein fesselst Du ihre Hände. Ich will Dir übelnehmen, dass Du es Dir mit ihr so einfach machst. Aber ich sage mir, dass Du sie nicht ungerechter behandelst als sie die Stiere in der Arena.

Bereits als Du ihr Oberteil zerschnitten hast, ist mir die lange, glänzende Narbe aufgefallen, die sich von ihren Rippen bis zum Bauchnabel zieht. Jetzt entdecke ich eine zweite Narbe an ihrem Oberschenkel. Ich höre, wie Du leise durch die Zähne pfeifst, und erschrecke, weil ich glaube, dass die Matadora dieselbe heimliche Neigung hat wie ich. Bis mir klar wird, dass ihre Verletzungen vom Stierkampf herrühren müssen. Ich gehe näher, um ihre Narben zu betrachten. In diesem Moment öffnet sie die Augen.

Ihr Blick verrät, dass sie weder versteht, wo sie ist, noch was mit ihr geschieht. Die Verständnislosigkeit weicht Ungläubigkeit, die Ungläubigkeit Erkenntnis, die Erkenntnis Angst. Doch bevor sich die Angst in ihren Augen einnisten kann, hat Wut sie zu zwei Schlitzen zusammengezogen.

Du hast nicht damit gerechnet, dass sie so rasch wieder zu sich kommt. Ihr rechtes Knie schnellt in die Höhe. Ein Schmerzenslaut hallt über den Guadalquivir.

Die erstickten Schreie, die aus ihrer Kehle dringen, sprechen von nie gefühltem Zorn. Ihr brauner, muskulöser Körper, an dem weder Brüste noch andere Rundungen stören, windet sich, um Deinem Griff zu entkommen. Ich vergesse zu atmen, während ich verfolge, wie ihre Muskeln arbeiten, und bedauere nur, dass Deine Muskeln unter Jeans und Lederjacke verborgen sind.

Du nimmst Dein Messer und stichst an jene Stellen, die zuvor bereits die Stiere heimgesucht haben. Kaum gelingt es Dir, die Matadora am Boden zu halten, so biegt sie sich vor Schmerz. Und dennoch gibt ihr tapferer Körper nicht auf. Sie widersetzt sich Dir, wie weder ich noch eines Deiner anderen Opfer es je vermocht hätten.

Das leise, höhnische »*Toro! Toro!*«, mit dem Du sie zu Beginn gereizt hast, ist verstummt. Nur hin und wieder zischst Du ihr ein hasserfülltes »*puta*« und »*coño*« ins Ohr. Du atmest so schwer, wie ich Dich noch nie habe atmen hören. Ich ahne, dass dieser Kampf Dich nur erschöpft, ohne Dich zu befriedigen. Und als ich sehe, dass Du Dein Messer benutzt, um dorthin zu stoßen, wohin Du all die anderen Male aus eigener Kraft gestoßen hattest, begreife ich, was nicht stimmt.

Lieber David!

Ich glaube nicht mehr daran, dass ich mein Buch jemals zu Ende schreiben werde.

Heute Morgen hat mich mein Manager angerufen. Er wollte wissen, wie ich vorankomme. Ich habe ihn angelogen und ihm gesagt, dass ich in einem oder zwei Monaten fertig sei… (Über das Problem, was mit dem Geld geschieht, das der Verlag bereits an mich gezahlt hat, will ich jetzt nicht nachdenken.)

Warum soll ich einen Text schreiben, in dem ich irgendwelchen Spießern vorheucheln muss, ich empfände Genugtuung darüber, dass eine Matadora Dich daran gehindert hat, zu Deinem eigentlichen Ziel zu kommen? Wo es mich doch traurig macht, dass Du selbst jene Tat, die ich für Deine größte, vollkommenste halte, offensichtlich als Niederlage betrachtest.

Obwohl mir zum Heulen ist, musste ich eben lachen. Im alten Jahr hatte mich mein Manager schon damit genervt, dass er eine »sensible, kluge und ganz hervorragende« *Ghostwriterin* kennen würde, mit der er mich gern »zusammenbrächte«. (Wobei soll mir so eine Gespensterschreiberin helfen? Gespenster habe ich genug, und schreiben kann ich selbst.)

Gerade habe ich mir vorgestellt, was für ein Gesicht diese »sensible, kluge und ganz hervorragende« *Ghostwriterin* machen würde, würde ich ihr erzählen, dass ich unserer Torera am liebsten ein Ohr abgeschnitten und Dir als Siegestrophäe überreicht hätte – und es nur aus Angst vor einem Deiner Wutanfälle nicht getan habe.

Aber vielleicht tue ich der Frau ja Unrecht, und sie ist eine echte Gespensterschreiberin, die sich von so etwas nicht erschrecken lässt. Und vielleicht würde sie sich im Gegensatz zu Dir auch für meine Theorie interessieren, warum Vincent van Gogh sich das Ohr abgeschnitten hat.

Ich bin extra noch einmal in das scheußliche Internetcafé gegangen, um Informationen zu finden: Aber bei Wikipedia steht bloß, dass es nicht das ganze Ohr, sondern lediglich das Ohrläppchen gewesen sein soll. Immerhin habe ich erfahren, dass es tatsächlich in Arles passiert ist, und dass er sein Ohr/Ohrläppchen seiner Lieblingsnutte geschenkt hat.

Vielleicht wäre es ja nett, mit einer Gespensterschreiberin darüber zu spekulieren, ob Vincent van Gogh sich nun für einen Stier, einen Torero oder beides zugleich gehalten hat. Und ich bin sicher, sie würde mich nicht anbrüllen, dass sie meinen »Bildungsscheiß« nicht mehr ertragen könne, so wie Du es in jener Nacht getan hast.

Was hattest Du auf den acht-, neunhundert oder gar tausend Kilometern, die wir von Sevilla gen Norden gerast sind, denn sonst so Wichtiges zu überlegen? Wie Du mich am besten loswirst?

Lieber David!

Verzeih. Ich bin verwirrt. In Wahrheit bin ich auf dieser endlosen Fahrt mindestens so angespannt gewesen wie Du. Auch wenn ich in La Mancha noch mit Dir gelacht habe, weil nun nicht mehr die Magermodels, »*las modelos ultra flacas*«, die Hauptmeldung gewesen sind (so wie noch bei unserem ersten Tank- und Fernsehstopp, bei dem Du so wütend geworden bist), sondern »*la matadora matada*« – »die getötete Töterin«.

Von Halt zu Halt dämmerte mir jedoch mehr, *was* für einen Medienirrsinn wir losgetreten hatten. Und da habe ich mich dafür verflucht, Dich zu dieser Tat angestachelt zu haben. Da konnte ich nicht mehr darüber lachen, dass bis zu unserem Stopp bei Madrid alle glaubten, Carla Rincón sei von einem fanatischen Tierschützer umgebracht worden...

Und ich glaube Dir auch nicht, dass Dich das neue »Jagdgefühl« nur berauscht hat. Insgeheim muss es Dir dieselbe Angst gemacht haben wie mir. Warum sonst bist du – anders als die Tage zuvor – jedes Mal vom Gaspedal gegangen, sobald ein Fahrzeug der *Guardia Civil* vor uns aufgetaucht ist?

Ich weiß nicht mehr, bei welchem Halt es gewesen ist, dass sie die erste Verbindung zwischen »*la matadora matada*« und »*el monstruo alemán*« hergestellt hatten. Waren wir schon in dieser einsamen Canyonlandschaft gewesen, die mich noch mehr als die Berge hinterm »Katzenkap« an Amerika erinnerte? Und war die schmutzige Gestalt im Fernsehen, der die Reporterin ihr Mikrofon hinhielt, tatsächlich einer der beiden Penner gewesen, die wir aufgescheucht hatten?

Wärst Du damals noch bereit gewesen, für mich zu übersetzen, wüsste ich jetzt, ob der Penner tatsächlich erzählt hat, dass er in der Nacht zuvor einen dunkelhaarigen Mann und ein ebenso dunkelhaariges Mädchen dabei beobachtet habe, wie sie eine bewusstlose Frau die Stufen zum Guadalquivir hinuntergetragen hätten.

Wie naiv muss ich gewesen sein, als ich glaubte, Deine finstere Stimmung würde sich von selbst aufhellen, wenn ich nur lange genug den Mund hielt. Und wie habe ich jemals ernsthaft hoffen können, alles würde gut, bloß weil wir nicht länger durch Spanien irren, sondern in die Pyrenäen zurückkehren würden?

Bis heute verstehe ich nicht, was dann passiert ist. Es schmerzt mich so, dass ich am liebsten schon wieder nach der Rasierklinge greifen würde. Hätten wir noch eine Chance gehabt? War ich es, die durch ihren Übermut das Band zwischen uns endgültig zerschnitten hat?

Hätte ich so wie Du in dieser *Auberge* am Fuße des *Aubisque* einfach zwölf Stunden schlafen sollen? Aber ich bin viel zu überdreht gewesen, um auch nur ein Auge zuzubekommen. In mir tobte noch immer das Adrenalin, das mir oben, auf diesem Grenzpass zurück nach Frankreich, ins Blut geschossen war, weil ich jede Sekunde damit gerechnet hatte, die *Guardia Civil* würde doch noch aus den Wolken auftauchen und uns verhaften. Ich war so glücklich, endlich wieder in Frankreich zu sein, wo man keinen Ausweis brauchte, um in einer kleinen, billigen *Auberge* ein Nickerchen zu machen. Ich war so glücklich, dass es uns gelungen war, den Spaniern trotz ihrer Kontroll- und Überwachungsmacke zu entfliehen.

Vielleicht wäre alles anders gekommen, hätte ich in den Stunden, in denen Du geschlafen hast, meine Gedanken nicht so zügellos wandern lassen. Auch wenn zwischen uns und dem *Vallée d'Ossoue* bestimmt noch zwei, drei hohe Pässe lagen, konnte ich die Gegenwart unserer *Hermana* deutlich spüren. Es begann mich zu stören, dass sie unentdeckt im Wald herumlag. Ich stellte mir vor, wie es wäre, sie richtig zu bestatten. Ich musste an den schönen, einsamen Friedhof denken, an dem wir in dem Gebirge zwischen Marbella und Sevilla vorbeigekommen waren. In diesen weißen Begräbniswänden hatte es noch so viele leere Fächer gegeben. Auch wenn mir klar war, dass wir unmöglich dorthin zurückkehren konnten, ging mir das Bild einer Bestattung nicht mehr aus dem Kopf. Auf einmal erschien es mir schäbig, dass wir sie lediglich unter einen Haselstrauch gelegt hatten. Außerdem fand ich es ungerecht, dass Carla Rincón so viel Aufmerksamkeit erhielt, während es die arme *Hermana Lucía* womöglich noch nicht einmal zu einer richtigen Vermisstenanzeige gebracht hatte.

Ich erkläre Dir all dies so ausführlich, damit Du mir wenigstens jetzt glaubst, dass es keine bloße Laune von mir war, als ich Dir am nächsten Morgen in aller Frühe vorschlug, noch einmal zu unserer *Hermana* zurückzukehren.

Ich merke, dass ich nicht ganz ehrlich bin. Welchen Sinn hat es jetzt noch zu lügen...

Ich habe Dir nicht einfach »vorgeschlagen«, ins *Vallée d'Ossoue* zu fahren. Ich habe Dich damit aufgezogen, dass Du Dich nicht trauen würdest, noch einmal zu unserer Nonne zurückzukehren.

Hättest Du anders reagiert, hätte ich Dir meine wahren Beweggründe so ernsthaft erklärt wie jetzt? Später habe ich es ja noch versucht, aber da war es schon zu spät. Da wolltest Du mich nicht mehr hören.

Der Wald im *Vallée d'Ossoue* hatte sich verändert, seit wir zuletzt dort gewesen waren. Eine Woche hatte genügt, und der Hochgebirgsherbst hatte gelbe und rote Blätter vorbeigeschickt. Am meisten hatte sich jedoch der Geruch verändert. Im ersten Moment erinnerte mich der Duft nach Pilzen und Waldboden an unsere glückliche Nacht in – nein, daran darf ich jetzt nicht denken.

Wir wateten durch das kleine Flüsschen, durch das wir am Sonntag zuvor mit unserer *Hermana Lucía* gewatet waren, und je näher wir der Stelle kamen, an der wir sie versteckt hatten, desto stärker wurde ein Geruch, der mit Pilzen und Waldboden nichts mehr zu tun hatte. Ich merkte, wie Dein Schritt langsamer wurde. In meinem

Übermut spottete ich weiter, ich könne es nicht fassen, dass so ein mutiger Mädchenmörder Angst vor so einem bisschen Verwesung habe.

Gott, habe ich das wirklich gesagt?

Als wir endlich vor den wüst verstreuten Resten standen, die die Tiere der Pyrenäen von der armen *Hermana* übrig gelassen hatten, musste ich lachen. Und musste noch mehr lachen, als ich hinter mir die würgenden Geräusche hörte. Und musste noch viel, viel mehr lachen, als ich mich umdrehte und sah, dass Du Dich – um all den Kaffee, das Baguette und die Marmelade zu erbrechen, die Du zum Frühstück gegessen hattest – just an jenem Baumstamm abgestützt hast, an dem das Schild »DÉCHARGE INTERDITE« hing.

Bin dieser lachende Teufel wirklich ich?

David! Was ist an jenem Sonntagmorgen mit mir passiert? Stimmt es, dass ich immer wieder gerufen habe: »Aber das ist doch nur Natur! David! Das ist doch alles nur Natur!«

Hilf mir! Bis eben war ich sicher, Du hättest völlig überreagiert, als Du Dich auf mich gestürzt und angefangen hast, mich so zu verprügeln, wie Du mich seit den Tagen im Keller nicht mehr verprügelt hattest. Jetzt erkenne ich, dass Du Recht gehabt hast. Das wahre Monster bist nicht Du. Das wahre Monster bin ich.

Lieber David!

Ich habe Angst, verrückt zu werden. Stundenlang renne ich durch die Nacht, weil ich es in meiner Wohnung nicht mehr aushalte.

Hättest Du mich in jenem Wald im *Vallée d'Ossoue* nur totgeschlagen. Dann hätten die Tiere auch meinen Kopf vom Rumpf trennen und meine Augen aus den Höhlen picken können, und spätestens im November hätte der Schnee mich zugedeckt.

Warum hast Du mich überleben lassen? Ich verstehe, dass ich Dir so widerlich war, dass Du mich nicht mal mehr mit eigenen Händen töten wolltest. Aber warum hast Du mich dann nicht einfach im Wald zurückgelassen?

Mein ganzer lächerlicher Stolz, als Einzige überlebt zu haben – wo ist er hin?

»Es ist vorbei. Flieg heim.«

Waren das wirklich die Sätze, die Du zu mir gesagt hast, bevor Du mir das Geld in die Hand gedrückt und mich in Toulouse aus dem Auto geworfen hast? Hast Du nicht gewusst, dass es für mich kein »heim« mehr gibt?

Ich begreife das Mädchen nicht, das sich am Flughafen tatsächlich ein Ticket gekauft hat. Was hat es den Leuten am Schalter erzählt? Hat es hinter seiner großen, dunklen Sonnenbrille geweint? Ich denke nicht. Gespenster können nicht weinen.

Hast Du noch versucht, Dir ein neues Mädchen zu besorgen? Die Medien behaupten es. An einer Raststätte kurz vor Genua sollst Du eine Kindergärtnerin ins Auto gezerrt haben. Der Kindergärtnerin gelang es zu fliehen.

Im Internet gibt es ein Video. Darauf ist zu sehen, wie italienische Polizisten mit gezogenen Waffen ein Cabrio umstellen. Auch der Mann im Cabrio hält eine Waffe in der Hand. Zuerst sieht es so aus, als ob er die Polizisten erschießen wollte. Dann richtet er seine Waffe gen Himmel.

In einem Flugzeug irgendwo über Frankreich sitzt ein Gespenst. Eine Frau in einer blauen Uniform fragt das Gespenst, was es trinken möchte. Das Gespenst beginnt zu lachen. Ganz ohne Gepäck sitzt es da. Nur seine rechte Hand umklammert ein kleines Fläschchen. Die Frau in der blauen Uniform holt eine Kollegin. Zu zweit fragen sie das Gespenst, ob es ihm gut gehe. Das Gespenst hat keine Lust zu antworten. An einem großen Flughafen, der ganz aus Glas ist, steigt es aus.

Der Mann im Cabrio ruft etwas, man kann es nicht verstehen. Er öffnet seine Fahrertür, die Polizisten beginnen zu brüllen. Ein italienischer Straßenbauarbeiter soll das Video auf seinem Handy gedreht haben.

Das Gespenst steht in einem Geschäft, das teure Wäsche verkauft, und betrachtet ein Stück, das sehr gelb ist und aus Seide. Die Verkäuferin ist aus dem Laden gerannt. Jetzt kommt sie zurück mit einem Polizisten. Der Polizist fragt das Gespenst, ob es ein gewisses Mädchen sei, nach dem seit zwei Wochen verzweifelt gesucht würde. Das Gespenst fragt sich, ob sein Geld reicht, um die gelbe Seide zu kaufen. Der Polizist nennt wieder den Namen, an den sich das Gespenst vielleicht erinnern könnte, hätte es nicht beschlossen, alle Erinnerung aufzugeben. Es sieht zu der Verkäuferin hinüber, die wieder hinter ihrem Tresen steht und starrt. Die Verkäuferin beginnt zu schluchzen.

Alle sind sehr freundlich. Sie bringen das Gespenst an einen geheimen Ort, sie legen ihm eine warme Decke um die Schultern, sie geben ihm heißen Tee. Sein Fläschchen gibt das Gespenst nicht her.

Es weiß nicht, wie lange es schon auf der harten Liege sitzt, die nach Gummi und nach Schweiß riecht. Der geheime Ort, an den es gebracht wurde, hat keine Fenster. Dennoch spürte das Gespenst, dass es bald Nacht sein muss. Es beginnt zu zittern. Eine Frau kommt und setzt sich neben es. Sie fasst seine Hand und sagt, es brauche keine Angst mehr zu haben. Der Mann sei tot. Italienische Polizisten hätten ihn vor einer halben Stunde an der Grenze zu Slowenien erschossen.

Das Gespenst schließt seine Augen. Viele Bilder wehen ihm durch den Kopf. Es gelingt ihm nicht, sie festzuhalten.

Epilog

Ich habe lange mit mir gekämpft, ob ich die Texte, auf die ich nach dem Tod meiner Mutter so völlig unerwartet gestoßen bin, veröffentlichen soll. Beim ersten Teil, den meine Mutter für die Öffentlichkeit geschrieben zu haben scheint, ist mir die Entscheidung leichter gefallen. Wie ich jedoch mit den anderen Dokumenten umgehen sollte, hat mich in Ratlosigkeit gestürzt.

Das Testament meiner Mutter hat mir in dieser Frage nicht weitergeholfen. Darin war lediglich verfügt, dass ihr Geld zu gleichen Teilen an die Tierklinik gehen soll, in der sie fünfundzwanzig Jahre als Tierarzthelferin gearbeitet hat, und an die Frau, die sich in den letzten Monaten ihrer Krebserkrankung so aufopferungsvoll um sie gekümmert hat. »Mit dem Rest soll Holly machen, was sie für richtig hält.« Das war alles.

Unmittelbar nach ihrem Tod hatte ich fest vorgehabt, das Haus in Rapid City zu verkaufen. Ich hatte bereits alle Papiere sortiert, alle Kleider und Schuhe einer Hilfsorganisation geschenkt und die Möbel abtransportieren lassen. Ein letztes Mal war ich durch die leeren Räume gegangen, durch die ich als Kind so gern mit meinem Dreirad gesaust war und die ich seit zehn Jahren nicht mehr betreten hatte, da erinnerte mich eine knarrende Diele an den Hohlraum, den meine Mutter in ihrem Schlafzimmer unter einem der Bretter ausgehoben hatte. Ich ging noch einmal dorthin zurück und nach kurzem Suchen fand ich tatsächlich die lose Diele im Boden.

Der Hohlraum enthielt ein Bündel zusammengerollter Hundert-Dollar-Noten, einen vergilbten, fast nicht mehr lesbaren Brief aus dem Jahre 2008, in dem ein Congressman namens Billy Stone meiner Mutter verspricht, sich dafür einzusetzen, dass sie die amerikanische Staatsbürgerschaft erhält, sowie die Einbürgerungsurkunde, die beweist, dass der Congressman sein Versprechen gehalten hat. Ganz unten im Hohlraum lagen zwei silbrige Plastikstäbchen, von denen ich zunächst annahm, es wären Feuerzeuge oder kleine Taschenlampen, bis ich merkte, dass man die Kappe abziehen konnte und ein flacher Stecker zum Vorschein kam. Ich ging davon aus, dass es irgendwelche alten elektronischen Geräte sein mussten. Eine Freundin, die sich mit Computern besser auskennt als ich, klärte mich auf, dass es sich um so genannte »*Memory Sticks*« handeln würde – Medien zur Datenspeicherung, die zu Beginn dieses Jahrhunderts sehr verbreitet gewesen seien. Dieser Freundin gelang es auch, die Dokumente, die sich auf den »*Memory Sticks*« befanden, zu öffnen.

Mein Deutsch ist viel zu schlecht, als dass ich die Texte, die meine Mutter vor über dreißig Jahren geschrieben hat, hätte lesen können. Ich erkannte nur, dass es sich bei dem einen Dokument um Liebesbriefe handeln musste. Von dem anderen Dokument verstand ich immerhin so viel, dass meine Mutter darin ein schlimmes Verbrechen schilderte. Ein so schlimmes, dass ich sicher war, es müsste ihrer überhitzten Teenagerphantasie entsprungen sein. Mir fiel ein, dass meine Mutter einmal erzählt hatte, sie habe früher Schriftstellerin werden wollen. Und dass ich sie ausgelacht hatte deshalb.

Es war also weniger eine Vorahnung als vielmehr Neugier, die mich beide Dokumente einem befreundeten Übersetzer geben ließ.

Dieser rief mich wenige Tage später an, um mich zu fragen, ob ich wisse, was ich ihm für ein »Teufelszeug« in die Hand gedrückt hätte. Ich sagte ihm, ich würde vermuten, dass es sich bei den Texten um Liebesbriefe und andere literarische Jugendsünden meiner verstorbenen Mutter handelte.

Es gab ein langes Schweigen in der Leitung. Die Stimme meines Freundes wurde sehr ernst, als er zu mir sagte: »Holly. Ich denke nicht, dass es literarische Jugendsünden sind. Ich denke, Deine Mutter schreibt in diesen Texten die Wahrheit. Und ich weiß nicht, ob Du sie lesen willst.«

Ich fing an zu lachen. Da erklärte mir der Freund, dass ihm – als er mit dem Übersetzen begonnen hatte – der Fall jenes Mädchens ins Gedächtnis gekommen sei, das vor Jahrzehnten in Deutschland entführt und durch halb Europa verschleppt worden war. Der Fall habe damals so große Wellen geschlagen, dass sogar in den amerikanischen Medien darüber berichtet worden sei. Später habe er allerdings nie wieder etwas von dem Fall gehört. Nun habe er im Internet recherchiert. Der Name des verschleppten Mädchens sei Julia Lenz gewesen.

Meine Gefühle in diesem Moment kann nur nachempfinden, wer selbst erlebt hat, wie sein ganzes bisheriges Leben von einer Sekunde auf die nächste zu Staub zerfällt.

Meine Mutter hatte nie über ihre Herkunft sprechen wollen. Ich wusste nur, dass sie aus Deutschland stammte.

Angeblich waren ihre beiden Eltern und ihr Verlobter bei einem Autounfall ums Leben gekommen. Sie habe beschlossen, nach Amerika auszuwandern, um mich dort zur Welt zu bringen und nicht in jenem Land, in dem sie alles verloren habe.

Bis ich an jenem Mittag im leeren Haus meiner Mutter ihre Einbürgerungsurkunde in Händen gehalten hatte, hatte ich noch nicht einmal gewusst, dass ihr ursprünglicher Name »Julia Lenz« gewesen war und dass sie sich erst in Amerika »Julie Spring« genannt hatte.

Nie waren mir an der Geschichte meiner Mutter Zweifel gekommen. Als wir in der Schule einmal einen Aufsatz über unsere Großeltern schreiben sollten, hatte meine Mutter mir einen Brief an die Lehrerin mitgegeben, in dem sie darum bat, ihre Tochter von diesem Aufsatzthema zu befreien, da ihre Tochter keine Großeltern habe.

Erst seit ich auf der Suche nach meiner Vergangenheit bin, weiß ich, dass mein Großvater, Dr. Eugen Lenz, ein berühmter Professor für französische Literatur gewesen ist. Seine letzten Lebensjahre hat er in Frankreich verbracht, keine hundert Kilometer von jenem Ort entfernt, in dem ich mein europäisches Domizil hatte, solange ich noch aktiv war. Über meine Großmutter, Sonja Lenz, habe ich leider nicht viel herausfinden können außer der Tatsache, dass sie vor drei Jahren in einem Altersheim in Köln gestorben ist.

Zu erfahren, dass ich Großeltern hatte, von denen ich nichts wusste, so wie diese offensichtlich nichts von mir wussten, schmerzt. Doch dieser Schmerz verblasst im Vergleich zu den Qualen, die ich empfinde, wenn ich an jenen

Mann denke, den ich wohl oder übel als meinen Vater bezeichnen muss.

Es ist nicht leicht gewesen, Fakten über David Hoss in Erfahrung zu bringen. In den Datenbanken des Radsportweltverbands wird er von 1993 bis zu seinem Tod 2006 geführt, zunächst als Fahrer bei dem seinerzeit berühmten katalanischen Team *Aigua de Peguera*, ab 2001 bei dem unbedeutenden französischen Team *C.E.C. Montvert*. Es stimmt, was meine Mutter schreibt: In seiner ganzen Laufbahn hat er nur ein einziges Rennen gewonnen, die Schlussetappe bei den 4 Jours de Dunkerque. An der Tour de France hat er dreimal teilgenommen, seine beste Gesamtplatzierung war Rang 129.

Was hätte er wohl dazu gesagt, dass seine Tochter die erste Frau sein würde, die dieses Rennen fünfmal gewinnt?

Ich hoffe, Sie begreifen jetzt, warum ich meine Karriere im letzten Frühjahr so plötzlich beendet habe. Und ich wünsche mir, dass all diejenigen, die behauptet haben, ich wäre mit diesem Rückzug meiner Suspendierung wegen Gen-Dopings zuvorgekommen, vor Scham verstummen.

Ich weiß nicht, ob ich je verstehen werde, warum meine Mutter mich – und sich selbst – so lange im Dunkeln gelassen hat. Oder hat sie versucht, Andeutungen über ihre wahre Geschichte zu machen – und ich wollte sie nicht hören? In welch anderem Licht erscheint mir ihr großer Widerwillen gegen meinen Sport, meine Leidenschaft, jetzt! Und wie sehr schmerzt mich der Bruch, zu dem es zwischen uns kam, weil ich ihr nicht verzeihen konnte, dass sie mich nie zu einem Rennen begleitet hat und selbst meinen Siegen in Paris ferngeblieben ist.

Hat meine Mutter es bereut, mich zur Welt gebracht zu haben, die ich – wenn die Fotos nicht täuschen – meinem Vater so viel ähnlicher sehe als ihr? Hätte sie ein erfüllteres, glücklicheres Leben führen können, hätte sie ihre Gespenster nicht begraben, sondern versucht, sie offen zu bekämpfen?

Der einzige Mensch, dem ich diese Fragen hätte stellen können, ist tot.

Es verschafft mir ein wenig Erleichterung, dass ich den Kommissar ausfindig machen konnte, der damals in Deutschland mit dem Fall »Julia Lenz« befasst war. Obwohl er seit langem im Ruhestand ist, hat er sich sofort erinnert, als ich ihm den Namen meiner Mutter genannt habe. Ich wollte von ihm wissen, ob er sie je als Mittäterin betrachtet habe. Er verneinte dies. Dennoch sei er froh, dass er ihre Briefe jetzt erst gelesen und nicht damals schon gekannt habe. Das letzte Mal habe er meine Mutter getroffen, um ihr mitzuteilen, dass die italienischen Behörden die sterblichen Überreste von David Hoss kremiert und anonym beigesetzt hätten, da weder seine Mutter noch seine Großeltern beantragt hätten, den Leichnam nach Deutschland zu überführen. Ganz still habe meine Mutter ihn da angeschaut. Und dann habe sie angefangen zu schreien, wie er noch nie einen Menschen habe schreien hören. Nach dreißig Sekunden sei der Anfall vorüber gewesen. Dann sei meine Mutter abermals ganz still geworden, sei aufgestanden und habe ihm für die Information gedankt. Danach habe er nie wieder etwas von ihr gehört.

In dem Versteck im Schlafzimmer meiner Mutter, jenem Raum, in dem ich sitze, während ich diese Zeilen schreibe, lag außer dem Geld, dem Brief, der Einbürgerungsurkunde und den »*Memory Sticks*« noch eine Seite, die aus einem alten Buch gerissen zu sein scheint. Leider ist es mir nicht gelungen herauszubekommen, von wem die beiden Sätze stammen, die meine Mutter rot unterstrichen hat:

Jetzt weiß ich, dass der Mensch übers Wasser gehen kann.
Er muss nur warten, bis es gefroren ist.

Möge die Seele meiner Mutter den Frieden finden, den sie verdient.

Rapid City, South Dakota,
im Oktober 2039 *Holly Spring*

Danksagung

Die Autorin dankt Dr. Gabriele Dietze, Uta Glaubitz, Axel Petermann, Julia Roth, Prof. Dr. Markus Rothschild, Peter Winnen und Marcel Wüst.